중학 국어교과서 수필 읽기

일러두기

• 본문 숫자 표기는 원문 표기를 따랐습니다.

• 기존 원문에 있는 주석을 포함하여 중요한 단어에 각주를 달았습니다.

• 작품 설명의 〈생각해 보기〉 문항에는 정답을 따로 두지 않았습니다. 자유로운 생각과 표현을 위

　해서입니다.

중학 국어교과서

최신 교과과정 개정 16종 국어교과서를
한 권으로 읽는다

국어교과서

수필 읽기

隨筆

김병철 김성동 박재혁 신영산 엮음

문예춘추사

머리말

　보통 수필(隨筆)이라고 하면 '붓 가는 대로 쓰는 글'이라고 합니다. 특별한 형식이 필요하지 않은 글이라는 뜻입니다. 그렇다고 하여 아무렇게나 대충 쓰는 글이 수필은 아닙니다. 지은이의 속마음이 그대로 드러나야만 수필이 됩니다. 자신의 개성을 꾸밈없이 솔직하게 그려 내기 위해서 특별한 형식을 정하지 않은 것입니다.

　이렇게 형식이 따로 없다 보니 수필의 범위는 상당히 넓습니다. 지은이의 사소한 삶의 모습을 개성 있게 그려 내는 글부터 조금은 무거운 생각을 주장하는 글까지 수필이 될 수 있습니다. 또한 일기문, 기행문, 전기문, 편지글까지도 수필의 범위에 포함할 수 있습니다. 그렇다 보니 수필마다 길이도 다 다릅니다. 아주 짤막한 한 쪽짜리 글부터 책한 권 분량의 글까지 모두 수필이 되기도 합니다. 글이 쓰인 시대도 마찬가지입니다. 오늘날의 글뿐 아니라 옛 선인(先人)들의 글도 수필이 될 수 있습니다. 곧 문학적인 글이면서도 시나 소설이 아닌 산문은 모두 수필이라고 볼 수 있는 것입니다.

　이렇게 다양한 수필들이 16종의 교과서에 실려 있습니다. 그래서 이 책은 다음과 같은 몇 가지 기준에 따라 수필 작품들을 엮었습니다.

수필이 쓰인 시대나 수필의 길이에 따라 묶지 않는다.

교과서나 학년별로 나누지 않는다.

책 한 권 분량의 글이라면 그중에서 가장 인상 깊은 부분을 골라 싣는다.

옛글은 읽기 쉽게 최대한 현대어로 바꾼다.

교과서마다 내용이나 표기가 조금씩 다르면 이해하기 쉬운 글로 고른다.

이런 기준으로 다음과 같이 열 가지 주제를 정했습니다. 먼저 '함께 나누며 사랑하기'에는 내 주변에 있는 다른 사람들이나 자연물들과 공생(共生)하며 살아가는 지혜를 담은 글들이 실려 있습니다. 둘째 '삶을 강하게 하는 고통'에는 살면서 겪게 되는 시련을 이겨 내며 의미 있는 삶을 살아가는(살았던) 사람들의 이야기들이 담겨 있습니다. 셋째 '삶의 여유, 삶의 아름다움'에는 여유를 즐기며 긍정적으로 살아가는 삶의 여러 모습들을 담았습니다. 넷째 '한국인이라는 이름'에는 한국인들의 기질과 개성을 발견할 수 있는 글들이 실려 있습니다. 다섯째 '올

바르게 살아가는 방법'에는 어떻게 살아야 참된 삶이 될 수 있는지 가르쳐 주는 글들을 모았습니다. 여섯째 '삶의 새로운 계기'는 지은이들이 현재의 삶을 살게 된 결정적인 계기를 다룬 글들입니다. 일곱째 '살아 있는 것들과 어울리는 삶'에는 우리를 둘러싸고 있는 자연과 환경에 관한 글들을 담았습니다. 여덟째 '지혜롭게 살아가기'에는 어린 학생들이 앞으로 살아가는 데 도움이 될 만한 가르침이 되는 글들을 골라 실었습니다. 아홉째 '세상을 보는 눈'에는 다양한 삶과 서로 다른 생각에 대한 글로서, 여러분의 삶에 영향을 줄 만한 글들을 모았습니다. 마지막으로 '가치 있는 발자취'에는 우리가 존경할 만한 위인들의 삶을 실어 앞으로 여러분의 삶에 본보기로 삼을 수 있게 했습니다.

그리고 각 작품의 끝에는 '지은이 소개'와 '작품 이해'를 두어 여러분이 수필을 읽는 데 도움이 되도록 했으며, '내용 파악하기'를 두어 글의 내용을 다시 새겨 보도록 했습니다. 마지막으로 '생각해 보기'에서는 여러분이라면 글과 같은 상황에서 어떻게 했을까를 생각해 볼 수 있게 했습니다. 정해진 정답은 없습니다. 자유롭게 적어 보기 바랍니다.

이렇게 모두 45편의 수필을 모았으니, 여러분이 읽으면서 수필의 맛을 가슴으로 느껴 보기를 기대합니다. 그리고 각 글을 쓴 이들의 삶을 통해 앞으로 어떻게 살아갈 것인지를 다짐해 보기 바랍니다. 아울러 지은이들의 다양한 경험들이 여러분의 경험이 되기를 기대하겠습니다.

2013년 6월

김병철 김성동 박재혁 신영산

차례

1부

함께 나누며 사랑하기

할아버지의 전자우편

윤문원

"학생, 시간 있으면 잠깐 이리 건너와 줘."

하숙집 주인 할아버지가 하숙생인 대학생을 불렀다.

'어젯밤에 음악을 좀 크게 틀어 놓았다고 잔소리를 늘어놓으시려
나, 아니면 밤에 느닷없이 찾아오는 친구 때문일까, 그것도 아니면
혹시 두 달째 밀려 있는 하숙비 때문에……?'

불안한 마음을 가지고 안방으로 들어갔다. 할아버지 방은 언제나
깔끔히 정돈되어 있다. 그런데 낡은 경대와 이불 넣는 작은 장이 전
부였던 방 한구석에 못 보던 앉은뱅이책상이 놓여 있고 놀랍게도 그
위에 노트북 컴퓨터가 떡하니 자리 잡고 있었다.

"와! 할아버지, 이거 어디서 나셨어요?"

대학생인 하숙생은 자연스럽게 노트북 컴퓨터 앞에 자리를 잡았다.

"어디서 나긴, 샀지."

대학생은 기가 막힌다는 표정으로 할아버지를 바라보았다.

"우리 아들이 지금 미국에 살고 있는데, 편지 보낼 때마다 일주일씩이나 걸린다니 견딜 수가 있어야지. 이것만 있으면 편지가 즉시 그쪽으로 갈 수가 있다면서?"

할아버지는 전자우편을 통해 미국에 있는 아들과 소식을 주고받을 수 있다는 말만 듣고 노트북 컴퓨터를 장만하신 것이었다.

"막상 사다 놓긴 했는데……. 뭘 어떻게 해야 하는지 알 수가 있어야지. 힘들겠지만 학생이 시간 좀 내서 가르쳐 줄래?"

하숙생은 컴퓨터를 켜는 법에서부터 인터넷에 접속하는 법, 전자우편을 보내는 법 등을 최대한 쉽게 설명했다. 설명이 끝날 때마다 할아버지는 한숨을 푹 내쉬며 고개를 설레설레 흔들기는 했지만 아들을 생각해서인지 포기하지는 않으려는 눈치였다. 한참이나 서로 진땀을 흘리다가 할아버지 수첩에 적혀 있는 아들의 전자우편 주소를 입력하여 사용할 수 있게 되었다.

"할아버지, 이제 여기에 편지를 한번 써 보세요."

할아버지는 머뭇머뭇 컴퓨터 앞에 다가앉아 한 손가락으로 더듬더듬 자판을 누르기 시작했다.

'사랑하는 나의 아들 보아라.'

힘겹게 거기까지 입력한 할아버지는 고개를 숙이고 한참 동안 움직이지 않았다.

잠시 후 눈물 한 방울이 컴퓨터 자판 위로 떨어졌다.

그리고 또 얼마의 시간이 흘렀다. 할아버지가 하숙생을 바라보며 싱긋 웃으며 한마디를 던졌다.

"이거……. 편지지나 컴퓨터나 눈물 나는 건 다를 게 없구면."

윤문원 1953~

부산에서 태어나 한양대 정치외교학과를 졸업했습니다. 증권예탁결제원, 신동아화재보험 등에서 근무했으며, 현재 한국표준협회 경영교육위원이며 칼럼니스트이자 경제평론가로 활동하고 있습니다. 저서로는 《안철수를 알고 싶다》《잘나가는 청춘 흔들리는 청춘》《쫄지 마 중학생》《엄마가 미안해》《지혜와 평정》《죽기 전에 시도하라》《49편의 말 많은 영화 읽기》 등이 있습니다.

작·품·설·명

● 내용 파악하기

할아버지가 노트북을 장만한 이유는 무엇일까요?

미국에 있는 아들에게 편지를 빨리 보내고 싶어서

할아버지는 왜 눈물을 흘렸을까요?

자식에 대한 그리움 때문에

● 핵심 정리

갈래 : 경수필

성격 : 서정적

제재 : 전자우편

주제 : 자식에 대한 사랑

특징 : ① 일상적인 소재에서 그리움의 대상을 떠올림.

② 간결하고 쉬운 표현으로 주제를 전개함.

● 작품 이해

이 글의 원제목은 〈이메일〉로, 지은이의 수필집 《아버지는 늘 두 번째였죠》에 실린 51개의 이야기 가운데 하나입니다. 아무리 세상이 바뀌어도 자식에 대한 아버지의 깊은 사랑은 바뀌지 않는다는 것을 잘 보여 주고 있는 글입니다.

생각해 보기

● 이 글에서 가장 감동적인 부분은 어떤 부분인가요?

● 주변의 할아버지나 할머니와 함께한 특별한 경험이 있었다면, 어떤 경험이었나요?

막내의 야구방망이
정진권

　어느 날 퇴근을 해 보니 막내의 동무 애들 일고여덟 명이 마루에 둘러앉아 있었다. 초등학교 5학년의 개구쟁이들, 그러나 개구쟁이답지 않게 조용했다. 그중엔 처음 보는 아이도 있었다.

　그날 저녁에 막내는 야구방망이 하나만 사 달라고 졸랐다. 조르는 대로 다 사 줄 수는 없는 일이지만 너무도 간절히 원하기 때문에 나는 사 주마고 약속을 했다. 그리고 다음 날 퇴근을 할 때 방망이 하나를 사다 주었다.

　그다음 날부터 막내는 집에 늦게 들어왔다. 어떤 때는 하늘에 별이 떠야 방망이에 글러브를 꿰어 메고 새카만 거지 아이가 되어 돌아오는 것이다. 그러고는 한 사흘을 굶은 놈처럼 밥을 퍼먹는다.

　"왜 이렇게 늦었니?"

　"야구 연습 좀 하느라고요."

　"이 캄캄한 밤에 공이 보이니?"

막내는 말이 없었다.

"또 이렇게 늦으면 혼날 줄 알아."

그러나 그다음 날도 여전히 늦었다. 나는 적이° 걱정스러웠다. 초등학교 5학년짜리들이 야구를 한다면 그건 취미 활동에 불과한 것이다. 그런데 무엇에 쏠려서 별이 떠야 돌아오는 것일까?

"왜 또 이렇게 늦었니?"

막내는 또 말이 없었다.

"말 못 하겠니?"

그러자 막내가 겨우 입을 열었다.

"내일모레가 시합이어요."

"무슨 시합?"

"오 학년 각 반 대항 시합인데 우리가 꼭 이겨야 해요."

그때 막내의 얼굴에는 너무도 진지한 빛이 떠올랐기 때문에 더는 무어라고 야단을 칠 수가 없었다.

"그럼 시합 끝나면 일찍 오지?"

"예."

그런데 시합 날이라던 그날 막내네는 우승을 하지 못한 모양이었다. 밥도 먹는 둥 마는 둥 그냥 잠자리로 들어가 이불을 뒤집어쓰는 것이다.

나는 지나치게 승부에 민감한 것은 좋지 않을 듯해서,

"다음에 또 기회가 있지 않니? 갑자기 서두르면 못써."

⊙ 적이 : 꽤 어지간한 정도로.

하고는 이불을 벗겨 주었다.

그러나 막내는 무슨 대단한 한이라도 맺힌 듯 누운 채로 면벽°을 하고 있었다.

그런데 막내는 이튿날도 또 늦었다. 나는 아무래도 이 아이가 자기 생활의 질서를 잃은 듯해서,

"왜 이렇게 늦었니? 시합 끝나면 일찍 오겠다고 하지 않았니? 어떻게 된 거야 이게?"

하고 좀 심하게 나무랐다.

그제야 막내는 자초지종°을 털어놓았다. 다음에 적는 것은 그 이야기의 대강이다.

막내의 담임선생님은 마흔 남짓한 남자분이신데 무슨 깊은 병환으로 입원을 하셔서 한 두어 달 학교를 쉬시게 되었다. 그렇게 되자 학교에서는 막내의 반 아이들을 이 반 저 반으로 나누어 붙였다. 그러니까 막내의 반은 하루아침에 해체되고 반 아이들은 뿔뿔이 헤어지게 된 것이다.

그런데 배치해 주는 대로 가 보니 그 반 아이들이 괄시°가 말이 아니었다. 그런 괄시를 받을 때마다 옛날의 자기 반이 그리웠다. 선생님을 졸졸 따라 소풍 가던 일, 운동회에서 다른 반 아이들과 당당하게 겨루던 일, 이런저런 자기 반의 아름다운 역사가 안타깝게 명멸°

◉ 면벽 : 벽을 마주 대하고 좌선함.
◉ 자초지종 : 처음부터 끝까지의 과정.
◉ 괄시 : 업신여겨 하찮게 대함.
◉ 명멸 : 나타났다 사라졌다 함.

하는 것이다. 때로는 편찮으신 선생님이 너무 보고 싶어서 길도 잘 모르는 병원도 찾아갔다.

그러는 동안에 아이들은 선생님이 다 나으셔서 오실 때까지 우리 기죽지 말자 하며 서로서로 격려하게 되었고, 이런 기운이 팽배해지자 이른바 간부였던 아이들은 자기네의 사명을 깨닫게 되었다. 그래서 몇 아이들이 우리 집에 모였던 것이고, 그 기죽지 않을 방법으로 채택한 것이 야구 대회를 주최하여 우승을 차지하는 것이었다.

연습은 참으로 피나는 것이었다. 배 속에서 꼬르륵거리는 소리가 나도 누구 하나 배고프다는 말을 하지 않았다. 연습이 끝나면 또 작전 계획을 세우고 검토했다. 그러노라면 어느새 하늘에 푸른 별이 떴다.

그리하여 마침내 결승전에 진출했다. 이 반 저 반으로 헤어진 반 아이들은 예선부터 한 사람 빠짐없이 응원에 나섰다. 그 응원의 외침은 차라리 처절한 것이었다. 그러나 열광의 도가니처럼 들끓던 결승전에서 그만 패하고 만 것이다.

"아빠, 우린 해야 돼. 다음번엔 우승해야 돼. 선생님이 다 나으실 때까지 우린 누구 하나도 기죽을 수 없어."

막내는 이야기를 마치면서 이렇게 말했다. 나는 아무 말도 하지 못했다. 무슨 망국민˚의 독립운동사라도 읽는 것처럼 감동 비슷한 것이 가슴에 꽉 차오르는 것 같았다. 학교라는 데는 단순히 국어, 산수나 가르치는 데가 아니구나 하는 생각도 들었다.

이튿날 밤 나는 늦게 돌아오는 막내의 방망이를 미더운 마음으로

◉ 망국민 : 망하여 없어진 나라의 백성.

소중하게 받아 주었다. 그때도 막내와 그 애의 동무 애들의 초롱초롱한 눈 같은 맑고 푸른 별이 두어 개 하늘에 떠 있었다. 나는 그때처럼 맑고 푸른 별을 일찍이 본 일이 없다.

정진권 1935~

수필가. 충북 영동에서 태어나 서울대 국어교육과와 명지대 국어국문학과를 졸업했습니다. 중등학교 교사를 거쳐 문교부 편수관을 역임했으며, 현재 한국체대 명예교수로 재직 중입니다. 수필집 《푸르른 나무들에 저 붉은 해를》 《정진권 수필선—짜장면》, 번역서 《한시를 읽는 즐거움》 《한국고전수필선》 등을 집필했습니다.

작 · 품 · 설 · 명

● 내용 파악하기

막내네 반 아이들은 왜 다른 반 아이들에게 괄시를 받게 되었을까요?

담임선생님이 병환으로 학교를 쉬게 되어 이 반 저 반으로 뿔뿔이 흩어지게 되어서

그래서 학생들이 무엇을 결의했나요?

야구대회를 주최하여 거기서 우승을 해서 기를 살리자고 함.

위 글 가운데 '맑고 푸른 별'은 무슨 의미일까요?

아이들의 순수한 마음

● 핵심 정리

갈래 : 경수필

성격 : 체험적, 서사적

제재 : 막내의 야구 연습

주제 : 학급을 위해 최선을 다하는 막내와 아이들의 순수한 마음

특징 : ① 실제 경험을 소재로 하여 감동적으로 그려 냄.

② 내용을 소설적으로 짜임새 있게 구성함.

● 작품 이해

지은이는 막내의 늦은 야구 연습에 대해 많이 걱정하지만, 막내의 이야기를 듣고 그 경험을 소중하게 받아들입니다. 지은이의 솔직한 경험이 독자들에게 감동과 즐거움을 주는 글입니다.

> ## 생각해 보기
>
> ● 이 글에서 가장 감동적인 부분은 어떤 부분인가요?
>
> ● 여러분이 지금까지 가장 열정적으로 매진했던 일은 어떤 일이었나요? 왜 그렇게 열정적으로 매진하게 되었나요?

크레파스가 있었다

정성화

마음이 울적할 때 나는 곧잘 동요를 부른다. 처음에는 마음의 편을 들어주기 위해 약간 슬픈 곡을 택한다. 연이어 두 곡쯤 부르고 나면 마음의 물기가 절반은 걷힌다. 마음이 내 성의*를 받아들였기 때문이다. 그다음에 부르는 노래가 '아빠와 크레파스'다. 노래 한 소절 끝에 나오는 '음 음'이라는 후렴구가 처져 있는 마음을 살짝살짝 들어 올려 준다.

"밤새 꿈나라엔 아기 코끼리가 춤을 추었고, 크레파스 병정들은 나뭇잎을 타고 놀았죠. (음 음)"

크레파스 통에 들어 있던 크레파스들이 일제히 뛰어나와 나뭇잎을 타며 노는 정경을 상상하면 이내 마음이 보송보송해진다. 크레파스에 대한 기억들이 내 마음에 그림을 그리기 시작하는 것도 그즈음이다.

◉ 성의 : 정성스러운 뜻.

우리가 초등학교를 다닐 때는, 몇 가지 소지품만으로도 그 집의 형편을 대략 짐작할 수 있었다. 운동화와 고무신, 보온밥통과 양은˚ 도시락, 책가방과 책보˚, 크레파스와 크레용 등. 운동화를 신고 다니면서 미술 시간에 36색 크레파스를 펼쳐 놓고, 점심시간마다 보온밥통을 꺼내는 아이라면 틀림없이 부잣집 아이였다. 다른 것은 그다지 부럽지 않았는데, 36색 왕자 크레파스만큼은 욕심이 났다. 이층 양옥집˚처럼 위·아래층에 색색의 크레파스 통 위에는 금빛 왕관을 쓴 왕자님이 언제나 웃고 계셨다. 내가 그것을 가질 수 없을 거라는 생각이 그것에 대한 갈망을 더 키웠는지도 모르겠다.

　초등학생이 셋인데도 불구하고, 우리 집에는 크레파스가 한 통밖에 없었다. 그것도 우리가 살고 있는 단층 슬래브˚ 집을 닮은, 옆으로 한 줄에 그치는 20색 크레파스였다. 불평을 해 대는 우리들에게 어머니는 말씀하셨다. 셋이 돌아가면서 쓰라고. 학용품도 아껴 써 버릇해야 나중에 잘산다고. 나는 속으로 생각했다. '어디 어머니의 말이 맞는지 두고 보자. 시집가서 내가 못살기만 해 봐라.' 하고. 서로 미술 시간이 겹치는 날이나, 크레파스를 받으러 갔으나 못 만나는 날은 정말 막막했다. 지금도 '크레파스' 하면 황급히 교실 복도를 뛰어가는 내 모습부터 생각난다.

　크레파스로 그리는 그림이 좋았다. 조금만 부주의해도 물감이 엉

◉ 양은 : 구리, 아연, 니켈 따위를 합금하여 만든 금속.
◉ 책보 : 책을 싸는 보자기.
◉ 양옥집 : 서양식으로 지은 집.
◉ 슬래브 : 콘크리트 바닥이나 양옥의 지붕처럼 콘크리트를 부어서 한 장의 판처럼 만든 구조물.

뚱한 곳으로 번지거나 붓을 잡은 손에 힘 조절하기가 힘든 수채화에
비해, 크레파스 그림은 나를 재촉하지 않으면서 도화지 크기 백배쯤
의 자유를 주었다. 내가 원하는 대로 가고 멈추고 드러눕는 크레파스
야말로 확실한 내 편이었다. 나는 풍경보다 사람을 즐겨 그렸다. 많
은 사람들과 어울리고 싶으면서도 쉽게 섞이지 못하는 내 마음을 크
레파스는 착실하게 표현해 주었다.

크레파스는 자신의 색 위에 다른 색을 받아들임으로써 새로운 색
을 만들어 낸다. 보라가 없을 때는 빨강과 파랑이 만나 걱정을 나누
고, 초록이 없으면 노랑과 파랑이 서로 힘을 합친다. 노력을 하면 20색
크레파스만 갖고도 색상이 풍부한 그림을 그릴 수 있다는 걸 나에게
보여 주었다. 어쩌다 물컵을 엎질렀을 때에도 크레파스 그림은 물기
를 툭툭 털어 내며 아무렇지도 않은 표정을 지었다. 더러 슬픈 일이
생기더라도 마음까지 푹 젖어선 안 된다는 말을 하려는 듯했다.

미술 시간을 마치고 크레파스를 제자리에 정리하는 시간도 좋았
다. 열심히 뛰어다닌 크레파스의 몸에 남아 있는 온기를 느낄 때면
가슴이 뭉클했다. 머리에 다른 색을 잔뜩 뒤집어쓴 크레파스는, 때
묻은 점퍼를 입고 귀가하는 아버지를 생각나게 했다. 약주 기운이 있
는 아버지를 부축해 이부자리에 눕혀 드리고 나면, 아버지는 이내 코
를 골며 잠이 드셨다. 크레파스들도 그렇게 달게 한숨 잘 것 같았다.
나란히 누운 크레파스 위로 하얀 종이를 덮어 주고 크레파스 뚜껑을
닫아 주는 순간의 고요함이 나는 좋았다.

그 무렵 우리 집 식구들은 한방에서 같이 잠을 잤다. 누운 모습이
한 통의 크레파스였다. 우리 육 남매의 색도 제각각이었다. 언니는

우리들의 밑그림을 그려 주는 노랑이었던 것 같다. 밑그림이란 표현하고 싶은 형상의 바깥 선을 그려 주면서 전체적인 구도°를 잡아 주지만, 그림이 완성된 후엔 짙은 색에 묻혀 버린다. 그렇다고 그 선이 사라지는 건 아니다. 지금도 그 노랑 선은, 우리들 마음이 선 밖으로 나가지 않도록 지켜 주고 있는 것이다. 언니에 비하면, 나는 아마 연두와 초록이었지 싶다. 새잎을 내고 다시 무성한 잎으로 키우기 위해 우리 집의 녹색 계열을 다 끌어다 썼던 것 같다. 어머니는 어떤 색이었을까. 자신의 색을 버린 채 그저 자식의 바탕색으로만 한평생 살아오신 것 같다. 어머니를 생각할 때면 자주 내 눈에 차오르는 눈물로 미루어 볼 때, 어쩌면 눈물과 같은 색이 아니었을까 짐작할 뿐이다.

　어제는 사물함을 정리하다 아들의 이름이 적힌 크레파스를 발견했다. 두꺼운 책 밑에 놓여 있는 바람에 통이 조금 일그러져 있었다. 나는 얼른 크레파스를 꺼내 들었다. 같은 부서에서 일하는 직장 선배가 사사건건 시비조°에다 노골적인° 구박을 해 댄다는 아들의 말이 생각나서였다. 아들의 마음도 그렇게 일그러져 있을까 봐 걱정이 되었다. 아들이 이 크레파스를 마지막으로 쓴 게 언제였을까 생각하며 천천히 뚜껑을 열었다. 몇 개의 자리는 비어 있었고, 몇 개는 한 번도 사용하지 않은 듯이 보였으며, 나머지 것들은 크기가 제각각이었다. 크레파스를 싼 종이가 찢어진 것, 종이가 아예 벗겨진 것, 두 동강이 난 것, 너무 닳아 버려 이젠 손에 쥘 수도 없는 것 등. 그 모든 것이

◎ 구도 : 그림에서 모양, 색깔, 위치 따위의 짜임새.
◎ 시비조 : 트집을 잡아 시비하려 드는 듯한 투.
◎ 노골적인 : 숨김없이 모두를 있는 그대로 드러내는.

같은 통에 들어 있었다.

크레파스처럼 우리도 자신만의 색을 갖고 태어난다. 아무리 비슷하다고 해도 절대 똑같을 수는 없다. 그동안 나는 나 자신의 색이 가장 좋다고 우기면서 살아온 게 아닐까. 다른 색의 크레파스가 마음에 들지 않는다며 흉보거나 업신여긴 적도 많았던 것 같다. 혹시 아들이 나를 그대로 닮은 것은 아닌지.

아들도 크레파스처럼 제 몸이 닳는 것을 두려워하지 말고 다른 색과 잘 어우러지면서, 세상이라는 도화지 위를 열심히 뛰어다녔으면 한다. 부디 크레파스 병정처럼 씩씩하고 당당하게.

◉ 업신여긴 : 교만한 마음에서 남을 낮추어 보거나 하찮게 여긴.

정성화 1957~

수필가. 경북대 영어교육학과를 졸업했습니다. 2003년 《부산일보》 신춘문예 수필 부문에 〈풍로초〉가 당선되었으며, 2006년 '현대수필문학상'을 수상했습니다. 수필집으로 《소금쟁이 연가》가 있습니다.

● 내용 파악하기

지은이는 자신의 가족을 어떤 색으로 표현했나요? 또 왜 그렇게 표현했을까요?

원관념	표현된 색	그렇게 표현한 이유
어머니	눈물과 같은 색	자신의 색을 버린 채 자식의 바탕색으로만 살아옴.
언니	노랑	전체적인 구도를 잡아 주지만, 그림이 완성되면 묻혀 버림.
나	연두와 초록	새잎을 내고 무성한 잎을 가짐.

지은이는 자신의 아들에게 어떻게 살아가기를 바라고 있나요?

제 몸이 닳는 것을 두려워하지 말고, 다른 색과 어울리면서, 씩씩하고 당당하게 뛰어다니기를

● 핵심 정리

갈래 : 경수필

성격 : 회상적, 체험적

제재 : 크레파스

주제 : 개성을 지키며 다른 이들과 어우러지며 살아가는 삶의 소중함

특징 : ① 주변의 일상적인 사물로부터 삶의 깨달음을 이끌어 냄.

　　　② 사물을 다른 것에 빗대어 표현함.

● 작품 이해

지은이는 동요를 부르며 크레파스로 그림을 그리던 어린 시절을 떠올립니다. 그 시절의 크레파스는 지은이의 친구였습니다. 그러다 지은이는 크레파스가 인생과 다르지 않다는 생각을 합니다. 각각의 크레파스를 보며 어린 시절의 가족들을 떠올리면서, 그들이 크레파스처럼 자신만의 색을 가지고 있다고 생각합니다. 그러면서 크레파스처럼 자신만의 개성을 지키면서도 닳는 것을 두려워하지 말고, 다른 색과 어우러지면서 살아가자는 메시지를 독자들에게 전달하고 있습니다.

생각해 보기

● 여러분 가족이 함께 모여 있는 모습을 사물로 표현한다면 어떤 사물과 비슷할까요?

● 자신이 크레파스라면 어떤 색 크레파스가 가장 잘 어울릴까요? 또 그 색으로 표현한 이유는 무엇인가요?

우표 한 장
박동규

초등학교 6학년 때 나는 고향 할머니 댁에 있었다. 서울에서 살다가
전쟁으로 밀려 내려와서 어린 시절 살던 고향으로 되돌아온 것이었다.

고향 마을은 뒤로 한 5리쯤 가면 높은 산이 병풍처럼 둘러서 있고
마을 앞으로 논길을 걸어서 5리쯤 가면 기차역이 나왔고 기차역 광
장을 벗어나면 큰 신작로®가 있었다. 마치 앞뒤로 멀리 산이 서로 바
라보며 으르렁거리는 사이 넓은 벌판이 말리고 서 있는 모양이었다.

어린 날 이 마을에 가을이 오면 아이들은 산으로 뛰어가곤 했다.
산에 무성하게 자란 밤나무들에 매달린 밤들이 더 기다릴 수 없다는
듯이 반짝거리는 밤알을 발아래 떨어트리면 아이들은 구슬을 줍듯이
주머니에 담아 하루 종일 '뽀드득' 하고 입 속에서 소리를 내며 허기
를 달래곤 했던 것이었다. 그런데 다시 전쟁으로 고향 마을에 오게

® 신작로 : 새로 만든 길이라는 뜻으로, 자동차가 다닐 수 있을 정도로 넓게 새로 낸 길을 이르는 말.

되었을 때는 가을이 되어도 산에 오를 수가 없었다. 아이들은 산사람°이 있어서 붙잡힌다고 누구도 가려고 하지 않았다. 전투모를 쓴 경찰들이 공비° 토벌°을 하러 간다고 트럭 뒤에 빽빽하게 쪼그리고 앉아서 먼지를 펄펄 내며 산길을 오르는 것만 보고 서 있었다.

어느 날 아침이었다. 나는 큰 신작로에 나왔다. 아이들은 포플러 나무가 줄 서 있는 신작로에 나와서 군인들을 싣고 뽀얀 먼지를 일으키며 북으로 올라가는 트럭들을 보곤 했다. 그러다가 가끔 미군 트럭이 나타나면 손을 흔들고 미군들이 마주 손을 흔들며 야전 식량°이라도 던지면 우리는 이 야전 식량을 가지고 하루를 보냈다. 아이들의 얼굴은 항상 먼지가 끼어 눈썹이 뽀얗게 되어 있었다.

그날도 우리는 신작로 가로수 뒤에 모여 있었다. 한낮이 되었을 때 군용 트럭 한 대가 우리 앞에 섰다. 그리고 우르르 군인들이 트럭 탑재함에서 뛰어내렸다. 트럭이 고장이 난 것이었다. 운전하던 군인이 내려 앞 뚜껑을 열고 들여다보는 사이 군인들은 길가 누런 논둑길에 앉아서 수리가 끝나기를 기다리고 있었다. 우리는 철모를 쓰고 총을 든 군인들이 겁나서 가까이 가지 못하고 멀리 떨어져서 보고 있었다. 그런데 한 군인이 손짓으로 우리를 불렀다. 우리가 군인들 곁으로 다가가자 아주 어리게 보이는 군인 한 명이 내 손에 무엇인가를 쥐여 주면서 "편지인데 봉투에 넣어 꼭 좀 부쳐 줘." 하며 내 눈을 보는 것

® 산사람 : 산에서 사는 사람.
® 공비 : 공산당의 유격대. 중국에서, 국민정부시대에 공산당의 지도 아래 활동하던 게릴라를 비적(匪賊)이라고 욕하며 부르던 데서 유래한다.
® 토벌 : 무력으로 쳐 없앰.
® 야전 식량 : 전쟁터에서 먹는 식량.

이었다. 높은 사람의 눈을 피해 몰래 손에 쥐어 준 종이가 마치 은밀한 거래라도 되는 듯이 내 가슴을 콩닥거리게 했다. 그리고 조금 지나 트럭은 다시 시동을 걸고 북으로 가 버렸다. 어리게 보이던 군인은 먼지로 덮여 눈만 반짝거리는 얼굴로 멀리 사라질 때까지 나를 보며 손을 흔드는 것이었다.

나는 편지를 들고 집으로 와 방에 들어가서 펴 보았다. 연필로 흰 종이에 꼼꼼한 글씨로 쓴 편지의 내용은 아내에게 보내는 사연이었다. 결혼한 지 나흘 만에 군에 오게 되어 미안하다는 이야기와 훈련하는 동안 소식을 전할 길이 없어서 이렇게 편지를 써서 주머니에 넣고 다녔는데 갑자기 전선으로 가게 되었다는 사연이 깨알같이 적혀 있었다. 그리고 끝에 '이 편지를 받은 사람에게'라는 글이 있고 "이 글을 다음의 주소로 부쳐 주시면 언제고 은혜를 꼭 갚겠습니다."라는 글이 붙어 있었다.

나는 삼촌에게 이 편지를 주면서 그 군인을 만난 이야기를 했다. 삼촌은 편지를 앞에 놓고 한참 앉아 있더니 눈물을 줄줄 흘리며 "얼마나 애탔겠니." 하면서 흰 봉투를 꺼내어 주소를 쓰고 우표에 침을 발라 붙여서 나에게 주며 "우체통에 넣지 말고 우체국에 가져가서 넣고 오너라." 하고 보냈다. 나는 우체국까지 가서 편지를 부쳤다.

그 후 나는 이 일을 잊고 있었다. 서울로 올라와서 중학교 2학년이 되어 추석을 맞아 고향에 갔다. 삼촌이 역에 나와 있었다. 캄캄한 밤 고향의 간이역®에서 삼촌은 내 손을 잡고 "군인 부부가 너를 찾으러

® 간이역 : 일반 역과는 달리 역무원이 없고 정차만 하는 역.

우표 한 장 | 박동규

왔다가 갔다."라고 하였다. 어리둥절해하는 나에게 삼촌은 옛날에 편지 부쳐 준 일을 얘기해 주었고 전쟁에서 살아남은 군인이 나를 찾아 고향 마을까지 왔더라는 이야기를 했다. 삼촌은 또 옛날처럼 눈물을 줄줄 흘리면서 "서울에서 공부할 때 편지 부칠 돈이 없어서 쩔쩔매고 있는데 주인집 여섯 살 된 딸아이가 우표 두 장을 가져다준 일이 있었지." 하였다.

그해 가을 먼지 나는 신작로에 서서 우표 한 장으로 마음이 이어지는 멋진 인연의 아름다움에 눈이 붉어진 적이 있었다. 지금 무엇이 우리를 쓸쓸하게 하는 것일까.

박동규 1939~

문학평론가. 경북 월성에서 태어나 서울대에서 문학박사 학위를 받았습니다. 1962년 《현대문학》에 〈카오스의 질서화 작용〉으로 추천받아 등단했습니다. 주로 6·25전쟁 후 한국소설의 특질을 분석하는 평론집으로 《한국 현대소설의 비평적 분석》 《전후 한국소설의 연구》 등을 발표했습니다. 또한 수필집으로 《별을 밟고 오는 영혼》 《당신이 고독할 때》 《인간은 혼자서는 살 수 없다》 등이 있습니다. '현대문학상' 평론 부문을 수상했으며, 현재 서울대 교수로 재직하고 있습니다.

● 내용 파악하기

위 글에 나타난 지은이와 지은이의 '삼촌'의 사연은 어떤 것이었나요?

지은이가 〈우표 한 장〉을 쓴 의도는 무엇이었을까요?

멋진 인연이 사라지는 것 같아 안타까운 마음에

● 핵심 정리

갈래 : 경수필

성격 : 회상적, 체험적

제재 : 군인의 편지

주제 : 사람들 사이에서 오고 가는 따뜻한 정

특징 : ① 체험한 사실을 사실적으로 전개함.

② 간결한 문체로 독자와 대화하듯이 서술함.

● 작품 이해

이 글은 전쟁으로 인해 어쩔 수 없이 이별할 수밖에 없었던 젊은 부부와, 이들을 도와주는 지은이와 삼촌의 이야기로 독자들에게 잔잔한 감동을 줍니다.

생각해 보기

● 작은 관심이나 배려가 마음을 따뜻하게 한 사례를 인터넷이나 뉴스 등에서 찾아볼까요?

● 여러분은 다른 사람의 배려를 받은 적이 있습니까? 있다면 언제 누구에게 받았고, 어떤 배려였나요?

괜찮아
장영희

초등학교 때 우리 집은 제기동에 있는 작은 한옥이었다. 골목 안에는 고만고만한 한옥 네 채가 서로 마주 보고 있었다. 그때만 해도 한 집에 아이가 네댓은 되었으므로 그 골목길에만 초등학교 아이들이 줄잡아 열 명이 넘었다. 학교가 파할 때쯤 되면 골목 안은 시끌벅적 아이들의 놀이터가 되었다.

어머니는 내가 집에서 책만 읽는 것을 싫어하셨다. 그래서 방과 후 골목길에 아이들이 모일 때쯤이면 어머니는 대문 앞 계단에 작은 방석을 깔고 나를 거기에 앉히셨다. 아이들이 노는 것을 구경이라도 하라는 뜻이었다.

딱히 놀이 기구가 없던 그때 친구들은 대부분 술래잡기, 사방치기, 공기놀이, 고무줄놀이 등을 하고 놀았지만 나는 공기놀이 외에는 어떤 놀이에도 참여할 수 없었다. 하지만 골목 안 친구들은 나를 위해 꼭 무언가 역할을 만들어 주었다. 고무줄놀이나 달리기를 하면 내게 심판을 시키거나 신발주머니와 책가방을 맡겼다. 그뿐인가. 술래잡기를 할 때는 한곳에 앉아 있는 내가 답답할까 봐, 미리 내게 어디에 숨을지를 말해 주고 숨는 친구도 있었다.

우리 집은 골목 안에서 중앙이 아니라 구석 쪽이었지만 내가 앉아 있는 계단 앞이 친구들의 놀이 무대였다. 놀이에 참여하지 못해도 나는 전혀 소외감이나 박탈감을 느끼지 않았다. 아니, 지금 생각하면 내가 소외감을 느낄까 봐 친구들이 배려를 해 준 것이었다.

그 골목길에서의 일이다. 초등학교 1학년 때였던 것 같다. 하루는 우리 반이 좀 일찍 끝나서 나는 혼자 집 앞에 앉아 있었다. 그런데 그때 마침 깨엿 장수가 골목길을 지나고 있었다. 그 아저씨는 가위만 쩔렁이며 내 앞을 지나더니 다시 돌아와 내게 깨엿 두 개를 내밀었다. 순간 그 아저씨와 내 눈이 마주쳤다. 아저씨는 아무 말도 하지 않고 아주 잠깐 미소를 지어 보이며 말했다.

"괜찮아."

무엇이 괜찮다는 것인지는 몰랐다. 돈 없이 깨엿을 공짜로 받아도 괜찮다는 것인지, 아니면 목발을 짚고 살아도 괜찮다는 것인지······. 하지만 그건 중요하지 않다. 중요한 건 내가 그날 마음을 정했다는 것이다. 이 세상은 그런대로 살 만한 곳이라고. 좋은 사람들이 있고, 착한 마음과 사랑이 있고, '괜찮아'라는 말처럼 용서와 너그러움이 있는 곳이라고 믿기 시작했다는 것이다.

어느 방송 채널에 오래전의 학교 친구를 찾는 프로그램이 있다. 한번은 가수 김현철이 나와서 초등학교 때 친구들을 찾았다. 함께 축구하던 이야기가 나오자 한 친구가 회상했다. 자기는 당시 허리가 36인치가 될 정도로 뚱뚱해서 잘 뛰지 못한다고 다른 친구들이 축구팀에 끼워 주려고 하지 않았었는데, 그때 그 가수가 나서서 말했다는 것이다.

"그럼, 앤 골키퍼를 하면 함께 놀 수 있잖아!"

그래서 자기는 골키퍼를 맡아 친구들과 함께 축구를 할 수 있었고, 몇십 년이 지난 후에도 그 친구의 따뜻한 말과 마음을 그대로 기억하고 있다는 것이었다.

괜찮아—. 난 지금도 이 말을 들으면 괜히 가슴이 찡해진다. 지난 2002년 월드컵 4강전에서 독일에게 졌을 때 관중들은 선수들을 향해 외쳤다.

"괜찮아! 괜찮아!"

또 청소년들이 문제 50개를 모두 푸는 일에 도전하는 어느 방송의 프로그램에서는 혼자 남아 문제를 풀다가 결국 문제를 못 풀어 마지막에 안타깝게 실패한 친구가 있으면 다른 모든 친구들이 얼싸안고 말해 준다.

"괜찮아! 괜찮아!"

그만하면 참 잘했다고 용기를 북돋워 주는 말, 너라면 뭐든지 다 눈감아 주겠다는 용서의 말, 무슨 일이 있어도 나는 네 편이니 넌 절대 외롭지 않다는 격려의 말, 지금은 아파도 슬퍼하지 말라는 나눔의 말, 그리고 마음으로 일으켜 주는 부축의 말, 괜찮아.

참으로 신기하게도 힘들어서 주저앉고 싶을 때마다 난 내 마음속에서 작은 속삭임을 듣는다. 오래전 따뜻한 추억 속 골목길 안에서 들은 말,

"괜찮아! 조금만 참아. 이제 다 괜찮아질 거야."

아, 그래서 '괜찮아'는 이제 다시 시작할 수 있다는 희망의 말이다.

시각장애인이면서 재벌 사업가로 알려진 미국의 톰 설리번은 자기의 인생을 바꾼 말은 딱 세 단어, "Want to play?(함께 놀래?)"라고 했다. 어렸을 때 시력을 잃고 절망과 좌절감에 빠져 고립된 생활을 할 때 옆집에 새로 이사 온 아이가 그렇게 말했다고 한다. 그 짧은 말이 자기가 다시 세상 밖으로 나올 수 있는 계기가 되었다고 했다.

어린아이의 마음은 스펀지같이 무엇이든 흡수한다. 그리고 어느 순간에 마음을 정해 버린다. 기준은 '함께'이다. 세상이 친구가 되어 '함께'하리라는 약속을 볼 때, 힘들지만 세상은 그런대로 살 만한 곳이라고 여기고, '함께'라는 약속이 없으면 세상은 너무 무서운 곳이라고 여긴다. 새삼 생각해 보면 내가 이 세상에 정붙이게 만들어 준 것은 바로 옛날 나와 함께하기를 거절하지 않았던 골목길 친구들이다.

장영희 1952~2009

서울에서 태어나 생후 1년 만에 소아마비를 앓아 두 다리를 쓰지 못하는 장애인이 되었습니다. 그러나 역경을 딛고 1985년 뉴욕주립대에서 영문학박사 학위를 받은 후 서강대 영어영문학과 교수로 재직했으며 번역가와 수필가로도 활동했습니다. 목발에 의지하지 않으면 한 걸음도 옮길 수 없는 고통 속에서도 따뜻한 글을 발표하여 희망을 전해 주었습니다. 《문학의 숲을 거닐다》《생일》《축복》《살아온 기적, 살아갈 기적》 등의 저서와 함께 번역서를 여러 권 펴냈습니다.

작·품·설·명

● 내용 파악하기

지은이의 주변 사람들은 지은이가 절망감이나 소외감을 갖지 않도록 어떤 말이
나 행동을 했었나요?

주변 사람	말이나 행동
어머니	아이들이 노는 것을 구경하게 함.
동네 아이들	놀이에서 역할을 만들어 줌.
깨엿 장수	엿을 주며 '괜찮아'라고 함.

지은이는 '괜찮아'라는 말을 어떤 말로 이해하고 있나요?

용기를 북돋아 주는 말, 용서의 말, 격려의 말, 부축의 말, 희망의 말

● 핵심 정리

갈래 : 경수필

성격 : 회상적, 체험적, 고백적

제재 : '괜찮아'라는 말

주제 : 다른 사람에 대한 배려와 격려의 소중함

특징 : ① 자신의 구체적이고 다양한 경험을 소재로 삼음.

② 쉽고 일상적인 언어를 사용하여 친근한 느낌을 줌.

● 작품 이해

장애인이었던 지은이가 어린 시절을 생각하며 담담하게 쓴 글입니다. 지은이는
장애인이었지만, 주변으로부터 소외되어 자라지는 않았습니다. 어머니가 보살펴
주었고 친구들이 함께 놀아 주었습니다. 지나가던 깨엿 장사도 지은이에게 따뜻
한 마음을 보여 주었습니다. 그들로부터 들은 '괜찮아'라는 말 한마디는 지은이
에게 따뜻한 마음을 갖게 했습니다. 이후 지은이는 이 세상에 대해 살 만한 곳이
라고, 좋은 사람들이 있고 용서와 너그러움이 있는 곳이라고 믿고 살았습니다.

생각해 보기

● 이 글의 '괜찮아'와 같이 힘들게 살아가는 다른 사람들을 따뜻하게 감싸 줄 수 있는 말에는 어떤 것들이 있을까요?

● 여러분이 친구에게 들었던 격려의 말은 어떤 것이었나요? 또 그 말은 어떤 상황에서 듣게 되었나요?

괜찮아 | 장영희

2부

삶을 강하게 하는 고통

10초 인생

김태관

　육상의 100미터 달리기는 흔히 '10초 드라마'라고도 일컫는다. 똑딱하는 순간에 승부의 명암이 갈리고, 희비가 드러난다는 것이다. 세상에서 가장 짧은 드라마이지만 그 10초가 빚어내는 감동은 여느 대하드라마 못잖다. 거기에는 희극도 있고 비극도 있으며, 복선도 있고 반전도 있다. 경기는 10초에 끝나지만 그 여운은 평생을 가기도 한다. 그래서 100미터 달리기 선수는 한순간에 운명이 좌우되는 '10초 인생'을 산다고 할 수 있다.

　인생은 마라톤이라고들 말하지만, 노인에게 물어보면 대개 100미터 달리기와 같다고 답할 것이다. 어떻게 살다 보니 휙 지나가 버렸다는 소감들이다. '세월은 흐르는 물과 같다.'고 하지만 인생은 순식

◎ 희비 : 기쁨과 슬픔을 아울러 이르는 말.
◎ 복선 : 소설이나 희곡 따위에서, 앞으로 일어날 사건에 대하여 미리 독자에게 넌지시 암시하는 서술.

간이다. 초음속 시대이니 '흐르는 물'보다는 '빛'과 같다는 표현이 더와 닿을지도 모르겠다. 세월은 쏜살같고, 인생은 흰 망아지가 달리는모습을 문틈으로 내다보는 것처럼 잠깐이다. 장자의 〈소요유〉에는이런 표현이 나온다. "하루살이는 밤과 새벽을 알지 못하고, 쓰르라미는 봄과 가을을 알지 못한다." 내일이 없는 하루살이는 덧없고, 내년을 모르는 쓰르라미는 허망하다. 천 년이 하루 같다는 신의 눈으로보면 백 년도 못 사는 인간은 하루살이 같은 존재일지도 모른다.

하루살이에게 10초라는 시간은 얼마만큼의 인생일까? 재미있는셈법이 있다. 인생 80년의 절반을 산 중년의 40대 나이를 하루의 딱절반이 지난 정오라고 가정하자. 그렇다면 중학교에 다니고 있는 학생들은 이제 갓 새벽 5시쯤을 맞이하고 있는 셈이다. 이런 식으로 계산하면 100미터 달리기의 10초라는 시간은 팔십 평생의 사흘 정도에 해당한다. 하루살이가 80년을 산다고 셈하면 하루살이에게 10초는 3일에 해당한다는 말이다. 결코 헛되이 보낼 수 없는 귀중한 시간이다.

대구세계육상선수권대회에서 세계적인 육상 선수가 실격한 것이화제다. '번개'였던 그가 100미터를 채 뛰어 보지도 못하는 날벼락을맞았다. 단 한 번의 부정 출발만으로도 바로 실격을 하게 되는 경기규칙이 만들어 낸 반전*이다. 그런데 이 육상 선수의 비극이 남의 일같지만은 않은 것은 왜일까? 한순간의 실수로 일생을 망친 사람이

◎ 반전 : 일의 형세가 뒤바뀜.

어디 그뿐이겠는가. '10초 인생'이 아니더라도 인생에는 비디오 플레이어처럼 '재생'이라는 것이 없다. 이제 새벽 5시를 맞은 중학생들에게 10초가 아닌, 단 0.1초라도 아끼고 소중하게 여길 이유가 바로 여기에 있다. 남은 시간이 누구보다 많은 만큼 자정이 되기 전에 해야 할 일도 그 누구보다 많기 때문이다.

김태관 1955~

언론인. 서울에서 태어나 경희대 영어영문학과를 졸업했습니다. 《스포츠경향》 편집국장, 《경향신문》 종합편집장 및 논설위원을 역임했습니다. 간결하면서 핵심을 찌르는 글로 사회현상과 시대 흐름을 판독하는 능력이 뛰어나다는 평을 얻었습니다. 저서로는 《왜 원하는 대로 살지 않는가》가 있습니다.

작·품·설·명

● 내용 파악하기

하루살이에게 10초는 인간으로 치면 얼마만큼의 시간일까요?

3일

인간에게 1년은 하루살이에게는 얼마만큼의 시간일까요?

3분

지은이는 육상 선수의 실격을 통해 무엇을 알리려 하는 것일까요?

인생에서 재생은 없다.

● 핵심 정리

갈래 : 신문 칼럼

성격 : 비유적, 설득적

제재 : 10초의 시간

주제 : 우리에게 주어진 시간을 의미 있게 사용해야 할 필요성

특징 : ① 운동경기나 동물을 예로 들어 자신의 주장을 폄.

② 구체적인 수치를 사용하여 설득력을 높임.

● 작품 이해

지은이는 육상의 100미터 경기나 하루살이와 쓰르라미 등의 동물의 일생을 들어 우리에게 순식간에 지나가는 10초라는 시간이 얼마나 소중한가를 말하고 있습니다. 그리고 그 시간을 아끼고 의미 있게 써야 함을 일러 주고 있습니다.

생각해 보기

● 만일 인생을 되돌리고 싶은 순간이 있었다면 어떤 때였나요?

● 10초만 더 있었더라면 하고 느꼈던 순간이 있었다면 언제였나요?

아름다운 흉터

이청준

나의 두 손등과 손가락들에는 세 종류의 흉터가 선명하게 남아 있다.

초등학교 1학년 때 첫 소풍을 가기 전날 오후 마음이 들뜨다 못해 토방 아래에 엎드려 있는 누렁이 놈의 목을 졸라 대다 졸지에 숨이 막힌 녀석이 내 왼손을 덥석 물어뜯어 생긴 세 개의 개 이빨 자국 세트가 하나. 역시 초등학교 5학년 때쯤 남의 산으로 나무를 하러 갔다가 조급한 도둑 톱질 끝에 내 쪽으로 쓰러져 오는 나무둥치를 피하려다 마른 가지 끝에 손등을 찍혀 생긴 기다란 상처 자국이 그 둘, 고등학교엘 다닐 때까지 방학이 되면 고향 집으로 내려가 논밭걷이외 푸나무®를 하러 다니며 낫질을 실수할 때마다 왼손 검지와 장지 손가락 곁쪽에 하나씩 더해진 낫 상처 자국이 나중엔 이리저리 이어지고 뒤얽히며 풀려 흐트러진 실타래의 형국을 이루고 있는 것이 그 세 번

® 푸나무 : 풀과 나무.

째 흉터의 꼴이다.

그런데 나는 시골에서 광주로 중학교 진학을 나오면서부터 한동안 그 흉터들이 큰 부끄러움거리가 되고 있었다. 도회지 아이들의 희고 깨끗하고 부드러운 손에 비해 일로 거칠어지고 흉터까지 낭자한 그 남루하고 못생긴 내 손 꼴새[*]라니.

그러나 그 후 세월이 흘러 직장 일을 다니는 청년기가 되었을 때 그 흉터들과 볼품없는 손꼴이 거꾸로 아름답고 떳떳한 사랑과 은근한 자랑거리로 변해 갔다.

"아무개 씨도 무척 어려운 시절을 힘차게 살아 냈구만. 나는 그 흉터들이 어떻게 생긴 것인 줄을 알지."

직장의 한 나이 든 선배님이 어떤 자리에서 내 손등의 흉터를 보고 그의 소중스러운 마음속 비밀을 건네주듯 자신의 손을 내게 가만히 내밀어 보였을 때, 그리고 그 손들에 나보다도 더 많은 상처 자국들이 수놓여 있는 것을 보았을 때부터였다.

그렇다. 그 흉터와, 흉터 많은 손꼴은 내 어려웠던 어린 시절의 모습이요, 그것을 힘들게 참고 이겨 낸 떳떳하고 자랑스러운 내 삶의 한 기록일 수 있었다. 그 나이 든 선배님의 경우처럼, 우리 누구나가 눈에 보이게든 안 보이게든 삶의 쓰라린 상처들을 겪어 가며 그 흉터를 지니고 살아가게 마련이요, 어떤 뜻에선 그 상처의 흔적이야말로 우리 삶의 매우 단단한 마디요 숨은 값이라 할 수도 있을 것이기 때문이다.

[*] 꼴새 : 꼬락서니.

그렇다면, 그것은 오직 나만의 자랑이나 내세움거리로 삼을 수는 없으리라. 그것은 오히려 우리 누구나가 자신의 삶을 늘 겸손하게 되돌아보고, 참삶˚의 뜻과 값이 무엇인가를 새롭게 비춰 보는 거울로 삼음이 더 뜻있는 일일 것이다.

이런 생각 속에서도 때로 아쉽게 여겨지는 일은 요즘 사람들 가운데엔 작은 상처나 흉터 하나 지니지 않으려 함은 물론, 남의 아픈 상처 또한 거기 숨은 뜻이나 값을 한 대목도 읽어 주지 못하는 이들이 흔해 빠진 현상이다.

아무쪼록 자기 흉터엔 겸손한 긍지˚가, 남의 흉터엔 위로와 경의˚가, 그리고 흉터 많은 우리 삶엔 사랑의 찬가가 함께할 수 있기를!

˚ 참삶 : 진실하고 올바른 삶.
˚ 긍지 : 자신의 능력을 믿음으로써 가지는 당당함.
˚ 경의 : 존경하는 뜻.

이청준 1939~2008

소설가. 전남 장흥에서 태어나 서울대 독어독문학과를 졸업했습니다. 1965년 《사상계》로 등단했으며, 현대 산업사회에서 인간의 소외 문제, 전통적 정서 등 다양한 주제의 작품을 많이 남겼습니다. 주요 작품으로 《매잡이》《꽃과 소리》《소문의 벽》《씌어지지 않는 자서전》《원무》《이제 우리들의 잔을》《조율사》《당신들의 천국》 등이 있습니다. 몇몇 작품은 영화의 원작이 되기도 했는데, 《서편제》는 임권택 감독의 〈서편제〉로, 《벌레 이야기》는 이창동 감독의 〈밀양〉으로 영화화되었습니다.

작 · 품 · 설 · 명

● 내용 파악하기

지은이는 어떤 사연으로 흉터가 생기게 되었을까요?

흉터(부위)	사연
왼손	초등 1학년 때 개에게 물린 이빨 자국
손등	초등 5학년 때 나무하느라 톱질하다가 나뭇가지에 찍혀서
왼손 검지와 장지 사이	고등학교 때 낫질하다가

지은이의 흉터에 대한 마음은 어떻게 변했나요?

볼품없고 부끄럽다 → 아름답고 떳떳한 사랑과 은근한 자랑거리

지은이가 이 글을 통해 말하고 싶었던 부분을 찾아봅시다.

자기 흉터엔 겸손과 긍지가, 남의 흉터엔 위로와 경의가, 그리고 흉터 많은 우리 삶엔 사랑의 찬가가 함께할 수 있기를

● 핵심 정리

갈래 : 경수필

성격 : 체험적, 교훈적

제재 : 흉터

주제 : 흉터를 삶의 흔적이라 생각하는 긍정적 삶의 자세

특징 : 특정한 삶의 경험과 여기에서 받은 깨달음을 서술하고 있음.

● 작품 이해

여러분의 몸에도 크고 작은 흉터들이 있을 것입니다. 자신이 기억하지 못하는 것, 유아기 때 생긴 것, 초등학교 때 생긴 것, 자랑스러운 것, 감추고 싶은 것, 볼 때마다 마음을 아프게 하는 것 등 부위와 크기는 다르지만 저마다 생긴 사연들을 간직한 채, 여러분이 지나온 삶의 흔적을 보여 주고 있습니다. 이 글에서 지은이는 한 선배의 말을 통해 감추고 싶었던 흉터가 자랑거리로, 남의 흉터에도 위로와 경의를, 더 나아가 흉터 많은 우리 삶에 대한 사랑으로 흉터의 범위를 넓혀 가고 있습니다. 짧지만 긍정적인 마음을 갖게 하는 글입니다.

아름다운 흉터 | 이청준

생각해 보기

● 길을 가다가 눈에 띄는 곳에 흉터가 있는 사람을 만난 적이 있었나요? 그때 어떤 생각이 들었나요?

● 혹 여러분의 몸에 흉터가 있다면, 그 흉터는 왜 생기게 되었나요?

400년 전의 편지
원이 어머니

병술(1586) 유월 초하룻날 아내가

당신 언제나 나에게 "둘이 머리 희어지도록 살다가 함께 죽자."고 하셨지요.

그런데 어찌 나를 두고 당신 먼저 가십니까?

나와 어린아이는 누구의 말을 듣고 어떻게 살라고 다 버리고 당신 먼저 가십니까?

당신 나에게 마음을 어떻게 가져왔고, 또 나는 당신에게 마음을 어떻게 가져왔었나요?

함께 누우면 언제나 나는 당신에게 말하곤 했지요.

"여보, 다른 사람들도 우리처럼 서로 어여뻐 여기고 사랑할까요? 남들도 정말 우리 같을까요?"

어찌 그런 일들 생각하지도 않고 나를 버리고 먼저 가시는가요?

당신을 여의고는 아무리 해도 나는 살 수 없어요.

빨리 당신께 가고 싶어요.

나를 데려가 주세요.

당신을 향한 마음을 이승에서 잊을 수가 없고 서러운 뜻 한이 없습니다.

내 마음 어디에 두고 자식 데리고 당신을 그리워하며 살 수 있을까 생각합니다.

이내 편지 보시고 내 꿈에 와서 자세히 말해 주세요.

꿈속에서 당신 말을 자세히 듣고 싶어서 이렇게 써서 넣어 드립니다.

자세히 보시고 나에게 말해 주세요.

당신 내 뱃속의 자식 낳으면 보고 말할 것 있다 하고 그렇게 가시니 뱃속의 자식 낳으면 누구를 아버지라 하라시는 거지요?

아무리 한들 내 마음 같겠습니까?

이런 슬픈 일이 하늘 아래 또 있겠습니까?

당신은 한갓 그곳에 가 계실 뿐이지만 아무리 한들 내 마음같이 서럽겠습니까?

한도 없고 끝도 없어 다 못 쓰고 대강만 적습니다.

이 편지 자세히 보시고 내 꿈에 와서 당신 모습 자세히 보여 주시고 또 말해 주세요.

나는 꿈에는 당신을 볼 수 있다고 믿고 있습니다. 몰래 와서 보여 주세요.

하고 싶은 말 끝이 없어 이만 적습니다.

원이 어머니 ?~?

이응태(1556~1586)의 아내로 죽은 남편에게 보낸 편지를 남겼습니다.

● 내용 정리하기

편지를 보내는 이와 받는 이는 누구인가요?

보내는 이는 원이 어머니, 받는 이는 죽은 남편

편지로 짐작할 수 있는 지은이의 상황은 어떠한가요?

남편이 원이와 뱃속의 아이를 남겨 두고 젊은 나이에 세상을 떠남.

● 핵심 정리

갈래 : 서간문

성격 : 애상적, 회고적

제재 : 죽은 남편에게 보내는 편지

주제 : 죽은 남편에 대한 애절한 그리움과 사랑

특징 : 사랑하는 이에 대한 감정을 꾸밈없이 감동적으로 나타냄.

● 작품 이해

1998년 안동에서 한 무덤을 옮기는 작업을 하고 있었습니다. 이 무덤의 주인은 이응태로, 1586년에 서른 살의 나이로 생을 다한 인물이었습니다. 이 무덤에서는 머리카락을 섞어 만든 미투리(신발)와 이 미투리를 싼 편지가 발견되었습니다. 그의 아내가 저승으로 간 남편에게 보내는 편지였습니다. '원이 어머니'로 알려진 이 여인의 한글 편지는 장례 전까지의 짧은 시간 동안에 쓰인 것으로 추측됩니다. 남편에 대한 절절한 그리움으로 하고 싶은 말을 다 끝내지 못하고 종이가 다하자 모서리를 돌려써 내려갔습니다. 모서리를 채우고도 끝을 맺지 못하자 이번에는 다시 처음으로 돌아와 거꾸로 적었습니다. 400여 년 전에 쓰인 이 편지에는 여읜 남편에 대한 사랑이 구구절절 간절하게 표현되어 있어 보는 이로 하여금 눈시울을 적시게 합니다.

생각해 보기

● 이 글을 바탕으로 이응태 부인의 삶을 간단하게 추측해 볼까요?

이 편지를 쓰기 전의 삶 :

이 편지를 쓴 후의 삶 :

● 이응태의 부인은 머리카락으로 만든 신발과 편지를 남편에게 주었는데, 여러분이라면 가장 사랑하는 이에게 어떤 물건을 줄 수 있을까요?

신갈나무 투쟁기

전승훈 · 차윤정

나무는 씨앗을 낳고 씨앗은 나무를 키우고 나무는 다시 씨앗을 낳는다. 봄빛은 잎과 꽃을 만들고, 꽃은 열매를 만들고, 잎은 열매를 키우고, 여름빛은 열매를 살찌우고…… 열매는 이제 가을바람을 기다린다.

도토리의 비산[*]

소나무가 주인인 숲의 틈새로 일찌감치 자라고자 하는 본능이 억제된 나무가 있다. 오래된 몸통에는 흰 버섯이 여기저기 피어 있고 밑동에는 이끼가 번져 있는 나무이지만, 이파리는 어느 젊은 것 못지않게 싱싱하고 푸르며 그 속에 알알이 박혀 있는 열매들 역시 푸르고

[*] 비산 : 날아서 흩어짐.

윤이 날 지경이다. 열매의 머리에는 관록˚이나 되는 듯 겹겹으로 주름진 모자가 씌워 있다.

　가을볕에 그을린 열매는 동료들과 더불어 어미를 떠나 앞으로 펼쳐질 미래에 대한 희망과 기대로 긴장되어 있다. 열매의 끝은 마치 궁금한 세상을 훔쳐보기라도 하려는 듯 삐죽 나와 있다. 가을이 익어 갈수록 열매들은 자신들을 실어다 줄 바람을 기다리며 서서히 깍지˚에서 몸을 반쯤 내민다. 그리고 곧 바람이 분다.

　단 한 번의 바람에 열매들이 후드득 떨어진다. 이렇게 쉽게 떨어질 줄 알았더라면 직접 한번 시도라도 해 보는 것인데, 열매들이 까르르 웃는 듯 데굴거리는 소리로 숲이 부산스러워지는˚ 듯하다. 그러나 어미에서 일제히 떨어져 나온 열매들은 통실한 몸집으로 인해 바람의 상승 기류를 타지 못하고 곧 아래로 곤두박질친다. 그리도 꿈꾸던 세상과의 만남은 이렇게 추락의 아찔함으로 시작되었다. 그리고 열매들이 떠나 버린 빈자리에는 휑한 구멍들만 남아 있다.

　어미의 이파리는 억세고 굳건하게 생겼다. 험해 보이는 살림살이에도 불구하고 넓고 두툼한 생김새는 제법 세력 있는 집안임을 짐작하게 한다. 이파리의 아랫부분 역시 부처님의 귓불처럼 둥근 것이 그리 야박해 보이지는 않는다. 이 이파리의 주인인 어미는 바로 신갈나무이다. 그리고 그 열매들은 다름 아닌 도토리들이다.

˚ 관록 : 어떤 일에 대한 상당한 경력으로 생긴 위엄이나 권위.
˚ 깍지 : 콩 따위의 꼬투리에서 알맹이를 까낸 껍질.
˚ 부산스러워지는 : 보기에 급하게 서두르거나 시끄럽게 떠들어 어수선한 데가 있는.

일생 단 한 번의 경험

땅으로 곤두박질친 열매들은 구르고 굴러 각자의 운명을 따라 흩어진다. 일부는 땅의 경사를 이기지 못하고 낮은 곳으로 계속 곤두박질치고 몇몇은 돌무더기에 막혀 주저앉는다. 몇몇은 다람쥐나 청설모의 위장 속에서 녹아 버리거나, 알뜰한 다람쥐에 의해 알지 못하는 곳에 묻힐 것이다. 몇몇은 벌레들의 공격에 몸이 파헤쳐져 나뒹굴거나, 더러는 흐르는 물에 떨어져 실려 갈 것이다. 낙엽이 진 숲에는 휑한 바람이 바닥까지 일어 이리저리 열매들을 굴린다. 열매들에게는 아직까지 자신의 의지로 할 수 있는 일이 없다.

낙엽 속에 자리 잡은 열매는 무거운 몸집 때문에 꼼짝도 않고 있다. 바람이 몸을 건들고, 구르는 낙엽도 몸을 때린다. 바람에 열매의 껍질이 말라 가면서 가는 줄무늬도 생겼다. 그리 예쁜 것은 아니었지만 푸르스름하고 윤이 나던 열매의 단단한 껍질도 이제는 거무튀튀해지고 여기저기 찢겨 터져 있다. 뒤늦게 떨어지는 열매들이 도토리를 때리기도 한다. 먹이를 모으고 있던 다람쥐가 이리저리 굴려 보기도 한다. 다람쥐의 입 속에는 이미 도토리가 그득해 열매가 떨어질 지경이다. 이리저리 떠밀리는 신세가 고단하기만 하다. 빨리 정착하고 싶지만 제 뜻대로 되지 않는다.

그러나 열매여! 굴리는 바람을 미워하지도, 경사진 구릉°을 미워하지도 말 일이다. 열매가 싹을 틔우고 싹이 자라 나무가 되고 천수°를 누리다 죽건, 어느 도벌꾼°의 도끼에 죽어 넘어지든, 혹은 어처구니없게도 곰팡이나 벌레에 의해 쓰러질 때까지, 나무란 처음 발을 내린 곳에서 생을 이어 가는 운명이다. 오직 이 순간만이 몸을 움직일 수 있는 기회라는 것을 열매는 알지 못하는 것이다. 이렇게라도 이동하는 것이 생에 두 번 다시 올 수 없는 자유라는 것을 열매는 아직 알지 못한다. 열매에게 있어 정착이라는 것은 엄청난 운명의 결정인 것이다.

자유, 얼마나 환상적인 말인가. 미지의 세계를 찾아 여기저기 방랑하는 것은 얼마나 낭만적인가. 하지만 무릇 움직이는 생명들 중 낭만적인 방랑을 하는 족속이 얼마나 되는가. 동물들이 움직이는 이유는 오직 두 가지뿐이다. 먹이를 찾을 때와 적으로부터 몸을 피할 때, 얼마나 많은 생명들이 먹고살기 위해 뛴다고 넋두리하는가.

결국 움직이는 자유란 혹 삶에 대한 처절한 몸부림인지도 모른다. 나무의 선조들이 애초에 공기와 물로써 살아갈 수 있는 방법을 터득한 이상 먹이를 찾아 움직이는 수고로움을 겪지 않아도 되었다. 지상에 충만한 것이 빛이요 공기이다. 하늘에서 내려 주는 빗물은 땅으로 스며들어 뿌리를 적신다. 빛으로 물로 공기로 자신을 부양할 수 있는데 움직임이 무슨 필요가 있는가.

몇몇 무리들은 대충 정착할 공간을 만났다. 다행히 여러 겹으로 얽힌 낙엽이 무리들을 붙잡아 주었다. 따끔거리는 바늘들이 불그레한 빛으로 땅을 덮고 있다. 듬성듬성 긴 칼날 같은 잎을 무더기로 달고 있는 녀석들이 있기도 하고 여러 장의 잎들이 가지런히 달려 방석을 이루는 키 작은 나무들도 있다. 잎사귀들의 색이 불그레하고, 여기저

◉ 구릉 : 언덕.
◉ 천수 : 타고난 수명.
◉ 도벌꾼 : 상습적으로 산의 나무를 몰래 베어 가는 사람.

신갈나무 투쟁기 | 전승훈 · 차윤정

기 뜯겨 나간 모습이 사는 것이 그리 편한 곳은 아닌 듯하다. 골이 진 곳으로 바람에 날려 온 나뭇잎 더미가 제법 쌓여 있다. 붉은 바늘 낙엽보다 훨씬 검고 축축하다. 그리 넓은 편은 못 되지만 대충 만족할 만하다. 물론 바람과 돌과 물이 허락을 한다면 말이다.

열매가 앞으로 살아갈 밑천으로 가지고 있는 것이란 어미가 껍질 속에 채워 준 탄수화물 덩어리뿐이다. 너나 할 것 없이 똑같은 양의 떫고 딱딱한 물질이 삶의 밑천이다. 하지만 열매들은 정작 그 속에 작게 포개진 위대한 생명력에 대해서는 아직 깨닫지 못하고 있다. 그 작은 뱃속에 얼마나 많은 정보가, 얼마나 무궁한 역사가 압축되어 있는지 아직 모른다. 곧 이 위대한 유산은 열매의 생을 지배할 것이다.

열매는 고단함으로 지쳐 있다. 어미 품에서 자라던 그 안락함을 기억할 수 있다. 어미가 길어다 준 물과 양분으로 대접받던 시절이었다. 그러나 과거를 그리워할 필요는 없다. 어미라고 해서 그리 넉넉한 형편도 아니었으며 이미 어미의 몸뚱이에는 어미와 한 몸으로 자랄 또 다른 식구인 새 눈이 가지 끝마다에 달려 있지 않았던가. 그에게는 미지의 세계에 대한 동경이 있다. 어차피 어미를 떠나 세상을 향해 내던져진 운명, 모양 나게 살아 볼 일이다.

변화의 징조

잠시 정신을 가다듬은 열매는 뭔가를 준비하는 듯하다. 몸이 아주 미약하나마 약간씩 움찔거린다. 바람은 참으로 제때에 도토리를 땅으로 실어다 주었다. 아직 가을 끝 햇살에는 약간의 온기가 남아 있다. 가을 기운에 큰 나무들이 잎을 떨어뜨려 하늘도 조금 열려 있다. 아침이면 쌀쌀해진 기온 덕분에 공기 중의 물기가 축축하게 땅으로 내려온다. 조금만 더 늦었더라도 겨울바람은 빛과 물을 얼려 버렸을 것이다. 빛과 물, 이는 씨앗이 싹을 틔우는 데 기본적인 요건이다. 물은 종자의 껍질을 부드럽게 해 주고 빛은 양분을 녹여 낸다.

가랑잎이 쌓인 곳에 자리를 잡은 일이 참으로 행운이었다. 가랑잎 낙엽은 찬바람을 막아 주고 물기도 가두어 도토리에게 나누어 준다. 무엇보다 한낮의 열기를 가두었기 때문에 밤에도 따스했다. 검고 축축한 낙엽은 그야말로 가을 햇살을 온전히 붙잡는 자연 보온재였다.

딱딱한 껍질은 물과 빛에 부풀었다 말랐다 하며 씨름한 끝에 부풀어 갈라져 있고, 볼록했던 양분들도 열매 속의 어린 생명에게 분해되어 탄력을 잃고 쭈글쭈글해져 있다. 몸 여기저기가 근질거린다. 주체할 수 없는 힘이 솟구친다. 어린 싹 속으로 들어온 양분은 억제할 수 없는 에너지로 변환되어 눈을 뿌리와 잎으로 변신시킨다. 뿌리와 잎은 운명적으로 갈라지면서 서서히 각자의 방향을 잡는다. 삐죽했던 열매의 끝이 벌어진다. 제일 큰 믿음이자 안식이었던 껍질이 갈라지면서 드디어 세상으로 나오려는 순간이다.

너무도 엄청나고 명백한 변화가 가장 짧은 기간에 이루어진다. 어미에게서 떨어져 나온 지 불과 보름 남짓한 시간 동안에 일어난 일이다. 알에서 어린 생명이 깨어나는 데 이처럼 빠른 것도 드물 것이다. 이렇게 나무는 처음부터 부모의 보살핌 없이 혼자서 생을 깨운다.

신갈나무 투쟁기 | 전승훈·차윤정

전승훈 1962~

농학박사. 현재 가천대 조경학과 교수로 재직 중입니다. 환경생태 분야의 연구를 주로 하며 한국환경생태학회 이사, 한국식물전문가그룹 위원 등으로 다양한 활동을 하고 있습니다. 지은 책으로는 《신갈나무 투쟁기》가 있습니다.

차윤정 1966~

숲 해설가. 부산에서 태어나 서울대에서 산림환경학으로 박사 학위를 받았습니다. 국민대 강사를 거쳐 유네스코 장백산 생태계 조사단 연구원으로 활동했고, 숲 탐방교육 전문 강사로도 활동 중이며 '생명의 숲 가꾸기 운동 본부'의 운영위원을 맡고 있습니다. 지은 책으로는 《숲의 생활사》《나무의 죽음》《다시 걷고 싶은 우리 숲》 등이 있습니다.

작 · 품 · 설 · 명

● 내용 정리하기

소제목별로 이 글의 내용을 정리해 볼까요?

소제목	중심 내용
도토리의 비산	바람이 불자 매달린 도토리가 아래로 떨어짐.
일생 단 한 번의 경험	동물과 달리 도토리는 미지의 세계를 찾아 방랑함.
변화의 징조	양분이 에너지가 되어 잎과 뿌리로 갈라지면서 껍질이 갈라짐.

● 핵심 정리

갈래 : 중수필

성격 : 서사적, 설명적

제재 : 신갈나무

주제 : 신갈나무 열매가 싹트는 과정

특징 : ① 나무를 의인화시켜 이야기 형식으로 표현함.

② 전문적인 내용을 일반인들이 알기 쉽게 서술함.

● 작품 이해

이 글은 전승훈과 차윤정이 함께 지은 《신갈나무 투쟁기》(2009)의 한 부분입니다. 이 책은 우리나라 숲의 주인공으로 자리 잡아 가고 있는 신갈나무가 탄생하고 성장하고 죽음에 이르는 과정을 일대기 형식으로 서술한 책입니다. 이 책의 주인공은 식물로, 읽는 이들에게 자연과학적 지식을 전달하는 '식물학 개론서'의 역할과 함께 잘 짜인 한 편의 소설을 읽는 듯한 서사적 감동까지 전해 줍니다. 이 책을 통해 나무의 탄생과 죽음, 긴 세월의 마디마디에 담긴 자연의 엄혹한 질서와 숙명적 삶을 이해하게 됩니다.

생각해 보기

● 산이나 공원에서 볼 수 있는 나무 중 여러분이 정확하게 이름을 알 수 있는 나무는 몇 종류나 되나요?

● 여러분의 집에서 기르는 식물도 애완동물과 같은 감정을 가질 수 있을까요?

세상에서 가장 따뜻한 장갑

박영석

　추락 사고를 당해 수술까지 받은 내가 그해 겨울 두 번째로 에베레스트 산에 도전하리라고는 아무도 생각하지 않았다. 사고 6개월 만에 산악회를 이끌고 나는 다시 에베레스트 산으로 떠났다. 가족들은 물론 산악계 선배들조차 놀라워했다. 특히 가족들은 앞으로 어떤 원정도 말릴 수 없으리라는 사실을 깨달았을 것이다.

　우리 팀은 두 번째도 남서쪽 벽을 목표로 했으나, 일본 원정대가 우리를 앞질러 입산(入山) 허가서를 받아 냈기 때문에 그 옆의 남쪽 능선을 선택했다. 한겨울의 두 번째 에베레스트 산 등반은 그렇게 시작되었다. 겨울 등반의 최대 적은 추위와 바람이다. 강풍은 식당 캠프 한 채를 휩쓸어 가고 30킬로그램짜리 버너를 축구공처럼 굴러다니게 했다. 허공으로 몸을 날려 버릴 듯한 거센 바람, 살을 에고 뼈를 저미는 살인적인 추위와 싸우며 우리는 가파른 빙벽을 기어올랐다. 이를 악물고 오르고 또 올랐다. 그 결과 정상 공격이 가능한 8,000미터

지점에 무사히 다다를 수 있었다.

그러나 진짜 싸움은 거기서부터 시작되었다. 지대가 높아지면서 추위와 바람도 강도가 점점 높아졌다. 칼바람은 단단히 여민 방한복 안으로 집요하게 파고들었고, 두꺼운 장갑 속의 손가락도 꽁꽁 얼어붙었다. 손이 펴지지 않아 피켈˚ 잡기도 힘들었다. 바위에 몸이 부딪히기라도 하면 금방이라도 내 몸은 깨질 것 같았고 온몸의 뼈마디가 쑤셔 왔다. 시시때때로 휘몰아치는 눈보라에 앞이 잘 보이지 않았으며, 추위 때문에 체력은 더 빨리 소진되는 것 같았다.

그야말로 악전고투˚, 대원 한 명은 이미 등정(登頂)˚을 포기하고 산을 내려간 상태였다. 뒤따라오던 그가 더 이상 오르지 못하겠다고 해서 나는 그와 내 몸을 연결하고 있던 로프를 끊었다. 히말라야에서 줄은 곧 생명이다. 내 손으로 생명줄을 끊는 그 순간이 어떻게 비장하지˚ 않을 수 있겠는가. 그런 상황에서 따망 셰르파˚마저 더 이상 올라가지 못하겠다고 했다. 그마저 내려간다면 나는 혼자 남는 것이었다. 그럼 누가 내 생명줄을 잡아 준단 말인가. 나는 그의 도움이 절실히 필요했다.

따망을 어찌어찌 어르고 달래 가까스로 8,500미터 지점까지 함께 올라갔다. 그런데 따망이 무엇을 보았는지 반색을 히며 지쪽으로 달

◉ 피켈 : 등산에서, 빙설로 뒤덮인 경사진 곳을 오를 때에 사용하는 기구. 목제 자루에 'T'자 모양의 금속제 날이 달려 있다.

◉ 악전고투 : 매우 어려운 조건을 무릅쓰고 힘을 다하여 고생스럽게 싸움.

◉ 등정 : 산 따위의 꼭대기에 오름.

◉ 비장하지 : 슬프면서도 그 감정을 억눌러 씩씩하고 장하지.

◉ 셰르파 : 네팔 동부 히말라야 산속에 살고 있는 티베트계(系)의 한 종족. 라마교를 신봉하고 농업, 목축업, 상업 따위에 종사하며, 히말라야 등산대의 짐을 나르고 길을 안내하는 인부로서 유명하다.

려가는 것이었다. 그의 시선을 따라가니 눈밭에 버려진 우모복[*] 한 벌이 보였다. 따망은 우모복 하나라도 더 껴입으려는 심산이었던 것이다. 그러나 그는 우모복을 주워 드는 대신 그 자리에 붙박인 듯 꼼짝도 하지 않았다.

"무슨 일이야?"

따망의 곁으로 다가갔다. 나 역시 꼼짝도 할 수 없었다. 그곳에 우모복을 입은 시신 한 구가 누워 있었다. 머리털이 주뼛 서도록 섬뜩했다. 눈 속에 파묻힌 시신 한 구, 추위와 고독 속에 죽어 갔을 그의 마지막이 눈앞에 보이는 듯했다.

"봐라, 빨리 내려가지 않으면 우리도 이렇게 되고 말 거다!"

따망은 울부짖었다. 그의 눈은 간절히 하산을 원하고 있었다. 어쩔 수 없었다. 나는 도저히 못 가겠다는 그를 두고 혼자 산을 오르기 시작했다. 얼마나 그렇게 걸었을까? 산을 내려가고 있으리라 생각했던 따망이 뒤쫓아 오는 것이 보였다. 무척 고마웠지만 그것이 셰르파인 따망의 의무이기도 했기 때문에 잠자코 발걸음만 옮겼다.

8,700미터, 따망은 급기야 바닥에 드러누워 버렸다. 그런 따망을 보는 순간 그나마 남아 있던 실낱같은 의지마저 사라지고 온몸에서 힘이 빠져나가는 것 같았다. 하지만 정상이 눈앞이었다. 불과 100여 미터를 남겨 놓았을 뿐이다. 여기서 이렇게 후퇴할 수는 없었다. 나는 결정을 내려야 했다. 혼자 정상에 오를 것인가, 아니면 함께 산을 내려갈 것인가, 결정은 쉽지 않았다.

---

[*] 우모복 : 소털로 만든 옷.

손가락, 발가락이 아직 붙어 있다는 게 신기할 따름이었다. 아무 감각도 없었다. 손가락, 발가락이 그냥 붙어 있다는 느낌만 들었다. 이대로 계속 가다가는 동상에 걸려 손발을 잘라 내야 할 판이었다. 과욕은 돌이킬 수 없는 결과를 불러오게 마련이다. 더 이상 욕심 부리지 말아야 했다. 에베레스트 산은 이번에도 날 받아 주지 않는구나. 정상이 눈앞인데 한마디로 미칠 것만 같았다.

결국 따망과 함께 내려가는 길을 택했다. 물론 내려가는 길도 오르는 것 못지않게 힘들었다. 하루 중 가장 추운 때가 해 뜨기 직전이었고 우리는 그 시점에 놓여 있었다. 추운 건지 아픈 건지 감각이 모호했다. 온몸이 저려 왔다. 어서 동이 트기를 바라며 부지런히 걷는 수밖에 없었다.

히말라야의 태양이야말로 생명의 빛이었다. 산소가 그렇듯이 태양 역시 생명인 것을 산에서야 새삼 깨닫는다. 밤새 지독한 추위에 시달리며 동사의 위협을 느끼다가 해가 뜨면 이제 살았구나 하고 안도하는 것이다.

얼마나 걸었을까. 극한 상황에서는 시간에 대한 감각도 무뎌진다. 어느덧 남봉에 붉은 기운이 퍼져 가고 있었다. 마침내 떠오르는 해의 찬란한 빛을 보는 내 눈에 눈물이 고였다. 그 눈물을 훔치려고 눈가에 손을 가져갔는데, 눈을 깜박하는 순간 눈물은 이미 얼어 있었다. 두 눈을 뜰 수가 없었다. 눈을 벌리기 위해 어쩔 수 없이 장갑 한 짝을 벗어야만 했다. 곱은 손으로 간신히 왼쪽 눈을 벌리자 속눈썹이 모조리 뽑혀 나갔다. 오른쪽 눈까지 벌릴 용기가 나지 않았다. 속눈썹이 아니라 살점이 떨어져 나갈 것만 같았다. 그렇게 왼쪽 눈만 뜬 채 사우스 콜까지 내려왔다.

사우스 콜부터는 한쪽 시력만으로 도저히 거리 감각이 유지되지 않았다. 사고가 날 것만 같았다. 오른쪽 눈을 벌리기 위해 장갑을 벗었다. 그때 강풍이 불어왔다. 장갑은 날개 달린 새처럼 하늘을 날았다. 한순간의 일이었다. 눈앞이 캄캄했다. 장갑을 잃어버린다는 것은 손을 잃어버린 것과 마찬가지였다. 프랑스의 등반가 모리스 엘조그는 안나푸르나에서 내려오다 장갑을 잃어버려 손가락을 잘라 내야 했다. 나 역시 오른쪽 손가락들을 잃게 되는구나. 첫 번째는 추락 사고, 두 번째는 동상……. 또 이렇게 끝나는구나.

그때였다. 따망이 바람에 휩쓸려 가는 장갑을 따라 전력 질주하고 있었다. 자기 몸 하나 제대로 가누지 못하면서 남의 장갑을 잡기 위해 저렇듯 열심히 뛰고 있는 따망, 코끝이 시큰했다. 그는 환하게 웃으며 내게 장갑을 건넸다. 세상에서 가장 따뜻한 장갑이었다.

🪶 박영석 1963~2011
산악인이자 탐험가. 서울에서 태어나 동국대 체육교육학과를 졸업했습니다. 한국에서는 첫 번째, 세계에서는 여덟 번째로 히말라야 8,000미터 이상의 봉우리 14좌를 완등(세계 최단기간)했습니다. 2005년 4월 30일에 북극점에 도달함으로써 세계 최초로 탐험가 그랜드슬램을 달성하여 기네스북에 올랐습니다. 하지만 2011년 10월 20일 히말라야 안나푸르나 등반 도중, 남벽에서 실종되었습니다. 1993년 체육포장, 2003년 체육훈장 청룡장(1등급)을 받았습니다.

● 내용 파악하기

에베레스트 산 높이에 따라 등정 과정을 정리해 봅시다.

높이	등정 과정
8,000미터까지	거센 바람, 살인적 추위에도 불구하고 무사히 오름.
8,500미터까지	체력 소진으로 대원 한 명 등정 포기, 셰르파 따망을 설득하여 등정
8,700미터까지	우모복 입은 시신 발견, 셰르파 따망을 간신히 설득하여 오름. 하산 결정
7,986까지	눈이 얼어 버려 한 눈으로 하산
	바람에 날아가는 장갑을 셰르파 따망이 잡아 줌.

히말라야 등반에서 '줄'이 소중한 이유는 무엇일까요?

다른 사람의 존재와 목숨을 확인하고 이를 연결해 주는 생명줄이기 때문에

지은이는 정상을 100미터 앞두고 왜 정복을 포기했을까요?

셰르파 따망의 등정 포기, 추위로 인해 손발이 동상에 걸림, 과욕이 더 큰 해를 불러오리라는 생각

지은이는 왜 그 장갑이 세상에서 가장 따뜻한 장갑이라고 했을까요?

자신의 몸도 가누지 못하는 셰르파 따망이 전력을 다해 내 손을 살려 준 장갑이기 때문에

● 핵심 정리

갈래 : 수필

성격 : 체험적, 감동적, 교훈적

제재 : 히말라야 등반

주제 : 죽음을 무릅쓰고 남을 도와주는 따뜻한 인정미

특징 : ① 산악인으로서 등정의 현장을 생생하게 보여 줌.
　　　 ② 등반 과정과 공간의 이동에 따라 사건을 전개함.

● 작품 이해

지은이가 에베레스트 산에 오르면서 겪었던 위기를 셰르파의 도움으로 극복했던 경험에 대해 쓴 수필입니다. 세계적인 산악인이었던 지은이는 이 글을 통해 고

산 등정의 현장을 생생하게 전달하고 있습니다. 에베레스트 산을 등반하려면 예측할 수 없는 날씨와 산사태 등에 따라 수시로 일정을 변경해야 합니다. 우리가 살아가는 세상사도 이와 비슷하지 않을까요? 이 글을 통해 우리는 최악의 조건 속에서 냉철한 판단력으로 적절히 대응하는 산악인의 모습과 그 어려움 속에서도 피어나는 따뜻한 인정미를 엿볼 수 있습니다.

생각해 보기

- 산악인들이 죽음의 위험을 무릅쓰고 산에 올라가는 이유는 무엇일까요?

- 여러분이 올라갔던 산 중에서 가장 높은 산은 어떤 산이었나요? 그리고 어떤 계기로 그 산에 올라가게 되었나요?

세상에서 가장 따뜻한 장갑 | 박영석

3부
삶의 여유, 삶의 아름다움

별명을 찾아서

정채봉

누구한테나 별명 한두 개씩은 있을 것이다. 본인에게 기분 나쁜 것도 있을 테고 긍정되는 것도 있을 것이다. 개중* 에는 자신의 특성으로 얻어진 것도 있을 테지만 한순간의 실수로 생겨난 것도 있을 것이다.

그런데 별명은 신기하게도 그 사람의 이미지와 너무도 잘 들어맞아 우리한테 웃음과 추억을 간직하게도 한다. 특히 어린 시절로 내려갈수록 별명에 얽힌 사연은 재미가 있다.

초등학교 시절에 심한 개구쟁이였던 나는 별명이 한두 개가 아니었다. 그중 하나가 '지각대장'이다.

입학식 날부터 학교 다니게 되었다고 동네방네 알리고 다니느라 지각을 했을 뿐 아니라, 툭하면 공부가 시작된 후에 교실 문을 열고

---

* 개중 : 여럿이 있는 그 가운데.

들어서기가 일쑤였다. 급기야는 뺨이 잘 익은 복숭아처럼 붉은 선생님이 쪼글쪼글한 주름살투성이의 우리 할아버지를 불렀다.

"혹시 댁에서 저 녀석의 아침밥을 늦게 먹여 보내는 것은 아닙니까?"

우리 할아버지는 천부당만부당하다⁑는 듯이 손을 내저었다.

"아니지요. 저놈 때문에 오히려 아침 이르게 밥을 먹습니다."

"그런데 왜 이렇게 지각을 자주 할까요?"

그러자 할아버지는 언젠가 내 사촌을 시켜 내 뒤를 밟게 해서 들었던 것을 얘기했다.

"집을 나서서 곧장 학교로 오는 것이 아니라 산지사방(散之四方)⁑을 돌아다니더라는 것입니다. 장다리꽃⁑이 핀 남의 텃밭에 가서 쫑알거리고, 죽순이 올라오는 대밭에 가서 쫑알거리고, 심지어는 게 구멍 앞에서 민들레꽃을 들고 한나절을 있더랍니다."

나는 도저히 더 참고 있을 수가 없었다.

"게가 꽃을 쫓아 그만 달려 나올 것 같았거든요, 할아버지."

선생님이 파란 만년필 꽁무니로 책상을 똑똑똑 두드리면서 말했다.

"저 보십시오, 저렇게 엉뚱한 말을 해서 여간 골치 아픈 게 아닙니다. 오늘 자연 시간에는 느닷없이 올챙이는 어디로 오줌을 누느냐고 묻는 게 아니겠어요?"

⊚ 천부당만부당하다 : 어림없이 이치에 맞지 아니하다.
⊚ 산지사방 : 사방으로 흩어져 있는 여러 곳.
⊚ 장다리꽃 : 배추나 무의 꽃줄기에서 피는 꽃.

별명을 찾아서 | 정채봉

"알겠습니다. 당분간 저 녀석을 제 삼촌 손에 맡겨서 보내겠습니다."

"당분간이 아닙니다. 길이 들 때까지 누가 좀 보호해 줘야겠습니다."

보호라, 나는 그 뜻을 몰라서 할아버지의 얼굴을 쳐다보았다.

"이 녀석아, 네가 하도 엉망이니 삼촌이 널 데리고 다녀야 한다는 말이여."

"그렇다면 할아버지, 내가 삼촌을 보호해야 하는데요."

"뭐라구?"

"삼촌이 밤마다 어디를 나다니는지 알아요? 방죽˚에서 현이네 고모를 만나서……."

이때 할아버지는 큼큼큼 기침을 해서 내 말을 막았다. 그러고는 다음 날부터 할아버지가 직접 내가 꼼짝 못하게 손목을 잡고 학교로 데리고 다녔다. 아아, 나는 그때부터 묶여 다닌다는 것이 얼마나 큰 고통인지를 알았다.

그 시절 나의 또 다른 별명은 '오줌싸개'이다. 그런데 이것이야말로 심히 억울한 별명이다.

그날 우리 학교에는 장학사가 시찰(視察)˚을 나온다고 했다. 진작부터 우리 선생님은 우리들에게 주의를 주고 있던 터였다.

청소도 구석구석 잘하라, 복도를 다닐 때도 발부리˚ 걸음으로 사뿐사뿐 걸어야 한다. 공부 시간에는 '네, 네.' 대답을 크게 하라 하고.

그래서 나는 그날 발소리가 나지 않게 그야말로 고양이 걸음으로

˚ 방죽 : 물이 밀려들어 오는 것을 막기 위해 쌓은 둑.
˚ 시찰 : 두루 돌아다니며 사정을 살핌.
˚ 발부리 : 발끝의 뾰족한 부분.

걸었다. 변소에 가서도 얌전히 줄을 섰는데, 내 차례가 오기 전에 종이 울렸다. 할 수 없이 교실에 들어왔지만 그 시간 내내 오줌이 마려웠다. 나중에 선생님 말씀에 큰 소리로 대답을 하다 보니 질금질금 오줌이 새기까지 했다.

나는 바지 주머니 속으로 손을 넣어 오줌 자루 끝을 꼭 쥐고 있었다. 맙소사! 그런데 공부 시간이 끝나자 반장이 '차렷!'이라는 구령(口令)°을 하지 않는가.

마침 손님이 있었기 때문에 나는 손을 바로 할 수밖에 없었다. 그러자 오줌이 톡 쏟아지고 만 것이다. 짝꿍 순애가 소리를 질렀다.

"선생님, 애가 오줌 쌌어요."

이 오줌 사건으로 나는 완전히 선생님의 눈 밖으로 밀려나게 되었다.

손님들이 떠난 후 선생님은 울음을 터뜨릴 듯한 얼굴로 "누가 오줌을 누러 가지 말라 했느냐."라고 소리를 질렀다. 그리고 다음 날부터 친구들은 나를 부를 때 '오줌싸개'라고 했다.

어렸을 적 나의 별명 중에서 내가 지금까지 좋아하는 것은 '꿈쟁이'이다. 그만큼 나는 꿈을 많이 꾸었던 것 같고, 어떤 때는 꿈과 현실을 구별하지 못하고 떼를 쓰기도 했다. 그렇게 많이 꺾은 꽃이 없어졌다고 꿈을 깨고 나서 운 적도 있고, 꿈속에서는 엄청 넓은 콩밭을 만나서 꿈이 아니라고 우긴 적도 많았다. 어쩌다 어렸을 적 친구

° 구령 : 여러 사람이 일정한 동작을 일제히 취하도록 하기 위하여 지휘자가 말로 내리는 간단한 명령. 주로 단체 행동에서 사용한다.

별명을 찾아서 | 정채봉

들을 지금 만나면 친구들은 나한테 말한다. "너한테 많이 속았노라."
라고. 내가 그들을 속였다는 것은 꿈을 현실로 바꾸어서 이야기했다
는 것이다. 그중 한 친구가 나는 이미 잊어버린 것을 기억해 새삼스
럽게 나한테 들려주었다.

"수평선 너머를 가 보았다고 우기는 것이야. 거기에 갔더니 뭐. 흰
구름네 집이 있더라나. 할머니 버선본처럼 그곳에는 여러 가지 구름
본이 있어서 구름을 지어 내는데, 산봉우리 구름본, 조개구름 구름본,
많고도 많더라고 했어. 뭐 또 한쪽에서는 하늘을 한 바퀴 돌고 온 구
름을 빨래하고 있었는데, 구정물이 헹구어도 헹구어도 나오더라나."

그 친구는 내가 동화 써서 먹고사는 것을 이제야 알 것 같다고 했
는데, 나는 사실 부끄럽다. 그 어린 날의 별명보다도 내가 천진하지
못하니 말이다.

아아, 그날로 돌아가서 그 별명 속의 실제가 되고 싶다.

정채봉 1946~2001

아동문학가. 전남 순천에서 태어나 동국대 국어국문학과를 졸업했습니다. 1973년 《동아일보》에 동화
〈꽃다발〉이 당선되면서 등단한 이후, 월간 《샘터》에서 근무했으며, 초등학교 교과서 집필위원, 공연윤리
위원회 심의위원, 계간 《문학아카데미》 편집위원, 동국대 겸임교수 등을 지냈습니다. 1983년 동화 《물
에서 나온 새》를 발표한 이래, 11권의 동화와 7권의 '생각하는 동화', 11권의 에세이집과 시집을 발표했
습니다. 특히 《물에서 나온 새》《오세암》《생각하는 동화》 등은 아동문학 부흥에 크게 이바지했다는 평
가를 받았습니다.

작·품·설·명

● 내용 파악하기

이 글에 나오는 지은이의 별명 세 가지는 어떤 사연으로 만들어졌나요?

별명	별명이 만들어진 사연
지각대장	산지사방 돌아다니며 학교에 늦게 도착하여
오줌싸개	반장의 차렷에 손을 바로 하면서 오줌을 싸 버려서
꿈쟁이	꿈과 현실을 구별하지 못하여 핀을 쓰다가

● 핵심 정리

갈래 : 경수필

성격 : 회상적, 체험적

제재 : 별명

주제 : 별명에 깃들인 어린 시절의 추억

특징 : ① 어린 시절의 일화를 통해 지은이의 인생관을 보여 줌.

② 간결한 문체를 일기체로 서술하여 친근하게 읽힘.

● 작품 이해

지은이는 자연과 대화를 나누느라 '지각대장'이 되고, 수업에 열중하다 '오줌싸개'가 되었으며, 현실과 꿈을 구별하지 못했기에 '꿈쟁이'가 되었습니다. 지은이는 이런 별명으로 불렸던 어린 시절로 돌아가 별명 속의 실제가 되고 싶어 합니다.

생각해 보기

● 주위에서 가장 재미있는 별명을 가진 친구를 소개해 볼까요? 그리고 그 별명은 왜 생기게 되었을까요?

● 자신의 별명 중에 만족스럽지 않은(불리지 않았으면 하는) 별명이 있다면 무엇인가요?

호박젓국

장석주

어린 별 두엇 뜬 초저녁 하늘을 등지고 부엌에 들어가 혼자 먹을 저녁밥을 짓습니다. 그렇잖아도 뭘 먹을까, 하던 참에 윗집 태정이 어머니가 텃밭에서 딴 애호박 두 덩이를 갖고 어둑어둑한 대문 길을 밟으며 내려왔습니다. 오늘 저녁 반찬은 호박젓국이지요. 애호박 썰어 참기름 두른 냄비에 볶은 뒤, 마늘 한 숟갈, 새우젓 한 숟갈, 고춧가루 약간, 물 한 컵 넣고 자작자작 졸아들 때까지 끓입니다. 날 궂어 창호지 바른 문짝에 싸락싸락 싸락눈 부딪치는 초겨울 저녁나절 쌀뜨물 받아 새우젓 풀어 끓인 어머니의 호박젓국이 제 피를 만들고 뼈를 키웠지요.

비린 게 생각이 나서 고등어를 구웠습니다. 모시조개를 넣은 시금치된장국이 끓는 동안 전기밥통에서 김이 오릅니다. 생쌀들은 전기밥통 속에서 눈 감고 열반(涅槃)*에 드는 것이지요. 오호라, 밥 먹는 것은 아직 열반에 들지 못한 자가 이미 열반에 든 것들을 몸 안으로 모시는 일이었구나! 금방 지은 밥은 윤기가 자르르합니다. 팥을 넣은 잡곡밥 반 공기, 호박젓국, 올리브유에 튀긴 두부, 김치, 고등어 한 토막, 시금치된장국, 제법 성찬입니다.

밥을 입에 넣으며 고맙다는 말을 합니다. 바닷가에서 모시조개를 캔 분, 시금치를 가꾸고 뽑고 다듬어 내놓은 분, 두부를 만든 분, 벼농사를 지은 분, 모두에게 감사합니다. 기름진 음식은 쉽게 질리지만 담백한 음식은 오래 먹어도 질리지 않습니다. 담백한 방법으로 밥을 구하고, 먹는 것도 담백한 것을 가려 먹습니다. 담백한 음식은 몸을 즐겁게 하고, 몸이 즐거우면 마음은 고요해집니다. 마음이 고요하면 세상을 순하게 대할 수 있습니다. 혼자 밥 먹을 때 가끔은 클래식 시디를 겁니다. 요즘은 오페라 시디를 자주 거는데, 제 귀는 쇠귀®입니다. 음악은 골똘한 생각에 빠진 몸으로 틈입(闖入)®하지 못하고 그냥 흘러 나갑니다.

침묵 속에서 입에 밥과 반찬을 떠 넣고 꾸역꾸역 씹습니다. 입에 들판이 통째로 들어오지요. 입에 텃밭이 들어오지요. 입에 협곡®이 들어오지요. 입에 빗방울이 들어오지요. 입에 햇빛이 들어오지요. 입에 강물이 들어오지요. 입에 밥과 들판과 협곡과 빗방울과 햇빛과 강물이 한꺼번에 들어가는구나 하는 생각을 합니다. 흙냄새 향긋한 애호박은 참기름 새우젓 속에 뒹굴며 제 속에 지그시 품고 있던 진국을

◉ 열반 : 모든 번뇌의 얽매임에서 벗어나고, 진리를 깨달아 불생불멸(不生不滅)의 법을 체득한 경지.
◉ 쇠귀 : 소의 귀. 소리에 대해 둔한 사람을 일컬음.
◉ 틈입 : 기회를 타서 느닷없이 함부로 들어감.
◉ 협곡 : 험하고 좁은 골짜기.

기어코 토해 냈겠지요. 호박젓국은 씹을 틈도 없이 녹고, 밥은 혀 위에서 달착지근합니다. 입맛이 동해 밥 한 공기 더 뜨고 싶은 걸 가까스로 참습니다. 슴슴한* 호박젓국을 뜨며 먼 곳에서 홀로 밥 뜨실 어머니를 생각하고 입 속에 들어온 밥알을 단물이 날 때까지 오래오래 씹었지요. 제가 어렸다면 틀림없이 어머니가 칭찬하셨을 겁니다. 밥알을 씹을 때 내가 살아 있구나 하는 엷은 감동이 감전된 듯 온몸에 찌르르 흐릅니다. 지극한 깨달음은 범용한* 형상으로 옵니다.

　몸은 검소한 자산이지요. 흠 많은 인간에겐 몸뚱이 하나가 가진 것 전부니 이 몸이 곧 성전*입니다. 성전에 바칠 음식이나 밥 짓는 노동은 고결합니다. 날마다 목구멍에 들어갈 밥을 짓는 노동에 깃든 인류의 오랜 노고(勞苦)에 대해 생각합니다. 그 노고의 체계 속에 문명의 본질이 녹아 있지요. 밥 짓는 일은 밥 버는 일과 마찬가지로 숭고하지요. 자기 입을 위해서가 아니라 누군가를 위해서 할 때 그 일은 더욱 숭고해집니다. 이 숭고한 노동을 전적으로 여자에게만 맡겨서는 안 될 일이지요. 역사는 여자들의 이 오랜 숭고한 노동에 대한 독과점*의 불평등을 기술하지 않습니다. 역사를 쓴 건 전부 어리석은 수컷들이었으니까요. 그들은 이 기쁨을 가끔씩 남자들도 누려야 한다는 사실을 몰랐습니다. 무지몽매(無知蒙昧)* 하기 이를 데 없는 자들이지요.

　밥 한 공기 뚝딱 해치우는 동안 밤하늘엔 집 나온 별들이 더 많아

◉ 슴슴한 : 음식 맛이 조금 싱거운.
◉ 범용한 : 평범하지 않은.
◉ 성전 : 종교적인 신성성을 보여 주기 위해 만든 크고 화려한 집.
◉ 독과점 : 독점(獨占)과 과점(寡占).
◉ 무지몽매 : 아는 것이 없고 사리에 어두움.

졌습니다. 어두워진 앞산 바라보다가 달의 조도◎를 조금 올리고 풀 벌레의 볼륨을 한껏 높여 봅니다. 복사뼈 위 살가죽이 자꾸 말라 까실까실한 까시래기◎가 돋습니다. 슬하에 저녁마다 된똥 누는 말 안 들어 미운 일곱 살짜리 아들이라도 하나 두고 싶은 적요(寂寥)◎가 어둠과 함께 사방에 꽉 차 있습니다. 쉰 넘어 어린 아들이라니! 숫국◎의 삶은 이미 멀어져 버렸으니 그건 분수에 맞지 않습니다. 그저 새초롬한◎ 앵두나무 두 그루와 어여쁜 시냇물 소리나 키우는 수밖에 없습니다. 지금쯤 신흥사 저녁 예불◎ 알리는 범종◎ 운 뒤 설악산 화채봉 능선 위로는 보름 지난 달 둥두렷이 떠올랐겠지요.

◎ 조도 : 빛의 양.
◎ 까시래기 : 풀이나 나무의 가시 부스러기.
◎ 적요 : 적적하고 고요함.
◎ 숫국 : 순진하고 어수룩한 사람.
◎ 새초롬한 : 조금 쌀쌀맞게 시치미를 떼는 태도가 있는.
◎ 예불 : 부처 앞에 경배하는 의식. 또는 그 의식을 행함.
◎ 범종 : 절에 매달아 놓고, 대중을 모이게 하거나 시각을 알리기 위하여 치는 종.

장석주 1954~

시인. 충남 논산에서 태어나 1979년 《조선일보》 신춘문예에 시가, 같은 해 《동아일보》 신춘문예에 문학 평론이 당선되어 등단했습니다. 주로 개성을 상실한 현대인의 모습과 단절된 소통 등을 시의 소재로 삼았습니다. 《붕붕거리는 추억의 한때》 《크고 헐렁헐렁한 바지》 《애인》 《붉디붉은 호랑이》 《꿈에 씻긴 눈썹》 《절벽》 등을 비롯한 다수의 시집을 냈습니다.

● 내용 파악하기

지은이가 밥을 지어 먹으면서, 떠올린 생각이나 느낌이 잘 드러난 문장을 찾아
봅시다.

밥을 지으면서	밥 먹는 일에 대하여	밥을 먹는 것은 아직 열반에 들지 못한 자가 이미 열반에 든 것들을 몸 안으로 모시는 일이다.
밥을 먹으면서	밥과 반찬의 재료를 만든 이들에 대하여	모두에게 감사하다는 말을 한다.
	음식을 씹고 삼키는 일에 대하여	밥과 들꽃과 협곡과 빗방울과 햇빛과 강물이 한꺼번에 들어온다.
밥을 먹은 뒤에	밥을 짓는 여성들에 대하여	밥을 짓는 노동은 고결하다.

지은이는 생쌀이 전기밥통 속에서 익어 가는 것을 무엇이라고 표현하고 있나요?
열반에 든다.

● 핵심 정리

갈래 : 경수필

성격 : 사색적, 비유적

제재 : 식사

주제 : 밥 버는 일과 밥 짓는 일의 숭고함

특징 : ① 일상적인 삶을 통해 삶의 교훈을 이끌어 냄.
　　　 ② 독특한 문체로 자신의 개성을 드러냄.

● 작품 이해

이 글은 지은이의 에세이집 《새벽예찬》에 실려 있는 수필입니다. 서울 살림을 접
고 안성으로 거처를 옮긴 지은이는 자연의 오묘한 조화를 직접 겪으며 깨달은
'느리게 익어 가는 인생의 지혜'를 담아냈습니다. 《새벽예찬》은 여름 이야기에서
시작해 가을, 겨울, 봄 이야기까지 네 부분으로 구성되어 있으며, 천천히 살기에

얻을 수 있는 일상의 풍요로움을 생생하게 전하는 총 40여 편의 글이 실려 있습니다.

생각해 보기

- 여러분은 밥을 먹으면서 주로 어떤 생각을 하나요?

- 음식 재료를 만든 사람이나 음식을 하는 사람의 노고에 대해 생각해 본 일이 있나요? 있다면 어떤 때 그런 생각이 드나요?

그믐달

나도향

나는 그믐달을 몹시 사랑한다.

그믐달은 요염하여 감히 손을 댈 수도 없고, 말을 붙일 수도 없이 깜찍하게 예쁜 계집 같은 달인 동시에 가슴이 저리고 쓰리도록 가련한 달이다.

서산 위에 잠깐 나타났다 숨어 버리는 초승달은 세상을 후려 삼키려는 독부(毒婦)*가 아니면 철모르는 처녀 같은 달이지마는, 그믐달은 세상의 갖은 풍상(風霜)을 다 겪고, 나중에는 그 무슨 원한을 품고서 애처롭게 쓰러지는 원부(怨婦)*와 같이 애절하고 애절한 맛이 있다.

보름에 둥근 달은 모든 영화*와 끝없는 숭배를 받는 여왕과 같은 달이지마는, 그믐달은 애인을 잃고 쫓겨남을 당한 공주와 같은 달이다.

◎ 독부 : 성품이나 행동이 몹시 악독한 여자.
◎ 원부 : 원한을 품은 여자.
◎ 영화 : 몸이 귀하게 되어 이름이 세상에 빛남.

초승달이나 보름달은 보는 이가 많지마는, 그믐달은 보는 이가 적어 그만큼 외로운 달이다. 객창한등(客窓寒燈)◉에 정든 임 그리워 잠 못 들어 하는 분이나, 못 견디게 쓰린 가슴을 움켜잡은 무슨 한(恨) 있는 사람이 아니면 그 달을 보아 주는 이가 별로 없을 것이다.

그는 고요한 꿈나라에서 평화롭게 잠들은 세상을 저주하며, 홀로 이 머리를 풀어뜨리고 우는 청상(靑孀)◉과 같은 달이다. 내 눈에는 초승달 빛은 따뜻한 황금빛에 날카로운 쇳소리가 나는 듯하고, 보름달은 치어다보면 하얀 얼굴이 언제든지 웃는 듯하지마는, 그믐달은 공중에서 번듯하는 날카로운 비수와 같이 푸른빛이 있어 보인다. 내가 한(恨) 있는 사람이 되어서 그러한지는 모르지마는, 내가 그 달을 많이 보고 또 보기를 원하지만, 그 달은 한 있는 사람만 보아 주는 것이 아니라 늦게 돌아가는 술주정꾼과 노름하다 오줌 누러 나온 사람도 보고, 어떤 때는 도둑놈도 보는 것이다.

어떻든지, 그믐달은 가장 정(情) 있는 사람이 보는 중에, 또는 가장 한 있는 사람이 보아 주고, 또 가장 무정한 사람이 보는 동시에 가장 무서운 사람들이 많이 보아 준다.

내가 만일 여자로 태어날 수 있다 하면, 그믐달 같은 여자로 태어나고 싶다.

◉ 객창한등 : 객창(나그네가 묵는 방의 창문)에 비치는 쓸쓸한 불빛.
◉ 청상 : 젊어서 남편을 잃고 홀로된 여자.

나도향 1902~1926

소설가. 초기에는 애상적이고 감상적인 작품을 발표하다가 점차 빈곤의 문제와 같은 냉혹한 현실과 정면으로 대결하는 작품을 썼습니다. 대표 작품으로 《벙어리 삼룡이》 《물레방아》 《뽕》 등이 있습니다.

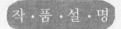

● 내용 파악하기

지은이는 달을 어떤 여자에 비유하고 있나요?

달	비유
초승달	독부가 아니면 철모르는 처녀 같은 달
보름달	모든 영화와 끝없는 숭배를 받는 여왕과 같은 달
그믐달	세상의 갖은 풍상을 다 겪고, 나중에는 그 무슨 원한을 품고서 애처롭게 쓰러지는 원부(怨婦), 애인 없고 쫓겨남을 당한 공주와 같은 달

지은이는 달을 어떻게 묘사하고 있나요?

달	비유
초승달	따뜻한 황금빛, 날카로운 쇳소리
보름달	하얀 얼굴이 언제든지 웃는 듯
그믐달	꿈속에서 빗듯하는 날카로운 벼수와 같이 푸른빛

● 핵심 정리

갈래 : 경수필

성격 : 낭만적

제재 : 그믐달

주제 : 그믐달의 아름다움을 사랑함.

특징 : ① 간결한 문장을 사용하여 담백한 느낌을 줌.

② 그믐달의 아름다움을 다양한 비유와 대비를 통해 표현함.

● 작품 이해

이 글은 일상생활에서 쉽게 볼 수 있는 '달'을 소재로 하여, 지은이가 차분하게 자신의 생각을 정리한 수필입니다. 지은이는 자신의 느낌을 전달하기 위해서 여러 가지 비유를 통해 달을 참신하게 그려 내고 있습니다. 특히 '원부' '청상' 등 한이 많고 고난을 당한 사람들을 그믐달에 비유하고 있는데, 이는 이러한 처지에 있는 어려운 사람들에 대한 지은이의 애정과 관심의 표현이라고 볼 수 있습니다.

생각해 보기

● 달을 비유적으로 표현한다면, 어떤 사물 또는 인물에 비유할 수 있을까요?

● 여러분이 가장 좋아하는 달은 어떤 달인가요? 왜 그 달을 좋아하게 되었나요?

제비의 속도와 날벌레의 속도

윤구병

이제 제비들이 강남으로 떠날 때가 되었다. 우리 마을이 그래도 아직 청정한 곳이어서 그런지 제비들이 드물지 않게 눈에 띈다. 우리 식구들이 사는 집에도 제비가 둥지를 튼 처마 밑이 세 군데나 된다.

흐린 날 제비들이 낮게 나는 것은 먹이들이 낮게 날기 때문이라는 것도 여기 와서 알았다. 처음에 제비들이 어떻게 날벌레들을 공중에서 그렇게 잽싸게 잘 잡을까 신기하게 여긴 적이 있다. 요즈음 들어서 그 수수께끼가 풀렸다. 이치는 간단하다. 이를테면 고속도로에서 속도가 느린 차를 빠른 차가 추월® 하는 현상을 떠올리면 된다. 차선을 달리해서 달리는 두 차의 속도가 다르면 어느 한 순간, 아주 짧은 순간이기는 하지만, 나란히 있는 그래서 두 차 다 멈추어 있는 듯이 보이는 순간이 있다. 제비가 날벌레를 입에 넣는 순간이 바로 그 순

◉ 추월 : 뒤에서 따라잡아서 앞의 것보다 먼저 나아감.

간이다. 속도가 빠른 제비가 느린 날벌레를 정지시켜 안전하게 입에 넣는 것이다.

내가 이 이야기를 하는 까닭이 있다. 모든 것이 빨라지고 있다. '더 빨리, 더 멀리, 더 높이.' 이것은 이미 육상경기 구호만이 아니다. 뜀 박질을 해도 살 수 없다 여겨 차에 몸을 싣고 고속도로를 누빈다. 손이 너무 작고 느리다 하여 굴착기와 타워크레인으로 땅을 파고 물건을 들어 올린다. 돈은 분과 초 단위로 온 세상을 하루에도 몇십 바퀴, 몇백 바퀴 휘젓고 다닌다. 무한 경쟁이 무한 속도를 동경하게 만든다. 제비와 날벌레의 예에서 보듯이, 속력이 빠른 놈은 느린 놈을 꼼짝 못하게 잡아서 먹이로 삼을 수 있다. '얼른 따라잡고, 얼른 먹어 치우고, 다른 놈이 나를 따라잡아 먹어 치우지 못하게 처음 앞장서자.' 세상이 이렇게 돌아가는 듯싶다.

어떤 것이 빨리 움직이면 그것은 자기보다 더 느리게 움직이는 것을 고정시킬 수 있다. 어려운 말, 유식한 말로 '공간화'시킬 수 있다. '공간화된다.'는 말은 '운동성을 잃는다.'는 말과 같다. 공간화되는 것은 모두 조만간 등질화(等質化)® 한다. 등질화하면 질의 차이가 없기 때문에 양만이 문제가 된다. 그리고 양은 모두 헤아릴 수 있다. 그래서 잘사는 사람, 있는 사람은 돈 많은 사람을 가리키는 말이 되고, 못사는 사람, 없는 사람은 돈에 쪼들리는 사람이 되어 버린다. 행복과 불행은 모두 돈에 매인다.

그러나 생명체의 특성은 움직임에 있다. 서로 질이 다른 움직임이

◉ 등질화 : 모두 같게 변함.

서로 다른 생명체의 특성을 이룬다. 생명의 세계를 기계의 세계로 바꾸고 그 기계의 동원력을 독점하려는 사람들이 이 세상을 지배하고 있다. 그러나 이렇게 해서 사람과 사람을 둘러싸고 있는 생명계가 기계화된 세상에서는 아무도, 심지어 세계 지배를 꿈꾸는 사람마저 살아남을 수 없다.

속도를 늦추어야 한다. 두 발로 걷고 작은 손으로 일해서 사는 것이 사람의 본디 모습이라고 할 수 있다. 만일 빨리 달려야 살아남을 수 있었다면 사람은 두 발로 걷지 않고 네 굽으로 뛰는 모습으로 태어났을 것이다. 멀리 훨훨 날아다녀야 더 잘살 수 있었다면 날개를 달고 알에서 깨어났을 것이다. 사람의 몸이 왜 이렇게 빚어졌는지 곰곰 생각해 볼 때가 되었다.

호미로 감자밭 풀을 맨다. 내 손도 몸도 아주 느릿느릿 움직인다. 그 느린 움직임 속에서 나를 둘러싼 온갖 생명체가 모두 살아 숨 쉬고 움직이는 모습을 본다. 그리고 그것을 보면서 내 안에서 무엇인가 되살아남을 느낀다.

이런 느낌이 나에게 기쁨을 주고 고마운 마음을 불러일으킨다.

윤구병 1943~

철학가. 1995년 대학 교수직을 그만두고 전북 부안으로 낙향하여 농사를 지으면서 대안교육을 하는 '변산교육공동체'를 설립했습니다. 지은 책으로 《조그마한 내 꿈 하나》 《실험학교 이야기》 《잡초는 없다》 《윤구병의 존재론 강의, 있음과 없음》 《모래알의 사랑》 등이 있습니다.

작·품·설·명

● 내용 파악하기

제비가 날벌레를 잡아먹을 수 있는 이유는 무엇인가요?

속도 차이가 다르지만 추월하는 짧은 순간, 나란히 멈춘 듯 보일 때 잡아먹음.

제비와 날벌레를 비교하고, 이를 인간의 삶에 대비해 봅시다.

제비	날벌레
빠르게 움직임.	느리게 움직임.
양을 중요시함.	질을 중요시함.
돈과 경쟁이 중요시되는 사회	생명과 여유가 중요시되는 사회

지은이가 이 글을 통해 말하고 싶었던 것은 무엇이었을까요?

여유롭게 살자.

● 핵심 정리

갈래 : 수필

성격 : 체험적, 비판적

제재 : 공중에서 벌레를 잡아먹는 제비

주제 : 무한 경쟁의 현대 문명 비판과 느리게 사는 즐거움

특징 : ① 인간 삶의 특징을 자연현상에 빗대어 서술함.

② 빠름과 느림의 세계를 대조적으로 표현함.

● 작품 이해

지금은 제비의 속도와 같이 빠르게 살아야 무한 경쟁에서 살아남을 수 있는 세상입니다. 이 글의 지은이는 이런 세상을 뒤로한 채 교수직을 버리고 농촌으로 돌아가 농사를 짓고 있습니다. 제초제를 사용하면 손쉽게 일을 할 수 있지만, 지은이는 호미로 풀을 맵니다. 문득 벌레를 잡는 제비를 보며 인간 사회의 빠른 삶과 느린 삶을 연결시키고 있습니다. 현대사회의 속도와 경쟁은 물질적 풍요는 가져왔지만, 정신적인 행복은 멀어지게 합니다. 이 글은 우리에게 '느리게 사는 것'의 소중함을 일깨워 줍니다.

슬로시티(Slow City) 운동

1999년 10월 이탈리아에서 슬로푸드(slow food) 먹기와 느리게 살기(slow mo-vement)로부터 시작되었습니다. 이 운동은 사람이 사람답게 사는 세상을 염원합니다. 인간은 빠름이 주는 편리함을 손에 넣기 위해 값비싼 느림의 즐거움과 행복을 희생시키고 말았습니다. 따라서 슬로시티의 철학은 성장보다는 성숙을, 삶의 양보다는 질을, 속도보다는 깊이와 품위를 존중하자는 것입니다. 이 운동은 2012년 현재 25개국 150여 개 도시로 확대되었으며, 우리나라도 신안군 증도, 완도군 청산도 등 12개 지역이 슬로시티로 가입되어 있습니다.

생각해 보기

● 우리 주변에서 '날벌레의 속도'와 같이 살아가는 예를 찾아볼까요?

● 우리의 교육이 '날벌레의 속도'에 따라 이루어진다면 학교는 어떻게 변하게 될까요?

당신이 나무를 더 사랑하는 까닭

신영복

오늘은 당신이 가르쳐 준 태백산맥 속의 소광리 소나무 숲에서 이 엽서를 띄웁니다. 아침 햇살에 빛나는 소나무 숲에 들어서니 당신이 사람보다 나무를 더 사랑하는 까닭을 알 것 같습니다. 200년, 300년, 더러는 500년의 풍상을 겪은 소나무들이 골짜기에 가득합니다. 그 긴 세월을 온전히 바위 위에서 버티어 온 것에 이르러서는 차라리 경이(驚異)였습니다. 바쁘게 뛰어다니는 우리들과는 달리 오직 '신발 한 켤레의 토지'에 서서 이처럼 우람할 수 있다는 것이 충격이고 경이였습니다. 생각하면 소나무보다 훨씬 더 많은 것을 소비하면서도 무엇 하나 변변히 이루어 내지 못하고 있는 나에게 소광리의 솔숲은 마치 회초리를 들고 기다리는 엄한 스승 같았습니다.

어젯밤 별 한 개 쳐다볼 때마다 100원씩 내라던 당신의 말이 생각

⊛ 경이 : 놀랍고 신기하게 여김.

납니다. 오늘은 소나무 한 그루 만져 볼 때마다 돈을 내야겠지요. 사실 서울에서는 그보다 못한 것을 그보다 비싼 값을 치르며 살아가고 있다는 생각이 듭니다. 언젠가 경복궁 복원 공사 현장에 가 본 적이 있습니다. 일제가 파괴하고 변형시킨 조선 정궁(正宮)의 기본 궁제˚를 되찾는 일이 당연하다고 생각하였습니다.

그러나 막상 오늘 이곳 소광리 소나무 숲에 와서는 그러한 생각을 반성하게 됩니다. 경복궁의 복원에 소요되는 나무가 원목으로 200만 재, 11톤 트럭으로 500대라는 엄청난 양이라고 합니다. 소나무가 없어져 가고 있는 지금에 와서도 기어이 소나무로 복원한다는 것이 무리한 고집이라고 생각됩니다. 수많은 소나무들이 베어져 눕혀진 광경이라니 감히 상상할 수가 없습니다. 그것은 이를테면 고난에 찬 몇백만 년의 세월을 잘라 내는 것이나 마찬가지입니다.

우리가 생각 없이 잘라 내고 있는 것이 어찌 소나무만이겠습니까. 없어도 되는 물건을 만들기 위하여 없어서는 안 될 것들을 마구 잘라 내고 있는가 하면 아예 사람을 잘라 내는 일마저 서슴지 않는 것이 우리의 현실이기 때문입니다. 우리가 살고 있는 이 지구 위의 유일한 생산자는 식물이라던 당신의 말이 생각납니다. 동물은 완벽한 소비자입니다. 그중에서도 최대의 소비자가 바로 사람입니다.

사람들의 생산이란 고작 식물들이 만들어 놓은 것이나 땅속에 묻힌 것을 파내어 소비하는 것에 지나지 않습니다. 쌀로 밥을 짓는 일을 두고 밥의 생산이라고 할 수 없는 것이나 마찬가지입니다. 생산의

˚ 궁제 : 궁궐의 격식.

주체가 아니라 소비의 주체이며 급기야는 소비의 객체˚로 전락되고˚ 있는 것이 바로 사람입니다. 자연을 오로지 생산의 요소로 규정하는 경제학의 폭력성이 이 소광리에서만큼 분명하게 부각되는 곳이 달리 없을 듯합니다.

산판일˚을 하는 사람들에게는 큰 나무를 베어 낸 그루터기에 올라서지 않는 것이 불문율˚로 되어 있다고 합니다. 잘린 부분에서 올라오는 나무의 노기(怒氣)˚가 사람을 해치기 때문입니다. 어찌 노하는 것이 소나무뿐이겠습니까. 온 산천의 아우성이 들리는 듯합니다. 당신의 말처럼 소나무는 우리의 삶과 가장 가까운 자리에서 우리와 함께 풍상을 겪어 온 혈육 같은 나무입니다.

사람이 태어나면 금줄에 솔가지를 꽂아 부정을 물리고 사람이 죽으면 소나무 관 속에 누워 솔밭에 묻히는 것이 우리의 일생이라 하였습니다. 그리고 그 무덤 속의 한을 달래 주는 것이 바로 은은한 솔바람입니다. 솔바람뿐만이 아니라 솔빛, 솔향 등 어느 것 하나 우리의 정서 깊숙이 들어와 있지 않는 것이 없습니다. 더구나 소나무는 고절(苦節)˚의 상징으로 우리의 정신을 지탱하는 기둥이 되고 있습니다. 금강송의 곧은 둥치에서뿐만 아니라 암석지의 굽고 뒤틀린 나무에서도 우리는 곧은 지조(志操)˚를 읽어 낼 줄 압니다.

˚ 객체 : 작용의 대상이 되는 쪽.
˚ 전락되고 : 나쁜 상태나 타락한 상태에 빠지고.
˚ 산판일 : 산판에서 나무를 베는 따위의 일.
˚ 불문율 : 문서의 형식을 갖추지 않은 법.
˚ 노기 : 성난 기색이나 기세.
˚ 고절 : 홀로 깨끗하게 지키는 절개.
˚ 지조 : 원칙과 신념을 굽히지 않고 끝까지 지켜 나가는 꿋꿋한 의지. 또는 그런 기개.

오늘날의 상품 미학과는 전혀 다른 미학을 우리는 일찍부터 가꾸어 놓고 있었습니다. 나는 문득 당신이 진정 사랑하는 것이 소나무가 아니라 소나무 같은 '사람'이라는 생각이 들었습니다. 메마른 땅을 지키고 있는 수많은 사람들이란 생각이 들었습니다. 문득 지금쯤 서울 거리의 자동차 속에 앉아 있을 당신을 생각했습니다. 그리고 외딴 섬에 갇혀 목말라하는 남산의 소나무들을 생각했습니다.

남산의 소나무가 이제는 더 이상 살아남기를 포기하고 자손들이나 기르겠다는 체념으로 무수한 솔방울을 달고 있다는 당신의 이야기는 우리를 슬프게 합니다. 더구나 그 솔방울들이 싹을 키울 땅마저 황폐해 버렸다는˚ 사실이 우리를 더욱 암담하게 합니다. 그러나 그보다 더 무서운 것이 아카시아와 활엽수의 침습(侵襲)˚이라니 놀라지 않을 수 없습니다. 척박한 땅을 겨우겨우 가꾸어 놓으면 이내 다른 경쟁수들이 쳐들어와 소나무를 몰아내고 만다는 것입니다. 무한 경쟁의 비정한 논리가 뻗어 오지 않는 곳이 없습니다.

나는 마치 꾸중 듣고 집 나오는 아이처럼 산을 나왔습니다. 솔방울 한 개를 주워 들고 내려오면서 생각하였습니다. 거인에게 잡아먹힌 소년이 솔방울을 손에 쥐고 있었기 때문에 다시 소생했다는˚ 신화를 생각하였습니다. 당신이 나무를 사랑한다면 솔방울도 사랑해야 합니다. 무수한 솔방울들의 끈질긴 저력˚을 신뢰해야 합니다.

◉ 황폐해 버렸다는 : 집, 토지, 삼림 따위가 거칠어져 못쓰게 되었다는.
◉ 침습 : 갑자기 침범하여 공격함.
◉ 소생했다는 : 거의 죽어 가다가 다시 살아났다는.
◉ 저력 : 속에 간직하고 있는 든든한 힘.

언젠가 붓글씨로 써 드렸던 글귀를 엽서 끝에 적습니다.

"처음으로 쇠가 만들어졌을 때 세상의 모든 나무들이 두려움에 떨었다. 그러나 어느 생각 깊은 나무가 말했다. 두려워할 것 없다. 우리들이 자루가 되어 주지 않는 한 쇠는 결코 우리를 해칠 수 없는 법이다."

신영복 1941~

작가, 대학 교수이자 학자. 1963년 서울대 경제학과를 졸업하고, 숙명여대와 육군사관학교에서 경제학 강사로 일하다가 민주화 운동으로 구속되어 무기징역을 선고받았습니다. 20년간의 수감 생활을 마치고 1988년에 출소했습니다. 수감 중 가까운 이들에게 보낸 편지를 책으로 묶어 낸 것이 《감옥으로부터의 사색》입니다. 출소 후 성공회대 사회과학부 교수를 역임했으며, 현재 그 대학의 석좌교수로 재직하고 있습니다. 저서로는 《나무야 나무야》《더불어 숲》《강의:나의 동양고전 독법》《처음처럼》《청구회 추억》 등이 있습니다.

● 내용 파악하기

지은이가 소광리의 소나무가 회초리를 든 엄한 스승 같다고 생각한 이유는 무엇인가요?

생산해 내지 못하고 소비만 하는 인간에 비해 소나무는 생산만 한다고 여기기에 소나무가 함부로 소비하는 인간을 꾸짖고 있다고 생각함.

지은이가 소나무를 우리의 혈육 같은 나무라 한 이유를 글 속에서 찾아봅시다.

태어날 때 금줄에 솔가지를 꽂음, 죽어서 소나무 관에 묻힘, 무덤 속의 한을 솔바람이 달래 줌, 고절의 상징임.

● 핵심 정리

갈래 : 수필

성격 : 체험적, 교훈적

제재 : 소광리 솔숲

주제 : 이기심으로 자연을 함부로 대하는 인간에 대한 비판

특징 : ① 여행 중의 경험과 생각을 편지글의 형식으로 서술함.

　　　② 소나무와 인간의 대조를 통해 자연스럽게 자신의 생각을 드러냄.

● 작품 이해

옛날에 소년과 나무가 있었습니다. 나무는 소년의 놀이터였습니다. 소년이 성장하면서 나무는 원하는 것을 모두 해 주었습니다. 나무에 열린 사과를 팔아 돈을 벌었고, 나뭇가지를 잘라 집을 만들었고, 몸통을 베어 배를 만들었습니다. 그러고는 늙어서 돌아왔을 때 남은 밑동으로 편안하게 쉬도록 만들어 주었습니다. 그래도 나무는 행복했습니다. 쉘 실버스타인(Shel Silverstein)의 《아낌없이 주는 나무》의 내용입니다. 나무는 아낌없이 주고도 행복하지만, 사람은 아낌없이 쓰고도 만족하지 않습니다. 이 글의 소나무도 인간이 태어나면서 죽을 때까지 도움을 주는 소중한 존재입니다. 이 수필은 소나무의 속성과 대비하여 욕심과 이기심으로 가득 찬 인간들에게 반성의 시간을 갖게 하고 있습니다.

생각해 보기

- 글 속 '당신'은 어떤 사람인가요? 여러분은 그 '당신'에 속하나요?

- 지은이는 경복궁 복원을 위해서 소나무를 사용하는 것이 무리한 고집이라고 합니다. 이에 대한 여러분의 생각은 어떤가요?

나는 대한이 엄마

뤼훼이쩐

타이완 출신인 나는 1993년에 한국인 남편과 결혼했다. 처음에는 단칸 월세방에서 어렵게 생활을 시작했지만, 힘든 생활 속에서도 보다 나은 미래를 위하여 작은 돈이라도 생기면 저금을 했고, 반찬거리는 모두 시골에서 틈틈이 농사를 지어서 활용한 덕분에 지금은 번듯한 중국어 학원을 운영할 수 있게 되었다.

내가 한국에 와서 가장 처음으로 당면한 문제는 언어 문제였다. 한국어가 서툴렀던 나는 병원에 갈 때나, 전화를 받을 때나, 장을 볼 때 등 모든 생활을 남편과 함께해야만 했다. 혼자 있을 때 주위 사람들이 말을 걸어오기라도 하면, 나는 대충 "네."라는 대답으로 얼버무렸다. 한국어의 "네."라는 대답은 두루뭉술하게[*] 모든 상황에 들어맞았기 때문이다.

◎ 두루뭉술하게 : 말이나 행동 따위가 철저하거나 분명하지 않게.

"식사했어요?"

"네."

"어디 가세요?"

"네."

"또 봐요."

"네."

그런데 이 "네."라는 대답을 남용[⊚]하는 바람에 사건이 터졌다. 하루는 학원생들이 올 시간이 지났는데도 아무도 오지 않는 것이었다.

남편이 학생 집으로 전화를 해서 "아이가 학원에 안 왔습니다." 했더니, 그 아이의 엄마는 "오늘 중국어 선생님이 학원 쉰다고 했다는데요?"라고 했단다.

남편과 나는 유언비어[⊚]의 발생지를 알기 위해 결국 그 아이의 집을 찾아갔다. 그러고는 그 아이의 엄마가 있는 앞에서 아이에게 "어째서 오늘 학원에 안 왔니?"라고 물으니 그 아이가 말하기를,

"제가 오늘 하굣길에 중국어 선생님을 만났거든요? 그래서 '라오스 하오[⊚].' 하며 인사를 하고, '선생님, 아이스크림 사 주세요.' 하니까, 선생님께서 '네.'라고 하셨어요. 그래서 친구랑 아이스크림을 먹으면서 '선생님, 오늘 날씨도 더운데 수업을 하루 쉬면 안 될까요?' 하니까, 선생님께서 또 '네.' 하셨어요. 정말 기뻐서 집으로 달려와 친구들에게 오늘은 학원 쉬는 날이라고 전화로 통보했죠."

⊚ 남용 : 일정한 기준이나 한도를 넘어 함부로 씀.
⊚ 유언비어 : 아무 근거 없이 널리 퍼진 소문.
⊚ 라오스 하오 : '선생님 안녕하세요'의 중국어.

라고 자신만만하게 큰소리를 쳤다. 잠시 후 옆에 있던 아이의 엄마가 예의 바른 목소리로,

"선생님, 죄송합니다. 오늘은 이만 가 보시지요."

라는 말과 함께

"네 이놈, 따라 들어와!"

하며, 아이의 귀를 잡고 방으로 들어갔다.

다음 날 학원에 온 그 학생은

"어제 선생님 때문에 엄마한테 엄청 혼났어요."

했다. 결국 아이스크림을 하나 더 사 주고 아이의 불만을 재웠지만, 그 후로 나에게는 "네."라는 말을 함부로 쓰지 않는 버릇이 생겼다.

아들 대한이가 초등학교 2학년 때의 일이다. 하루는 대한이가 학교에 가기 싫다는 것이었다. 아직 어린아이라서 자신이 다른 아이들과 다르다고 생각하고 학교생활에 잘 적응하지 못하는 것은 아닐까 노심초사° 하며 살아왔는데, 막상 걱정하던 일이 벌어지니까 매우 당황스러웠다.

그런데 대한이가 3학년이 되고 나서 대한이의 이러한 문제는 완전히 사라졌다. 3학년이 된 대한이네 반 담임선생님께서 우리 아이가 다문화 가정의 가족임을 알고, 반 친구들에게 이렇게 말씀하셨단다.

"우리 반 대한이의 어머니는 중국인이시고, 가족들은 집에서 중국어를 사용하기 때문에 대한이는 중국어를 중국인처럼 잘한단다. 요즘은 영어만큼이나 중국어도 중요한 시대니까 대한이는 정말 좋겠

◎ 노심초사 : 몹시 마음을 쓰며 애를 태움.

지? 앞으로 대한이는 너희들에게 중국어를 가르쳐 줄 수도 있으니 얼마나 고마운 친구니? 친하게 지내렴."

그래서 대한이는 반에서 중국어 선생님 노릇을 하게 되었고, 학교 생활에 적응하지 못하는 문제는 깨끗이 사라졌다.

지금도 그 선생님을 떠올리면 얼마나 고마운지 모른다. 대한이뿐만 아니라, 우리 가족 모두에게 희망이 되는 말을 해 주셨기 때문이다.

뤼훼이쩐 1967~
타이완 출신으로 귀화 한국인입니다. 중국어 강사로 활동하고 있습니다.

● 내용 파악하기

지은이가 겪은 일을 정리해 봅시다.

	글 앞부분	글 뒷부분
겪게 된 일	학생들이 중국어 학원에 오지 않음.	대한이가 학교에 가기 싫어함.
일이 일어난 원인	말에 대충 '네'라고 대답함.	학교생활에 적응하지 못함.
해결 과정	함부로 '네'라는 말을 쓰지 않게 됨.	대한이의 담임선생님이 반 친구들을 이해시킴.

● 핵심 정리

갈래 : 경수필

성격 : 서정적

제재 : 다문화 가정

주제 : 나와 다른 사람들에 대한 이해

특징 : ① 고백적으로 자신의 체험을 서술함.

② 간결하고 쉬운 표현으로 내용을 전개함.

● 작품 이해

이 글에는 한국어가 서툰 지은이가 겪은 당황스러운 일과, 지은이의 아들인 대한이가 새 학년이 되면서 담임선생님의 훌륭한 판단으로 학교생활에 잘 적응하게 된 일들이 담겨 있습니다.

생각해 보기

● 주변에 있는 다문화 가정의 친구들을 대할 때, 어떻게 하는 것이 가장 좋을까요?

● 정확하게 말을 하지 않아서 상대가 오해한 적이 있었다면, 어떤 경우였나요?

방망이 깎던 노인

윤오영

벌써 사십여 년 전이다. 내가 세간˚ 난 지 얼마 안 돼서 의정부에 내려가 살 때다. 서울 왔다 가는 길에 청량리역으로 가기 위해 동대문에서 일단 전차(電車)를 내려야 했다.

동대문 맞은쪽 길가에 앉아서 방망이를 깎아 파는 노인이 있었다. 방망이를 한 벌 사 가지고 가려고 깎아 달라고 부탁을 했다. 값을 굉장히 비싸게 부르는 것 같았다. 좀 싸게 해 줄 수 없느냐고 했더니,

"방망이 하나 가지고 값을 깎으려오? 비싸거든 다른 데 가 사우."

대단히 무뚝뚝한 노인이었다. 더 깎지도 못하고 깎아나 달라고만 부탁했다.

그는 잠자코 열심히 깎고 있었다. 처음에는 빨리 깎는 것 같더니, 저물도록 이리 돌려 보고 저리 돌려 보고 굼뜨기 시작하더니, 이내

◎ 세간 : 집안 살림에 쓰는 온갖 물건.
◎ 전차 : 공중에 설치한 전선으로부터 전력을 공급받아 지상에 설치된 궤도 위를 다니는 차.

마냥 늑장이다. 내가 보기에는 그만하면 다 됐는데, 자꾸만 더 깎고 있다. 인제 다 됐으니 그냥 달라고 해도 못 들은 체한다. 차 시간이 바쁘니 빨리 달라고 해도 통 못 들은 체 대꾸가 없다. 점점 차 시간이 빠듯해 왔다. 갑갑하고 지루하고, 인제는 초조할 지경이다.

더 깎지 아니해도 좋으니 그만 달라고 했더니, 화를 버럭 내며,

"끓을 만큼 끓어야 밥이 되지, 생쌀이 재촉한다고 밥이 되나?"

하면서 오히려 야단이다. 나도 기가 막혀서,

"살 사람이 좋다는데 무얼 더 깎는단 말이오? 노인장, 외고집이시구려. 차 시간이 없다니까……."

노인은

"다른 데 가 사우. 난 안 팔겠소."

하는 퉁명스런 대답이다.

지금까지 기다리고 있다가 그냥 갈 수도 없고, 차 시간은 어차피 늦은 것 같고 해서, 될 대로 되라고 체념할 수밖에 없었다.

"그럼 마음대로 깎아 보시오."

"글쎄, 재촉을 하면 점점 거칠고 늦어진다니까. 물건이란 제대로 만들어야지, 깎다가 놓으면 되나?"

좀 누그러진 말투다.

이번에는 깎던 것을 숫제 무릎에다 놓고 태연스럽게 곰방대에 담배를 담아 피우고 있지 않은가? 나도 그만 지쳐 버려 구경꾼이 되고 말았다. 얼마 후에, 노인은 또 깎기 시작한다. 저러다가는 방망이는 다 깎여 없어질 것만 같았다. 또, 얼마 후에 방망이를 들고 이리저리 돌려 보더니, 다 됐다고 내준다. 사실, 다 되기는 아까부터 다 되어

있던 방망이다.

차를 놓치고 다음 차로 가야 하는 나는 불쾌하기 짝이 없었다. 그 따위로 장사를 해 가지고 장사가 될 턱이 없다. 손님 본위°가 아니고 자기 본위다. 불친절하고 무뚝뚝한 노인이다. 생각할수록 화가 났다.

그러다가 뒤를 돌아보니, 노인은 태연히 허리를 펴고 동대문의 추녀°를 바라보고 있다. 그때, 어딘지 모르게 노인다워 보이는, 그 바라보고 있는 옆모습, 그리고 부드러운 눈매와 흰 수염에 내 마음은 약간 누그러졌다. 노인에 대한 멸시와 증오심도 조금은 덜해진 셈이다.

집에 와서 방망이를 내놨더니, 아내는 예쁘게 깎았다고 야단이다. 집에 있는 것보다 참 좋다는 것이다. 그러나 나는 전의 것이나 별로 다른 것 같지가 않았다. 그런데 아내의 설명을 들어 보면, 배가 너무 부르면 다듬이질할 때 옷감이 잘 치이고, 같은 무게라도 힘이 들며, 배가 너무 안 부르면 다듬잇살이 펴지지 않고 손에 헤먹기가 쉽다는 것이고, 요렇게 꼭 알맞은 것은 좀처럼 만나기가 어렵다는 것이다. 나는 비로소 마음이 확 풀렸다. 그리고 그 노인에 대한 내 태도를 뉘우쳤다. 참으로 미안했다.

옛날부터 내려오는 죽기°는, 대쪽이 떨어지면 쪽을 대고 물수건으로 겉을 씻고 뜨거운 인두°로 곧 다리면 다시 붙어서 좀처럼 떨어지지 않는다. 그러나 요사이 죽기는, 대쪽이 한번 떨어지기 시작하면

◎ 본위 : 판단이나 행동에서 중심이 되는 기준.
◎ 추녀 : 네모지고 끝이 번쩍 들린, 처마의 네 귀에 있는 큰 서까래. 또는 그 부분의 처마.
◎ 죽기 : 대그릇.
◎ 인두 : 바느질할 때 불에 달구어 천의 구김살을 눌러 펴거나 솔기를 꺾어 누르는 데 쓰는 기구. 쇠로 만들며 바닥이 반반하고 긴 손잡이가 달려 있다.

걷잡을 수가 없다. 예전에는 죽기에 대를 붙일 때, 질 좋은 부레를 잘 녹여서 흠뻑 칠한 뒤에 비로소 붙인다. 이것을 '소라 붙인다'고 한다.

약재만 해도 그렇다. 옛날에는 숙지황˚을 사면 보통의 것은 얼마, 그보다 나은 것은 얼마의 값으로 구별했고, 구증 구포한 것은 3배 이상 비쌌다. 구증 구포란, 찌고 말리기를 아홉 번 한 것이다. 눈으로 보아서는 다섯 번을 쪘는지 열 번을 쪘는지 알 수가 없다. 말을 믿고 사는 것. 신용이다. 지금은 그런 말조차 없다. 남이 보지도 않는데 아홉 번씩이나 찔 리도 없고, 또한 말만 믿고 3배나 값을 더 줄 사람도 없다.

옛날 사람들은 흥정은 흥정이요, 생계는 생계지만, 물건을 만드는 그 순간만은 오직 훌륭한 물건을 만든다는 그것에만 열중했다. 그리고 스스로 보람을 느꼈다. 그렇게 순수하게 심혈을 기울여 공예 미술품을 만들어 냈다. 이 방망이도 그런 심정에서 만들었을 것이다. 나는 그 노인에 대해서 죄를 지은 것 같은 괴로움을 느꼈다. "그따위로 해서 무슨 장사를 해 먹는담." 하던 말은 "그런 노인이 나 같은 청년에게 멸시와 증오를 받는 세상에서 어떻게 아름다운 물건이 탄생할 수 있담." 하는 말로 바뀌어졌다.

나는 그 노인을 찾아가 추탕˚에 탁주라도 대접하며 진심으로 사과해야겠다고 생각했다. 그래서 그다음 일요일에 상경하는 길로 그 노인을 찾았다. 그러나 그 노인이 앉았던 자리에 노인은 와 있지 아니했다. 나는 그 노인이 앉았던 자리에 멍하니 서 있었다. 허전하고 서

˚ 숙지황 : 생지황을 아홉 번 찌고 아홉 번 말려서 만든 약재.
˚ 추탕 : 고추장을 푼 육수에 미꾸라지를 통째로 넣고 두부, 유부, 호박, 고추, 양지머리 따위와 함께 끓인 국.

운했다. 내 마음은 사과드릴 길이 없어 안타까웠다. 맞은쪽 동대문의 추녀를 바라다보았다. 푸른 창공으로 날아갈 듯한 추녀 끝으로 흰 구름이 피어나고 있었다. 아, 그때 그 노인이 저 구름을 보고 있었구나. 열심히 방망이를 깎다가 유연히˚ 추녀 끝의 구름을 바라보던 노인의 거룩한 모습이 떠올랐다.

오늘, 안에 들어갔더니 며느리가 북어를 뜯고 있었다. 전에 더덕북어˚를 방망이로 쿵쿵 두들겨서 먹던 생각이 난다. 방망이를 구경한 지도 참 오래다. 요사이는 다듬이질하는 소리도 들을 수가 없다. 애수˚ 자아내던 그 소리도 사라진 지 이미 오래다. 문득 사십여 년 전, 방망이 깎던 노인의 모습이 떠오른다.

◉ 유연히 : 침착하고 여유가 있게.
◉ 더덕북어 : 황태.
◉ 애수 : 마음을 서글프게 하는 슬픈 시름.

윤오영 1907~1976

수필가. 서울에서 태어나 1928년 양정고보를 졸업했으며, 보성고보에서 20여 년 동안 교직 생활을 했습니다. 1959년 《현대문학》에 수필 〈측상락〉을 발표한 이래 본격적으로 수필을 쓰기 시작해 한국적 정서를 바탕으로 한 아름다운 수필을 많이 발표했습니다. 수필집으로 《고독의 반추》 《방망이 깎던 노인》 등이 있습니다.

작 · 품 · 설 · 명

● 내용 파악하기

방망이를 깎던 노인을 바라보고 있던 지은이의 심정이 어떻게 바뀌고 있나요?

굼뜬 노인	답답함

↓

노인의 고집과 퉁명스런 대답	체념

↓

방망이가 완성됨	불쾌감

↓

동대문을 바라보는 노인의 모습	마음이 누그러짐

↓

방망이에 대한 아내의 반응	뉘우침

지은이가 옛 장인들의 정성을 설명하기 위해 어떤 소재를 들고 있나요?

죽기, 숙지황

● 핵심 정리

갈래 : 경수필

성격 : 교훈적, 회고적, 서사적

제재 : 방망이를 깎던 노인

주제 : 소신 있는 삶의 아름다움과 전통적인 장인 정신 예찬

특징 : ① 일상적 체험을 회고적인 기법으로 표현함.

② 현재-과거-현재의 순서에 따라 시간적 · 입체적으로 구성함.

● 작품 이해

지은이가 자신이 체험한 일상을 대화와 묘사의 방법으로 표현한 글입니다. 지은이는 방망이를 제대로 깎아야 한다는 노인의 고집 때문에 차를 놓쳐 기분이 나빴지만, 방망이를 아주 잘 깎았다는 아내의 칭찬을 들은 후, 노인의 장인 정신을 깨닫고 반성합니다. 그리고 자신이 하는 일에 정성과 최선을 다하는 노인의 자세와 조급하고 이기적인 '나'의 행동을 대비시키면서 성실한 삶의 태도와 사라져 가는 전통에 대한 아쉬움을 표현합니다.

생각해 보기

- 방망이가 완성되기를 기다리기 위해 자신의 시간을 포기한 지은이의 태도에 대해 여러분은 어떻게 생각하나요?

- 여러분은 식당과 같은 곳에서 다른 사람을 재촉해 본 적이 있나요? 왜 그런 행동을 하게 될까요?

방망이 깎던 노인 | 윤오영

사관의 기록을 보겠다는 명령을
거두어 주십시오

신개

예부터 많은 나라는 각기 사관(史官)을 두어 임금의 말과 행동, 조정에서 일어나는 사건들, 신하들의 잘잘못까지 보고 들은 대로 숨김없이 역사에 기록하도록 하였습니다. 후세의 임금들이 그것을 경계(鏡戒)로 삼아 함부로 행동하지 못하도록 하기 위한 것입니다. 그것이 바로 사관을 둔 이유입니다.

일찍이 당나라 태종이 방현령에게 묻기를

"사관이 기록한 것을 나에게 보여 주지 않는 까닭은 무엇인가?"

하였더니 방현령이,

"사관은 거짓으로 칭찬하지도 않고 나쁜 점을 숨기지도 않으니, 전하가 그것을 보고 노하게 될 것이 분명하므로 보여 드릴 수가 없습니다."

◉ 사관 : 역사의 편찬을 맡아 초고를 쓰는 일을 맡아보던 벼슬. 또는 그런 벼슬아치. 예문관 검열 또는 승정원의 주서를 이른다.

◉ 방현령 : 중국 당나라의 정치가(578~648). 건국 공신으로서 재상이 되었으며, 《진서》의 편찬에도 관여했다.

라고 하였다고 합니다.

그 말에도 태종이 즉시 방현령에게 실록(實錄)[◎]을 연대순(年代順)으로 편찬해서 올리라 명하여 방현령이 그리하였으나, 어떤 것은 가리고 어떤 것은 빠뜨려 적지 않았습니다. 태종은 현명한 임금이라 사실대로 썼어도 노여워하지 않았을 텐데도 불구하고 방현령같이 명철한 재상조차 바른대로 쓰지 못했습니다. 만약 태종보다 덜 현명한 임금이 아첨하는 신하에게 명하여 자기 대의 역사 기록을 보려 한다면 어떤 일이 일어나겠습니까?

전하께서는 최근에 특별히 교지(敎旨)[◎]를 내려 현재 기록 중인 역사를 보고자 하셨는데, 신들은 그 교지를 받고 지금 매우 두려워하고 있습니다.

당나라의 태종도 앞에서 말씀드린 일 때문에 후세 사람들의 비난을 받았는데, 어찌 전하께서 그것을 따라 하시려고 그러십니까?

전하께서 기록을 보시고자 함은 옳고 그름을 거울삼아 훗날의 경계로 삼으려고 그러는 것입니까, 아니면 거짓과 진실을 보아 이치에 틀린 부분이 있다면 그걸 고치려고 하는 것입니까?

만약 훗날의 경계로 삼으려고 그러신다면 성현(聖賢)[◎]들이 남긴 글을 통해서도 충분히 그 흥망성쇠(興亡盛衰)[◎]의 자취를 알 수 있거늘, 어찌 꼭 근래의 기록을 보아야만 한단 말입니까? 이치에 틀린 점을

◎ 실록 : 한 임금이 재위한 동안의 정령(政令)과 그 밖의 모든 사실을 적은 기록.
◎ 교지 : 조선 시대에, 임금이 사품 이상의 벼슬아치에게 주던 명령문.
◎ 성현 : 성인(聖人)과 현인(賢人)을 아울러 이르는 말.
◎ 흥망성쇠 : 흥하고 망함과 성하고 쇠함.

고치려 한다는 것 또한 그렇습니다. 원래 사관이란, 널리 묻고 찾아서 어떤 일의 진실을 분명히 확인한 후에 기록하는 사람입니다. 어찌 한갓 소문이나 추측한 내용, 황당하여 믿기 어려운 일 등을 기록하여 후세 사람들을 속이겠습니까?

그러므로 도무지 신들은 모르겠습니다. 전하께서 기록을 보시고자 함은 무엇 때문입니까? 당대의 역사를 보시는 일은 후손들에게 모범적인 일이 되지 못합니다. 더구나 태평 시대를 맞아 현명한 임금과 어진 신하가 서로 모범이 될 만한 좋은 정치를 베풀고 있으므로 역사에 빛나게 될 것인데, 전하께서 당대의 기록을 한 번이라도 보시게 된다면 후세 사람들은 '그 당시 임금이 역사의 기록을 직접 보곤 했다는데 사관이 설마 사실대로 썼을까?' 하고 의혹을 품을 것입니다. 그렇게 된다면 전하의 덕망(德望)과 업적까지도 모두 꾸며 쓴 것으로 의심하게 될 것이니, 어찌 큰 누(累)가 되지 않겠습니까?

그리하여 감히 바라옵건대 지금 전하께서 기록을 보겠다고 하신 명령을 거두신다면 매우 다행한 일이 되리라 생각되옵니다.

◉ 누 : 남의 잘못으로 말미암아 받게 되는 정신적인 괴로움이나 물질적인 손해.

신개 1374~1446

고려 말에서 조선 전기의 문신입니다. 과거 급제 후 공조판서, 형조참판, 예문관대제학 등을 거쳐 우의정과 좌의정을 지냈습니다. 고려사 편찬에 참여했으며, 의정부 서사제도의 폐지를 주장하여 실현시켰습니다. 문집으로 《인재문집(寅齋文集)》을 남겼습니다.

작·품·설·명

● 내용 파악하기

지은이의 주장을 다음과 같이 정리해 봅시다.

전하가 기록을 보고자 하는 이유가	훗날의 경계로 삼으려고 한다면	성현들이 남긴 글로도 그 자취를 알 수 있다.
	이치에 틀린 점을 고치려고 한다면	사관은 어떤 일의 진실을 분명히 확인한 후에 기록하는 사람이다.

지은이는 만일 임금이 기록을 한 번이라도 보게 된다면 후대 사람들이 어떤 의혹을 갖게 될 것이라고 주장하고 있나요?

사관이 설마 사실대로 썼을까 하는 의혹을 품게 됨.

● 핵심 정리

갈래 : 상소문

성격 : 설득적, 현학적

제재 : 사관의 기록

주제 : 사관의 기록을 보겠다는 임금 명령의 부당함을 알림.

특징 : ① 과거 역사를 들어 자신의 의견이 정당함을 주장함.

② 의문문의 형식으로 상대방의 주장이 부당함을 알림.

● 작품 이해

이 글은 조선 초기의 문신인 신개가 태조 임금에게 사관의 기록을 보지 말 것을 청하는 상소문입니다. 사관이란 사초(史草, 시정의 득실과 임금의 언동, 인문의 선악 등)를 기록하여 실록 편찬의 기본적인 자료를 작성하는 관리들입니다. 그러다 보니 자연히 임금에 대해 좋지 않은 일을 기록하게 되는 경우도 많았습니다. 태조 임금도 사관들이 자신에 대해 안 좋게 평가한 사초가 있지 않은가 하여 사관의 기록을 보겠다고 한 것입니다. 이 글은 사관이었던 지은이가 그런 임금의 명령이 부당하다는 것을 알리기 위해 쓴 것입니다.

생각해 보기

- 지은이가 이런 상소문을 쓴 이유는 어떤 의무감 때문이었을까요?

- 혹시 웃어른들의 지시에 따르지 않은 적이 있다면, 어떤 경우이고 어떤 이유에서였나요?

울림이 있는 말
정민

달 뜨면 오시마고 임은 말했죠.   郎云月出來.

달 떠도 우리 임은 아니 오시네.   月出郎不來.

아마도 우리 임 계시는 곳엔   想應君在處

산 높아 저 달도 늦게 뜨나 봐.   山高月上遲.

    조선 시대 능운(凌雲)이라는 기생이 오지 않는 임을 그리며 지었다는 한시다. 달 뜨면 오겠노라는 철석° 같은 다짐을 두고 간 임이었다. 하지만 저 달이 중천(中天)°에 이르도록 오마던 임은 오실 줄을 모른다. 그녀는 저녁 내내 조바심이 나서 달만 보며 마당에 나와 서 있다. 왜 안 오실까? 저 달을 못 보신 걸까? 혹시 마음이 변하신 것은 아닐까? 조바심은 점차 의구심으로 변해, 자칫 그리움의 원망이 쏟아지

◉ 철석 : 쇠와 돌을 아울러 이르는 말로 매우 굳고 단단한 것을 비유적으로 이르는 말.
◉ 중천 : 하늘의 한가운데.

고 말 기세다.

그러나 그녀는 슬쩍 말머리를 돌렸다. 오지 않는 임에게 푸념을 늘어놓는 대신 오히려 무심한 체 임을 두둔˚ 해 주기로 한다. 아마 지금 임이 계신 곳에는 산이 하도 높아서, 내게는 훤히 보이는 저 달이 아직도 산에 가려 보이지 않는 모양이라고 말이다. 그렇지 않고서야 임이 내게로 오시지 않을 까닭이 없다. 설령 임이 나와의 언약(言約)˚ 을 까맣게 잊고 안 오시는 것이라 해도 나만은 그 사실을 인정하고 싶지가 않은 것이다. 여기에는 또 혹시 이제라도 오시지 않을까 하는 안타까운 바람도 담겨 있다. 임을 향해 직접적으로 원망을 퍼붓는 것보다 곡진한˚ 표현 속에 읽는 이의 마음을 끌어당기는 더 큰 매력이 있음을 느끼게 된다.

멀리 함경도 안변 땅에 벼슬 살러 가 있던 양사언(楊士彦)이 한양의 벗 백광훈에게 편지를 보내왔다. 그립던 벗의 편지라 반가워 뜯어보니, 사연이라고는 "삼천 리 밖에서 한 조각구름 사이 밝은 달과 마음으로 친히 지내고 있소(三千里外, 心親一片雲間明月)."라는 딱 열두 자뿐이었다. 그래 이만한 사연을 전하자고 그 먼 천 리 길에 편지를 부쳤더란 말인가? 그러나 들여다보면 그대가 보고 싶어 저 달을 보고 있는데, 희미한 조각달인 데다가 그나마 자꾸 구름 속에 숨어 보이지 않으니 안타깝더라는 말이다. 백 마디 보고 싶다는 말을 적은 편지보다 훨씬 더 짙은 정이 느껴진다. 이 편지를 손에 들고 달을 올려다보

◉ 두둔 : 편들어 감싸주거나 역성을 들어줌.
◉ 언약 : 말로 약속함. 또는 그런 약속.
◉ 곡진한 : 매우 정성스러운.

며, 역시 그 친구를 그려 눈물이 그렁그렁 맺혔을 백광훈의 모습이 눈에 선하다. 직접 다 말해야 맛이 아니다. 말하지 않아도 마음으로 통하고, 행간(行間)°에 고여 넘치는 정이 있다.

황희(黃喜)가 정승이 되었을 때, 공조판서°로 있던 김종서(金宗瑞)는 천성이 뻣뻣하여 그 태도가 자못 거만하기 짝이 없었다. 의자에 앉을 때도 삐딱하게 비스듬히 앉아 거드름을 피우곤 했다. 하루는 황희가 하급 관리를 불러 이렇게 말했다. "김종서 대감이 앉은 의자의 한쪽 다리가 짧은 모양이니 가져가서 고쳐 오너라." 그 한마디에 김종서는 정신이 번쩍 들어서 사죄하고 자세를 고쳐 앉았다. 뒷날 그는 이렇게 말했다. "내가 육진(六鎭)°에서 여진족과 싸울 때 화살이 빗발처럼 날아오는 속에서도 조금도 두려운 줄을 몰랐는데, 그때 황희 대감의 그 말씀을 듣고는 나도 몰래 등 뒤에서 식은땀이 줄줄 흘러내렸네." 정색°을 한 꾸지람보다 돌려서 말한 그 한마디가 이 강골°의 장수로 하여금 마음으로부터 자신의 교만을 뉘우치게 했다.

말의 힘은 이런 것이다. 돌려 말한 은근한 한마디가 시시콜콜히 설명하고 부연하는 장황한 요설°보다 백배 낫다. 직접 대놓고 얘기하면 불쾌할 말도 살짝 모를 눌러 넌지시 짚어 주면 정문일침(頂門一鍼)°

⊚ 행간 : 글에 직접적으로 나타나 있지 아니하나 그 글을 통하여 나타내려고 하는 숨은 뜻을 비유적으로 이르는 말.
⊚ 공조판서 : 조선 시대에 둔, 공조의 으뜸 벼슬. 품계는 정이품이다.
⊚ 육진 : 조선 시대에, 지금의 함경북도 북변(北邊)을 개척하여 설치한 여섯 진(鎭). 세종 때 둔 것으로, 경원·경흥·부령·온성·종성·회령의 진을 이른다.
⊚ 정색 : 얼굴에 엄정한 빛을 나타냄.
⊚ 강골 : 단단하고 굽히지 않는 기질을 가진 사람.
⊚ 요설 : 쓸데없이 말을 많이 함.
⊚ 정문일침 : 정수리에 침을 놓는다는 뜻으로, 따끔한 충고나 교훈을 이르는 말.

격으로 정신이 번쩍 든다. 그러나 이런 것도 말하는 이나 듣는 이나 모두 마음의 여유와 받아들일 자세를 갖추고 있을 때나 가능한 일이다.

웃으며 말을 하면서도 속에는 칼을 품고 있다. 아침에 한 말과 저녁에 하는 말이 같지 않다. 이익을 위해서라면 마음에 없는 말도 못 할 것이 없다. 말의 값이 땅에 떨어진 세상에 우리는 살고 있다. 그러니 어딜 가나 소음뿐이다. 휴대전화는 때와 장소를 가리지 않고 여기저기서 마구 울려 댄다. 옆의 사람은 아랑곳 않고 제 목소리만 높여 댄다. 마음에 고이는 법 없이 생각과 동시에 내뱉어지는 말, 이런 말 속에는 여운이 없다. 들으려고는 않고 쏟아 내기만 하는 말에는 향기가 없다. 말이 많아질수록 어쩐 일인지 공허감˚은 커져만 간다. 무언가 내면에 충만하게 차오르는 기쁨이 없다. 왜 그럴까?

이백(李白)의 시에, 왜 푸른 산에 사느냐는 물음에 씩 웃고 대답하지 않았다고 노래한 것이 있다. 산이 좋아서 사는 사람에게 산에 사는 이유가 달리 있을 까닭이 없다. 그 까닭을 말로 설명할 재간˚도 없거니와, 설령 말한다고 한들 그가 알아듣기나 하겠는가? 이것은 침묵의 언어가 지닌 힘이다. 추사 김정희의 글씨 가운데 "작은 창에 햇볕이 가득하여, 나로 하여금 오래 앉아 있게 한다(小窓多明, 使我久坐)." 라고 쓴 것을 보았다. 세간도 없이 책상 하나 놓인 방 안으로 따스한 햇볕이 쏟아져 들어온다. 그 볕이 고마워서 말없이 오래도록 꼼짝 않고 앉아 있었다는 말이다. 문득 물질의 풍요는 비록 지금만 못했지만, 정신만은 넉넉하고 풍요로웠던 선인들의 체취가 그립다. 말을 아

˚ 공허감 : 텅 빈 듯한 허전한 느낌.
˚ 재간 : 어떤 일을 할 수 있는 재주와 솜씨.

껴 언어가 지닌 맛을 음미®할 줄 알았던 그 정신을 이제 어디 가서 찾을 수 있을까?

◎ 음미 : 어떤 사물 또는 개념의 속 내용을 새겨서 느끼거나 생각함.

정민 1961~

한문학자. 충북 영동에서 태어나 한양대 국어국문학과를 졸업했습니다. 한국한문학을 전공했으며, 현재 한양대 국어국문학과 교수로 재직 중입니다. 우리 고전을 참신한 시각과 독창적 해석으로 새롭게 선보이는 작업을 계속해 왔습니다. 한시의 깊이와 아름다움을 소개한 《한시미학 산책》《정민 선생님이 들려주는 한시 이야기》《꽃들의 웃음판》을 비롯하여 《미쳐야 미친다》《다산선생 지식 경영법》 등의 저서가 있습니다.

올림이 있는 말 | 정민

● 내용 파악하기

위 글에 나타난 선인들의 짧은 말에는 어떤 의미가 담겨 있나요?

말한 사람	내용	의미
능운	우리 임 계서는 곳엔 / 산 높아 달도 늦게 뜨나 봐.	오지 않는 임에 대한 안타까움과 / 간접적 원망의 표현
양사언	삼천 리 밖에서 한 조각구름 사이 / 밝은 달과 마음으로 친히 지내고 있소.	그대를 보지 못해 안타깝다.
황희	김총서 대감 의자가 한쪽으로 / 기운 모양이니 고쳐 오너라.	자만을 떨지 말고 / 바르게 처신하라.

지은이가 글을 통해 말하고 싶었던 부분을 찾아봅시다.

말을 아껴 언어가 지닌 맛을 음미할 줄 알았던 그 정신을 이제 어디 가서 찾을 수 있을까?

● 핵심 정리

갈래 : 수필

성격 : 교훈적, 비판적

제재 : 선인들의 울림이 있는 말

주제 : 말을 아껴 말의 맛을 음미할 줄 알아야 한다.

특징 : ① 선인들의 여러 사례를 들어 자신의 생각을 드러냄.

　　　 ② 선인들과 비교하여 가볍고 여운이 없는 현대인의 언어생활을 비판함.

● 작품 이해

이 글에서는 선인들의 사례를 통해 말의 중요성을 네 가지 면에서 강조하고 있습니다. 첫째, 기생 능운의 말과 같이 간접적인 표현이 더 효과적일 수 있다는 것. 둘째, 백광훈의 편지와 같이 짧지만 정을 가득 담은 말이 있다는 것. 셋째, 황희의 말처럼 상대방이 기분 상하지 않으면서 자신의 의지를 관철할 수 있다는 것. 넷째, 이백과 김정희의 말에서 보듯 마음의 여유가 담긴 말이 효과적일 수 있다는 것. 말 잘하는 사람이 너무나 많은 요즘, '소음'이 아닌 '울림'으로 와 닿는 진실하고 맛있는 말이 더욱더 그리운 시대입니다.

생각해 보기

• 말을 아끼는 사람과 말수가 적은 사람의 차이는 무엇일까요?

• 말이 많고 수다스러운 사람의 말은 어떤 가치가 있을까요?

헛기침으로 백 마디 말을 하다

이규태

  한줄기 퍼부을 듯 하늘이 끄무레하면 그 하늘을 형용해서 '아침 굶은 시어머니 같다.'고 한다. 이런 하늘을 두고 '폼페이 최후의 날 같다.'고 형용하는 서구 사람들에 비겨 통찰을 요구하는 형용임을 알 수가 있겠다. 화산재에 뒤덮인 폼페이 최후의 하늘은 우중충하기에 그것은 통찰이 필요 없는 일차원적인 비유다. 그러나 아침 굶은 시어미 얼굴을 하늘 색에 비기기에는 삼차원적인 육감의 작용 없이는 불가능하다. 은폐가 심하기에 통찰도 발달했다. 우리나라의 가정이나, 직장이나, 사회는 이 말없는 통찰의 의사소통이 말로 하는 의사소통의 분량보다 한결 많다는 점에서 특수성을 찾아볼 수가 있다.

  우중충한 하늘에서 비가 내리기 시작했다. 지금 며느리는 아이에게 젖을 물린 채 다림질을 하고 있다. 그때 방에 있던 시어머니가 말을 건네 온다.

  "아가, 할미가 업어 줄까?"

이 말은 할미가 젖을 빠는 손자에게 하는 말이 아니라, 비가 뿌리는 밖에 널려 있는 빨래를 빨리 거둬들이라는, 시어머니가 며느리에게 하는 분부인 것이다. 며느리는 그 말을 통찰력으로 알아듣고 빨래를 거둬들인다.

텃밭에 가 남새® 뜯어 국거리 마련하랴, 저녁밥 지으랴, 애들 돌보랴, 일손이 바쁜 며느리는 시어머니가 있는 방 앞에서 강아지 배를 차 깨갱거리게 하거나 마루에서 노는 닭들에게 앙칼스레 욕을 퍼붓는다. 시어머니는 '옳거니.' 통찰로 그 뜻을 알아차리고 바구니 들고 남새밭에 가면 되건만, '그렇지 않아도 좀 쉬었다가 텃밭에 가려고 했는데 강아지 배를 차……. 어디 가나 보라.'고 버티고 있으면 며느리는 업힌 아이보고,

"니 어머니는 무슨 팔자로 손이 세 개 달려도 모자라냐."

라고 혼잣말을 한다.

이 같은 통찰을 필요로 하는 대화를 서구식으로 통찰을 필요로 하지 않는 대화로 통역하면 다음과 같은 것이 된다.

"나는 아이 업고 밥 짓기가 바쁘니 나를 돕는 뜻에서 바구니 들고 남새밭에 가 국거리 좀 뜯어다 주실 수 없겠습니까?"

"응, 그러마, 약 5분만 기다려 다오."

"좋아요. 5분 후에는 약속대로 이행해 주시길 바라요. 꼭요."

"알았다. 그렇게 하마."

가정에서부터 나라라는 큰 집단까지 한국인은 너무 많이 통찰로

® 남새 : 채소.

의사소통을 하고 있다. 이 통찰이 부드럽게 이뤄지면 빨래 걷는 며느리처럼 충돌 없이 행복하게 생활이 영위가 되지만, 남새밭에 가지 않는 시어머니처럼 통찰이 어긋나면 증오와 불화가 빚어진다.

시어머니는 며느리가 지피는 장작불의 조잡함에서, 며느리가 먹인 시어미 삼베 고쟁이®의 칼날같이 뻣센® 풀에서 며느리의 반항을 통찰할 줄 알아야 한다. 며느리가 업고 있는 아이의 울음의 질과 시간과 때와 경우를 판단하여 며느리가 아이의 엉덩이를 꼬집어 울린 건지 아닌지를 통찰로 감식할 줄 알아야 한다. 왜냐하면 꼬집어 울리는 아이의 울음이나 배를 차서 울리는 강아지의 울음은 불만이 차 있는 며느리의 절규를 대행하는 것이기 때문이다. 요즘에는 플라스틱이라 소리가 나지 않지만 바가지를 요란하게 긁는 것이, 통찰이라는 매체를 통한 강력한 발언인 것이다. 한국인은 이렇게 눈이나 귀가 입보다 말을 많이 한다.

® 고쟁이 : 한복에 입는 여자 속옷의 하나.
® 뻣센 : 뻣뻣하고 억센.

🪶 이규태 1933~2006
언론인이며 수필가. 전북 장수에서 태어나 연세대 화학공학과를 졸업했습니다. 1959년 《조선일보》에 입사하여 문화부, 사회부, 편집부 기자를 거쳐 논설위원을 역임했습니다. 저서로는 《한국인의 밥상문화 1·2》《한국인의 생활문화1·2》《한국인의 주거문화1·2》《한국인의 의식구조1·2·3·4》 등이 있습니다.

작·품·설·명

● 내용 파악하기

위 글에 나오는 말이나 행동에는 어떤 속뜻이 있을까요?

말이나 행동	속뜻
아가, 할미가 업어 줄까?	나는 아이를 볼 테니 너는 빨래를 걷어라.
며느리가 강아지 배불 차거나 닭에게 욕을 함.	바쁜데 자기는 놀면서 명령만 하는 시어머니에 대한 불만
니 어머니는 무슨 팔자로 손이 세 개 달려도 모자라냐?	도저히 못하겠으니 어머니가 좀 도와주세요.

지은이는 위 글을 통해 무엇을 말하고 싶었을까요?

한국인은 이렇게 눈이나 귀가 입보다 말을 많이 한다.

● 핵심 정리

갈래 : 경수필

성격 : 분석적, 해설적, 예증적

제재 : 한국인의 언어 사용

주제 : 통찰의 의사소통을 하는 한국인 언어 사용의 특징

특징 : 구체적 상황을 바탕으로 한국인의 언어 사용의 특징을 나타냄.

● 작품 이해

이 글에서는 의사를 뚜렷이 내보이지 않으면서도 자신의 뜻을 전달하고자 하는 한국인 심리의 한 단면을 볼 수 있습니다.

생각해 보기

● 이 글의 할머니처럼 나이가 많으신 분들이 생활 속에서 사용하는 표현에는 어떤 것들이 있을까요?

● 요즈음은 예전에 비해 돌려 말하는 경우가 많지 않습니다. 왜 그렇게 되었을까요?

5부

올바르게 살아가는 방법

누에와 천재

유달영

애

　서당에 다니던 내가 긴 머리꼬리를 잘라 버리고 외숙˚을 따라 충청
도에 갔을 때에 생긴 우스운 이야기의 한 토막이다.

　나는 거기서 간이한˚ 산술˚과 일어를 얼마 동안 익혀 가지고 보통
학교 1학년에 중도 입학을 하였다.

　내 외숙은 일찍 개화˚한 분이며, 내 외숙모는 외숙의 지시로 신식
법으로 누에를 여러 장 쳐서 적지 않은 수입을 올렸다.

　작은 개미 같은 새까만 어린누에들을 누에씨에서 쓸어 낸 것이 며
칠 안 되는 성싶은데, 벌써 손가락만큼씩 큰 누에들이 손바닥 같은
뽕잎을 서걱서걱 먹어 내려가고 있는 것이 신기하고도 대견스러웠

˚ 외숙 : 외삼촌.
˚ 간이한 : 간단하고 편리한.
˚ 산술 : 일상생활에 실제로 응용할 수 있는, 수와 양의 간단한 성질 및 셈을 다루는 수학적 계산 방법.
˚ 개화 : 사람의 지혜가 열려 새로운 사상, 문물, 제도 따위를 가지게 됨.

다. 내가 외숙모 옆에 서서 잠박®에 가득 찬 누에들을 보고 있노라면, 깊은 밤에 창밖에 내리는 봄비 소리를 듣고 있는 듯한 착각을 일으키곤 했다. 여러 마리의 누에들이 뽕을 먹는 그윽한 소리는 내 마음을 착 가라앉게 해 주었다. 그리고 옥비녀같이 희고도 탐스러운 누에들은 내 눈앞에서 무럭무럭 몸뚱이들이 자라나고 있는 듯하였다.

오래지 않아 이 벌레들의 입에서 윤이 흐르는 보드라운 비단실이 술술 한정 없이 나와서 옥구슬 같은 고치가 눈송이처럼 지어질 것이다. 그리고 그 고치들은 다시 내 외사촌 누나들의 손으로 정성스레 풀려져서 가지가지의 무늬진 비단으로 짜여질 것이다. 바라보면 바라볼수록 누에들이 신비스럽고 대견스러웠다. 내가 이런 생각을 하면서

"외숙모, 누에는 참 재주도 좋아."

혼잣소리로 감탄하고 있노라니, 뽕을 주던 외숙모가 빙그레 웃으시면서

"그렇구말구, 재주가 좋구말구."

이렇게 내 말에 찬동®해 주는 것이었다. 그런데 외숙모는 또 이런 이야기를 들려주었다.

"예전 노인들이 그러시는데, 누에를 먹기만 하면 사람들도 비상한 재주가 생긴대. 그러나 그것을 어떻게 먹을 수가 있어야지."

나는 '비상한 재주'라는 한마디에 그만 귀가 번쩍 띄었다. 그래서

® 잠박 : 누에 채반.
® 찬동 : 어떤 행동이나 견해 따위가 옳거나 좋다고 판단하여 그에 뜻을 같이함.

입 속으로 '비상한 재주, 비상한 재주' 하고 뇌어 보았다. 그리고 '정말 그럴지도 몰라. 참말일 거야.' 하는 생각이 들었다.

"외숙모, 얼마나 큰 누에를 몇 마리나 먹으면 된대요?"

하고 내가 슬쩍 물어보았더니, 외숙모는

"왜? 너 정말 누에를 먹어 보련?"

하시면서 나를 유심히 내려다봤다. 나는 얼떨결에

"아아뇨, 그걸 징그럽게 어떻게 먹어요."

하고 딴전을 피웠다. 외숙모는 소리를 내어 킬킬 웃으면서

"먹기로 한다면야 제일 큰 것으로 다섯 마리쯤은 먹어야 약이 될 걸."

이렇게 말씀하셨다.

'제일 큰 것으로 다섯 마리'. 이것을 나는 똑똑하게 기억해 두지 않을 수가 없었다. 중요한 정보였다. 그리고 몇 번이고 '누에와 비상한 재주'에 대하여 속으로 되뇌어 보았다.

어느 날, 20리가 넘는 하굣길을 서둘러서 일찌감치 집으로 돌아왔다. 그리고 아무도 없는 잠실˚에 들어가 보았다. 오령(五齡)˚이 된 누에들은 지네 섶이 가득하게 얹힌 잠박 위에서 고치 지을 자리를 찾아 헤매기도 하고, 벌써 머리를 휘둘러 어리를 치는 놈들도 있었다. 누에는 이제 다 올라간 것이다. 이 기회를 놓친다면 올해에는 그 '비상한 재주'에 약이 되는 누에를 먹을 기회가 없어지고 마는 것이다.

˚ 잠실 : 누에를 치는 방.
˚ 오령 : 다섯 번째의 탈피를 마친 누에.

반짝반짝하는 비단실이 뽑혀 나오는 누에들을 바라보고 있노라니 '비상한 재주가 생긴대.' 하시던 외숙모의 목소리가 또렷하게 가슴에 되살아났다.

나는 결심을 했다. 잠박 위의 섶을 뒤지면서 누에를 이것저것 집어 들었다 되놓았다 하면서 골라 보았다. 그렇게 징글맞게 커 보이던 누에들이 어쩐지 집어 보면 모두 작은 것만 같았다. '더 큰 놈은 없을까?' 하고 한동안을 뒤적거렸다. 나는 제일 굵고 탐스러운 누에 한 마리를 우선 골라 추켜들었다.

'이런 것 다섯 마리만 먹어 놓는다면, 나는 힘 안 들이고 학기마다 첫째를 하고 우등상을 타게 될 것이다.'

이렇게 생각하니 용기가 솟아나고 앞이 환해지는 것 같았다. 누에를 먹으려는 나의 결심은 이제 무엇으로도 돌릴 수가 없을 정도로 확고해져 있었다. 누에 꽁지를 쥐고 쳐들어 입에다 넣으려고 하니 머리를 내두르고 손가락에 들러붙는 것이었다. 그러나 이미 결심이 이처럼 굳게 섰으니 놓아줄 수야 있겠는가? 눈을 감고 입을 크게 벌리고 누에를 입 속으로 집어넣었다. 입 속이 뜨겁고 컴컴해서인지 누에는 꿈틀거리고 뒤틀고 들러붙고 하면서 못 견디어 했다. 상상했던 것과는 딴판으로 야단을 치는 것이었다.

그러므로 도저히 삼켜질 것 같지가 않았다. '그대로 어금니 사이에 넣고 꽉 깨물어서 삼켜 버릴까?' 하고 생각했으나, 터진 누에가 입 안에 홍건할 것을 상상해 보니 이건 참 못하겠다는 생각이 들었다. 그리고 그 깨끗한 누에를 고스란히 삼켜서 곱게 내 몸속에 흡수시켜야 그 '비상한 재주'가 조금도 허실이 없이 내 것이 될 것만 같았다. 그래서 나는 일시 혼란해지려는 마음을 가다듬고 그대로 삼켜 보려고 안간힘을 썼다. 누에는 시간이 지날수록 야단이고, 속에서 욕지기˚가 나서 뱃속에 있는 것이 모두 올라올 것만 같았다.

나는 한 손으로 입을 막고 다시 죽을힘을 다하여 혓바닥을 안으로 욱이기도 하고, 목구멍을 크게 벌려 보기도 하고 갖은 노력을 다했다. 그러면 그럴수록 이 징그럽게 큰 누에도 최대한의 저항을 계속하는 것이었다. 땀이 비 오듯 하였다.

그러나 나의 의지와 인내와 욕망은 누에를 목구멍 너머로 넘기는 데 기어이 성공했다. 그러나 식도에서도 위 속으로 순순히 들어가지 않고 꿈틀거리고 들러붙고 야단이었다. 나는 '비상한 재주'의 5분의 1을 이렇게 삼킨 것이었다. 이제 몹시 힘이 들기는 했지마는, 다음 순서를 중지할 수는 없었다. 다시 두 마리째, 세 마리째, 네 마리째, 차례로 목구멍 너머로 넘기기에 성공했다.

땀은 쉴 새 없이 흘러서 중의 적삼˚은 물에서 건져 낸 듯이 젖었다. 이렇게 해서 다섯 마리의 누에를 저녁 밥상이 들어오기 전에 다 먹기에 성공한 것이다. 위 속에서 다섯 마리의 커다란 누에들이 한데 엉키어 꿈틀거리는 것이 눈에 보이는 듯했다. 그러나 '나는 이제 비상한 재주를 뱃속에 넣고 있다.' 하는 한 가지 기쁨에 모든 어려움과 괴로움을 극복할 수 있었다. 나는 잠실 문을 열고 빨리 나와 내 방으로 들어갔다. 이 비밀을 단단히 간직해야 하겠기 때문이었다.

˚ 욕지기 : 토할 듯 메스꺼운 느낌.
˚ 적삼 : 윗도리에 입는 홑옷.

저녁 밥상 앞에 앉았을 때에 외숙모는 나를 유심히 바라보시면서

"너 무엇을 했기에 옷이 그렇게 젖었니?"

하고 의아스러운 표정으로 물으셨으나, 누에를 먹느라고 그렇다고 대답할 수가 없어서 어물어물해 버렸다. 만일, 내가 누에를 다섯 마리나 산 채로 삼켰다는 사실을 말해 버린다면, 분명히 온 동네에 소문이 퍼질 뿐만 아니라, 다른 아이들이 곧 나처럼 누에를 먹을지도 모를 일이었다. 그렇게 된다면 나의 '비상한 재주'는 아무런 보람이 없어질 것이 아닌가? 그날 나는 속이 느글거려서 저녁을 몇 술 못 뜨고 말았다.

그런데 웬일인지 이렇게 힘들여서 먹은 누에의 효과는 도무지 나타나지를 않았다. '며칠 후부터는 비상한 재주가 나올는지 모르지. 아니, 몇 달 후부터는 비상한 재주가 나올는지 모르지.' 하고 끈덕지게 기다려 보았으나 전에 없던 재주가 솟아나는 것 같지도 않고, 숙제도 꼬박꼬박 힘들여 해 가야 했다.

지금도 섶에 올린 굵다란 누에를 볼 때마다 내 어릴 적의 철없던 일을 회상하고 혼자 웃는 일이 있다. 그리고 이런 생각을 해 본다. 만일, 그 다섯 마리의 누에가 내 뱃속에 들어가서 그들의 비상한 재주를 정말로 내게 주어서 내가 비상한 재주꾼이 되었다고 가정해 보자. 나는 필연코 지금쯤은 그 재주를 믿고서 교만하고 게을러져서 어떤 어둡고 슬픈 골짜기 속에 떨어져 헤매고 있을지도 모른다.

스스로 둔함을 알고 모든 일에 노력해 보려는 이 작은 밑천마저 그 재주가 앗아 가지고 갔을 것이 틀림없다. 나이가 들어갈수록 나는 점점 '비상한 재주'에 대한 매력이 없어지고, 오히려 둔해 보이고 어리

석어 보이는 사람들에게 존경과 친밀과 친화가 생긴다. 진정 어리석은 사람들의 친구가 되어 보고 싶은 것이 지금의 솔직한 심정이다. 나는 '비상한 재주'가 확실히 생긴다고 하더라도, 다섯 마리의 누에를 산 채로 삼키는 일을 반복하지 않을 것이다.

우리의 인생에서 자신의 재주 없음을 탄식하기보다는 노력이 부족함을 뉘우치는 것이 현명하다고 할 것이다. 뉴턴의 겸손과 에디슨의 노력이 그들이 이룬 발견과 발명보다 더 귀중한 유산이라고 생각한다.

유달영 1911~2004

농학자이며 사회 운동가, 수필가. 경기도 이천에서 태어나 1936년 수원고등농림학교(현 서울대 농과대학)를 졸업하고 미국 미네소타 대학에서 공부했으며 1972년에 건국대에서 명예 농학박사 학위를 받았습니다. 농학연구 활동을 하는 한편 무궁화 개량과 보급에도 앞장섰습니다. 《유토피아의 원시림》 《인간 발견》 《흙과 사랑》 《소심록》 《유달영 인생론집》 등 많은 수필집을 펴냈습니다.

作·品·설·명

● 내용 파악하기

이 글의 내용을 다음과 같이 정리해 봅시다.

어린 시절의 경험	깨달은 점
머리가 좋아질 거라고 생각하여 누에를 다섯 마리나 먹음.	머리가 좋으면 자만에 빠질 수 있다. 노력이 중요하다.

지은이는 이 글을 통해 무엇을 말하고 싶었을까요?

자신의 재주 없음을 탄식하기보다는 노력이 부족함을 뉘우치는 것이 현명하다.

● 핵심 정리

갈래 : 경수필

성격 : 체험적, 회상적, 교훈적

제재 : 어린 시절 누에를 먹은 경험

주제 : 겸손과 노력의 중요성

특징 : ① 체험을 바탕으로 한 교훈을 전달함.

② 적절한 비유와 구체적인 행동 묘사를 통해 생동감을 줌.

● 작품 이해

지은이는 누에를 먹으면 재주가 생긴다는 말을 듣고 살아 있는 누에를 다섯 마리씩이나 먹었습니다. 하지만 재주는 생기지 않았고, 지은이는 어른이 된 후 어린 시절 사건을 떠올리며 재주가 많은 것보다 노력하는 자세가 중요함을 깨닫게 됩니다.

생각해 보기

● 머리가 좋아지는 약을 먹어 머리 좋은 사람들만 있다면 세상은 어떤 모습일까요?

● 머리가 좋아지거나 공부를 잘하기 위해 특별히 한 행동이나 먹은 음식이 있나요?

산 오르기 경쟁
-세 형제의 등산
강희맹

🔑

  노(魯)나라의 한 백성에게 아들 삼 형제가 있었는데, 갑(甲)은 착실하나 다리를 절고, 을(乙)은 호기심이 많으나 몸은 완전하고, 병(丙)은 경솔하나 용력˚이 남보다 나았다. 그래서 평상시 일에 대한 성적은 병이 항상 으뜸을 차지하고, 을이 다음가며, 갑은 부지런히 일을 해서 겨우 제 과정을 메우어 게을리하는 바가 없었다.

  하루는 을이 병과 더불어 태산(泰山) 일관봉(日觀峰)에 누가 먼저 오르는가를 시험하기로 약속하고 경쟁하여 신발을 장만하니, 갑도 역시 행장˚을 단속˚하여 오르기로 하였다. 을은 병과 더불어 서로 돌아보고 웃으며 말하였다.

  "태산의 봉우리는 구름 밖에 솟아나 온 천하를 내려다볼 수 있을

˚ 용력 : 씩씩한 힘.
˚ 행장 : 여행할 때 쓰는 물건과 차림.
˚ 단속 : 주의를 기울여 다잡거나 보살핌.

정도로 높습니다. 그러므로 다리 힘이 좋은 사람이 아니면 오를 수가 없는데, 올라갈 수 있겠습니까?"

"그저 동생들을 따라서 끝으로 당도하더라도 천만다행이 아닌가?"

삼 형제가 태산 아래 당도하자 을이 병과 함께 갑을 경계°하며 말하였다.

"우리들은 동떨어진 골짜기를 뛰어오르는데도 눈 한번 깜짝하는 사이에 하니, 우리가 먼저 올라갈 수 있을 것이다."

병은 산 아래 처지고, 을은 산 중턱에 이르니, 해가 이미 어두워졌다. 갑은 쉬지 않고 서서히 가서 곧장 산마루턱에 이르러, 밤에는 관 (館)°에서 자고 새벽에 해가 바다에서 솟아오르는 것을 구경하였다.

삼 형제가 집으로 돌아오니, 아버지가 각각 얻은 것을 물어보았다. 먼저 병이 말하였다.

"제가 산기슭에 당도하니 일력°이 아직 멀었기로, 날랜 힘만 믿고서 시냇가나 구부러진 길도 아니 거친 데가 없이 서성대다 보니, 어둔 빛이 갑자기 몰려와서 바위 밑에서 잤습니다. 그때 구슬픈 바람이 귓전을 흔들고 시냇물 소리가 요란하며 들짐승이 울부짖으며 돌아다니기에 처량한 생각이 들었습니다. 이에 제 힘을 다하여 한번 달려보려고 하다가 호랑이, 표범이 무서워서 그만두었습니다."

을이 말하였다.

"저는 뭇 봉우리가 소라 껍질처럼 배열하여 있고, 푸른 벼랑은 쇠

® 경계 : 뜻밖의 사고가 생기지 않도록 조심하여 단속함.
® 관 : 여관.
® 일력 : 하루해가 질 때까지 남아 있는 동안.

를 깎은 듯하므로, 나는 듯이 달려가서 높은 데도 오르고 비낀 봉과 기울어진 고개를 낱낱이 뒤져 보니, 봉우리는 더욱 많고 더욱 급하였습니다. 그래서 저 역시 바위 밑에서 쉬었는데, 구름과 안개는 깜깜하여 지척을 구분할 수 없고, 옷은 써늘하고 신발은 젖어 뒤로 산마루턱을 오르자니 아직도 아슬하고, 산 밑으로 내려가자니 역시 멀어서 그저 거기 주저앉고 올라가지 못하였습니다."

갑이 말하였다.

"저는 제 다리가 성하지 못한 것을 생각하고 내 걸음이 갸우뚱거리는 것을 예상할 때, 곧장 한 가닥 길을 찾아 한 걸음도 멈추지 않는다 해도, 오히려 일력이 부족할까 염려되었는데, 어느 겨를에 옆으로 가고 멀리 바라볼 수 있었겠습니까? 마음과 힘을 다하여 한 치 한 푼이라도 오르고 또 올라 쉬지 않는 동안에, 따라간 사람의 말이 '이미 절정에 도달했다' 하였습니다. 제가 우러러 하늘을 보니 해라도 맞댈 것 같고, 굽어 쌓인 수풀을 보니 무성하여 끝진 곳을 알 수 없으며, 뭇 산은 봉해 놓은 것 같고, 뭇 골짜기는 주름진 듯하며, 지는 해는 바다에 잠기고, 밑이 새까맣게 어두워져서 옆으로 보면 별들이 서로 빛나 손금도 볼 수 있을 만큼 환하니, 진실로 재미가 있었습니다. 누워서 편안히 잠들 새도 없이 닭이 한 번 울자 동방이 밝아 오니, 검붉은 빛이 바다에 깔리고 금빛 나는 물결이 하늘로 솟구치며 붉은 봉황과 금빛 뱀이 그 사이에서 요란하더니, 이윽고 붉은 바퀴가 구르고 굴러 잠깐 오르내리다가 눈 한 번 깜박하는 찰나에 해가 공중으로 떠오르는데 정말로 아름다웠습니다."

이에 아버지가 말하였다.

"너희들이 그랬을 것으로 믿는다. 자로(子路)의 용맹과 염구의 재예(才藝)로도 끝내 공자의 담장에 도달하지 못하고, 증자(曾子)가 마침내 노둔함으로써 얻었으니,° 너희들은 알아 두어라."

아, 덕업을 닦는 차례°와 공명을 성취하는 길에 있어 무릇 나직한 데로부터 높은 데 오르고, 아래로부터 위로 가는 것이 모두 그렇지 않은 것이 없다.° 그러니 힘만 믿고 스스로 선을 긋지 말며°, 힘을 게 을리하여 스스로 포기하지 말면, 다리를 저는 사람이 스스로 힘쓰는 사람과 거의 같이 될 것이다.

◉ 자로(子路)의 용맹과 염구의 재예(才藝)로도 끝내 공자의 담장에 도달하지 못하고, 증자(曾子)가 마침내 노둔함
으로써 얻었으니 : 공자의 제자 중, 용맹한 자로와 재주가 많았던 염구도 공자의 학문이나 도덕에 이르지 못
하였으나, 증자는 미련할 정도로 노력했기 때문에 학문과 도덕을 얻을 수 있었으니.
◉ 덕업을 닦는 차례와 공명을 성취하는 길에 있어 무릇 나직한 데로부터 높은 데 오르고, 아래로부터 위로 가
는 것이 모두 그렇지 않은 것이 없다 : 덕을 닦고, 공명을 성취하기 위해서는 모두 낮은 곳에서 높은 곳으로
올라야 하고, 아래에서 위로 가야 하는 것이다.
◉ 힘만 믿고 스스로 선을 긋지 말며 : 과신하지 말며.

강희맹 1424~1483

조선 전기의 문신입니다. 1447년에 장원급제 한 후에 예조, 형조, 병조 판서 등을 역임했습니다. 수양
대군이 세조로 등극하자 원종공신 2등에 책봉되었고, 남이의 옥사사건을 해결한 공로로 익대공신 3등
에 책봉되었습니다. 《세조실록》《예종실록》을 편찬했고, 《동문선》《동국여지승람》의 편찬에 참여했으며,
문집 《금양잡록》을 남겼습니다.

● 내용 파악하기

세 형제는 각각 어떤 장점과 단점을 가지고 있었나요?

	장점	단점
갑	다리를 젊.	착실
을	품이 완전함.	호기심이 강함.
병	용력	경솔함.

을과 병이 산을 오르지 못했던 이유는 무엇일까요?

을 : 다른 곳에 한눈을 팔았기에

병 : 게으름을 피웠기에

지은이가 아버지의 입을 통해 독자들에게 주는 교훈은 무엇일까요?

성실함이 가장 필요하다.

● 핵심 정리

갈래 : 고전수필(설)

성격 : 교훈적, 우의적

제재 : 삼 형제의 등산

주제 : 끊임없는 노력의 중요성

특징 : ① 우의적인 방법을 사용하여 주제를 전달함.

② 다른 삶의 방식을 제시하여 가장 중요한 삶의 방식을 찾게 함.

● 작품 이해

이 글은 고전수필의 한 종류인 '설'입니다. '설'은 사실을 바탕으로 지은이가 자신의 의견을 주장하는 글입니다. 대체로 교훈적인 내용이 많은데, 〈등산설〉 역시 깨달음을 주는 글입니다. 삼 형제가 산을 오르는데, 결국 성공한 이는 착실하지만 다리를 저는 '갑'이었습니다. '을'은 한눈을 팔았고, '병'은 자만에 빠져 산에 오르지 못했습니다. 지은이는 삼 형제의 아버지의 입을 빌려 우리의 삶에서 성실함과 노력이 가장 중요하다는 것을 일러 주고 있습니다.

생각해 보기

- 이 글에 나오는 삼 형제의 장점을 모두 모으면 완벽한 사람이 될 수 있을까요?

- 오늘날 성공하기 위해 현대인들에게 필요한 능력은 어떤 것일까요?

산 오르기 경쟁—세 형제의 등산 | 강희맹

규중의 일곱 벗
-규중칠우쟁론기
작자 미상

이른바 규중˚ 칠우(七友)는 부인네 방 가운데 있는 일곱 벗을 말함이니, 글하는 선비는 필묵˚과 종이, 벼루로 글방의 벗을 삼았는데 규중의 여자만 어찌 벗이 없으리오. 이리하여 바느질을 돕는 무리에게 각각 이름과 호(號)˚를 정하여 벗을 삼았으니 바늘은 '세요 각시'라 하고, 자는 '척 부인'이라 하고, 가위는 '교두 각시'라 하고, 인두는 '인화 부인'이라 하고, 다리미는 '울 낭자'라 하고, 실은 '청홍흑백 각시'라 하며, 골무는 '감투 할미'라 했다.

규중 부인이 아침 단장을 마치매, 칠우가 모여 할 일을 함께 의논하여 각각 맡은 일을 이루어 내는지라. 하루는 칠우가 모여 바느질의 공을 의논하는데 척 부인이 긴 허리를 뽐내며 말하기를,

⊛ 규중 : 부녀자가 거처하는 곳.
⊛ 필묵 : 붓과 먹을 아울러 이르는 말.
⊛ 호 : 본명이나 자 이외에 쓰는 허물없이 쓰기 위하여 지은 이름.

"여러 벗들은 들으라. 가는 명주®, 굵은 명주, 흰 모시, 가는 실로 짠 천, 파랑, 빨강, 초록, 자주 비단을 다 내어 펼쳐 놓고 남녀의 옷을 마련할 때, 길이와 넓이며 솜씨와 격식을 내가 아니면 어찌 이루리오. 그러므로 옷 짓는 공은 내가 으뜸이 되리라."

교두 각시가 두 다리를 빠르게 놀리며 뛰어나와 이르되,

"척 부인아, 그대 아무리 마련을 잘한들 베어 내지 아니하면 모양이 제대로 되겠느냐? 내 공과 내 덕이니 네 공만 자랑 마라."

세요 각시가 가는 허리를 구부리며 날랜 부리 돌려 이르되,

"두 벗의 말이 옳지 않다. 진주 열 그릇이라도 꿴 후에야 보배라 할 것이니, 재단에 두루 능하다 하나 내가 아니면 옷 짓기를 어찌하리오. 잘게 누빈 누비®, 듬성하게 누빈 누비, 맞대고 꿰맨 솔기®, 긴 옷을 지을 때 나의 날래고 빠름이 아니면 어찌 잘게 뜨며, 굵게 박아 마음대로 하리오. 척 부인이 재고 교두 각시가 옷감을 베어 낸다 하나, 나 아니면 공이 없으련만 두 벗이 무슨 공이라 자랑하느뇨."

청홍흑백 각시가 얼굴이 붉으락푸르락하여 화내며 말하기를,

"세요야, 네 공이 내 공이라. 자랑 마라. 네 아무리 잘난 체하나 한 솔기나 반 솔기인들 내가 아니면 네 어찌 성공하리오."

감투 할미가 웃으며 이르되,

"각시님네, 웬만히 자랑하소. 이 늙은이 머리부터 발끝까지 온몸으로 아기씨네 손부리 아프지 아니하게 바느질 도와드리나니, 옛말에

® 명주 : 누에고치에서 뽑은 가늘고 고운 실.
® 누비 : 두 겹의 천 사이에 솜을 넣고 줄이 죽죽 지게 박는 바느질.
® 솔기 : 옷이나 이부자리 따위를 지을 때 두 폭을 맞대고 꿰맨 줄.

규중의 일곱 벗-규중칠우쟁론기 | 작자 미상

이르기를 '닭의 입이 될지언정 소의 꼬리는 되지 말라.'고 했소. 청홍흑백 각시는 세요의 뒤를 따라다니며 무슨 말 하시느뇨. 실로 얼굴이 아까워라. 나는 매야 세요의 귀에 찔렸으나, 낯가죽이 두꺼워 견딜 만하여 아무 말도 아니하노라."

인화 부인이 이르되,

"그대들은 다투지 마라. 나도 잠깐 공을 말하리라. 잘거나 듬성한 누비가 누구 덕에 젓가락같이 고우며, 옷 솔기도 나 아니면 어찌 풀로 붙인 듯이 고우리오. 바느질 솜씨 보잘것없는 자의 들락날락 바르지 못한 바느질도 나의 손바닥으로 한 번 씻으면 잘못한 흔적이 감추어지니, 세요의 공이 나로 인하여 빛나느니라."

울 낭자가 커다란 입을 벌리고 너털웃음을 웃으며 이르되,

"인화야, 너와 나는 하는 일이 같다. 그러나 인화는 바느질할 때뿐이지만 나는 천만 가지 의복에 아니 참여하는 곳이 없다. 괘씸하고 얄미운 여자들은 하루면 할 일도 열흘이나 미루어, 옷감의 살* 이 구깃구깃한 것을 나의 넓은 볼기로 한 번 스치면 굵은 살 낱낱이 펴져 모양이 고와지는데, 더욱이 여름철이 되면 할 일이 많아 하루도 한가하지 못한지라. 의복이 내가 아니면 어찌 고우며, 더욱이 빨래하는 여자들이 게을러 풀 먹여 널어 두고 잠만 자면서 부딪쳐 말린 것이 나의 넓은 볼기 아니면 어찌 고와지며, 세상 남녀 어찌 반반한 것을 입으리오. 이러므로 옷 짓는 공은 내가 제일이 되느니라."

규중 부인이 이르되,

⊙ 살 : 다듬이질이나 다리미질을 한 옷감에 생기는 풀기나 윤기.

"칠우의 공으로 의복을 다스리나, 그 공이 사람이 쓰기에 달려 있는데 어찌 칠우의 공이라 하리오."

하고 말을 마치자 칠우를 밀치고 베개를 돋우고 깊이 잠이 드니, 척 부인이 탄식하며 이르되,

"매정한 것이 사람이요, 공 모르는 것은 여자로다. 의복 마를[*] 때는 먼저 찾으면서 일이 끝나면 자기 공이라 하고, 게으른 종 잠 깨우는 막대는 내가 아니면 못 칠 줄로 알고, 내 허리 부러짐도 모르니 어찌 야속하고 노엽지 않으리오."

교두 각시가 이어서 말하기를,

"그대 말이 옳다. 옷을 마르며 벨 때는 나 아니면 못하련만, 잘 드나니 아니 드나니 하고 내어던지며 양다리를 각각 잡아 흔들 때는 불쾌하고 노엽기를 어찌 헤아리겠소. 세요 각시가 잠깐이라도 쉬려고 달아나면 매양 내 탓인 양 여겨 내게 트집을 잡고, 마치 내가 감춘 듯이 문고리에 거꾸로 달아 놓고 좌우로 돌려 보며 앞뒤로 검사해서 찾아낸 것이 몇 번인 줄 알리오. 그 공을 모르니 어찌 슬프고 원망스럽지 않으리오."

세요 각시 한숨짓고 이르되,

"너는 그렇거니와 나는 일찍이 무슨 일로 사람의 손에 보채이며 싫은 소리를 듣는지 사무치게 원통하구나. 더욱이 나의 약한 허리 휘두르며 날랜 부리를 돌려 힘껏 바느질을 돕는 줄도 모르고 마음에 맞지 아니하면 나의 허리를 분질러 화로에 넣으니 어찌 원통하지 않으리

[*] 마를 : 옷감이나 재목 따위의 재료를 치수에 맞게 자를.

오. 사람과는 극한의 순수 지간이라. 갚을 길이 없어 이따금 손톱 밑을 찔러 피를 내어 한을 풀면 조금 시원하나, 간사하고 흉악한 감투 할미가 밀어 만류하니 더욱 애달프고 못 견딜 일이로다."

인화가 눈물지으며 이르되,

"그대는 아프다 어떻다 하는구나. 나는 무슨 죄로 붉은 불 가운데 낯을 지지면서 굳은 것 펼치는 일은 나에게 다 시키니 섧고 괴로운 것을 헤아리지 못하겠구나."

울 낭자가 슬픈 표정으로 말하기를.

"그대와 나는 하는 일이 같고 욕되기도 마찬가지라. 제 옷을 문지르고 멱을 잡아 들까부르며® 우겨 누르니, 하늘이 덮치는 듯 심신이 아득하여 내 목이 따로 떨어진 적이 몇 번이나 되는 줄 알리오."

칠우가 이렇게 이야기를 주고받으며 회포®를 푸는데 자던 여자가 문득 깨어나 칠우에게 이르기를,

"여러 벗들은 어찌 그토록 내 허물을 들추어 말하느냐?"

감투 할미가 머리를 조아려 사죄하며 말하기를,

"젊은것들이 망령되게 생각이 없는지라 모자람이 많사옵니다. 저희들이 재주를 믿고 공이 많음을 자랑하며 원망을 했으니 마땅히 곤장을 쳐야 하나, 평소의 깊은 정과 저희들의 조그만 공을 생각하여 용서하심이 옳을까 하나이다."

여자가 답하기를,

® 들까부르며 : 위 아래로 심하게 흔들며.
® 회포 : 마음속에 품은 생각이나 정.

"할미 말을 좇아 더 이상 잘못을 묻지 않을 것이다. 내 손부리가 성한 것이 할미의 공이라. 꿰어 차고 다니며 은혜를 잊지 아니할 것이니. 금주머니를 짓고 그 가운데 넣어 몸에 지니고 다니며 서로 떠나지 않게 하리라."

하고 말하니, 할미는 머리를 조아려 사례하고 나머지 벗들은 부끄러워하며 물러나니라.

작자 미상

누가 지었는지 알려지지 않은 고전수필입니다. 작자가 여자이고 고전수필 〈조침문〉을 지은 이와 동일인이라고 추정하기도 하나 확실하지 않습니다. 창작된 시기는 사용된 어휘나 표기법으로 미루어 보아 대체로 철종 이후의 작품으로 보고 있습니다.

● 내용 파악하기

이 글에 나오는 일곱 벗들의 별명은 무엇이고, 그 별명들은 어떤 근거로 지어졌나요?

일곱 벗	실제 사물	별명의 근거
척 부인	자	한자 척(尺)과 발음이 같음
교두 각시	가위	생김새
세요 각시	바늘	생김새
청홍흑백 각시	실	실의 색깔
감투 할미	골무	생김새
인화 부인	인두	쓰임새
울 낭자	다리미	다리미에서 김이 올라오는 모습을 연상

일곱 벗이 어떻게 자기 자랑을 하고 있나요?

일곱 벗	자랑
척 부인	길이와 솜씨와 격식을 자신이 이룰 수 있다.
교두 각시	베어 낼 수 있다.
세요 각시	누비, 솔기, 뜨기, 박기를 한다.
청홍흑백 각시	자신이 도와야지 바느질에 성공한다.
감투 할미	아기씨의 손이 아프지 않게 도와드린다.
인화 부인	풀로 붙인 듯이 고와지고, 잘못한 흔적이 감추어진다.
울 낭자	모양이 고와지고 반반하게 한다.

일곱 벗이 규중 부인을 원망하는 이유는 무엇인가요?

일곱 벗	규중 부인에 대한 원망
척 부인	게으른 종을 깨우는 막대로 써 허리가 부러진다.
교두 각시	세요 각시가 사라지면 자기 탓으로 돌려 문고리에 거꾸로 담아 놓아 찾는다.
세요 각시	마음에 맞지 않으면 허리를 분질러 화로에 넣는다.
인화 부인	붉은 불로 낯을 지진다.
울 낭자	멱을 잡아 들까부른다.

감투 할미는 여섯 벗의 말에 대해 어떤 반응을 보이고 있나요?

규중 부인에게 용서를 빎.

● 핵심 정리

갈래 : 고대수필(한글수필)

성격 : 교훈적, 논쟁적, 풍자적, 우화적

제재 : 규중의 일곱 벗(바늘, 자, 가위, 실, 골무, 인두, 다리미)

주제 : 교만하거나 불평하지 말며 사리에 맞는 성실한 삶의 필요성

특징 : ① 사물을 의인화하여 표현함.

　　　② 당시의 인간 세태를 비판하고 풍자함.

● 작품 이해

조선 시대에 쓰인 한글 수필인 〈규중칠우쟁론기〉는 일곱 바느질 도구를 규중 여자의 일곱 벗으로 의인화하여 등장시킨 글입니다. 이 글에서 규중의 일곱 벗들은 서로 공을 다투거나 상대를 원망하는 등 당당하게 자기주장을 펴고 있습니다.

생각해 보기

● 여러분 주변에서 감투 할미와 같은 사람을 찾아보고, 왜 그렇게 생각하게 되었는지를 말해 봅시다.

● 여러분은 일곱 벗 중에서 어떤 도구(사람)와 가장 닮았다고 생각하나요?

규중의 일곱 벗-규중칠우쟁론기 | 작자 미상

먹어서 죽는다

법정

 ¶🥄

우리나라는 어디를 가나 온통 음식점 간판들로 요란하다. 도심에서 조금만 벗어나면 '가든'이라고들 부르는 모양이다. 사철탕에다 흑염소집, 무슨 연극의 제목 같은 '멧돼지와 촌닭집'도 심심찮게 눈에 띈다. 이 땅에서 이미 소멸해 버렸다는 토종닭을 요리하는 집도 버젓이 간판을 내걸고 있다. 게다가 바닷가에는 동해, 황해, 남해 가릴 것 없이 경관이 그럴듯한 곳이면 횟집들이 다닥다닥 붙어 있다.

우리나라 사람들이 이렇게 먹을거리에, 그중에서도 육식˚에 열을 올린 지는 그리 오래되지 않았다. 1960년대 이래 산업화와 도시화의 영향으로 식생활이 채식 위주에서 육식 위주로 바뀌었다. 국민 건강이나 한국인의 전통적인 기질과 체질을 고려한다면, 육식 위주의 식생활은 결코 바람직하지 않다.

˚ 육식 : 음식으로 고기를 먹음.

환경운동가로 널리 알려진 제레미 리프킨은 《쇠고기를 넘어서》라는 책에서 개인의 건강을 위해서든, 지구 생태계의 보존을 위해서든, 굶주리는 사람을 위해서든, 동물 학대를 막기 위해서든 산업사회에서 고기 중심의 식생활 습관은 하루빨리 버려야 한다고 역설하고 있다.

　그가 인용한 자료에 따르면, 소와 돼지, 닭 등 가축들이 지구상에서 생산되는 곡물의 3분의 1을 먹는다고 한다. 미국에서 생산되는 곡물의 70% 이상이 가축의 먹이로 사용된다. 초식동물인 소가 풀이 아닌 곡식을 먹게 된 것은 우리 시대에 일어난 일인데, 이런 사실은 농업의 역사에서 일찍이 없었던 새로운 현상이다. 오늘날 미국에서는 1파운드의 쇠고기를 생산하는 데 16파운드의 곡식이 든다고 한다. 고기 중심의 식사 습관이 이처럼 한정된 식량 자원을 낭비하고 있다.

　가난한 제3세계°에서는 곡식이 모자라 어린이를 비롯해서 수백만의 사람들이 굶주려 죽어 가는데, 산업화된 나라에서는 수백만이 넘는 사람들이 동물성 지방을 지나치게 섭취하여 심장병, 뇌졸중, 암과 같은 병으로 죽어 가고 있다.

　미국 공중 위생국의 한 보고서에 따르면, 1987년 사망한 210만 명의 미국인 중에서 150만 명은 지방의 지나친 섭취가 사망의 주요 원인이 되었다고 한다. 특히, 미국에서 두 번째로 흔한 질병인 대장암은 육식과 직접 관계가 있다고 한다. 또 다른 보고서에 따르면, 고기 소비와 심장 질환 및 암 발생이 서로 관련이 깊다고 한다. 쇠고기 문화권에서 심장병 발생률이 채식 문화권에서의 발병률보다 무려 50배

° 제3세계 : 아시아, 아프리카, 라틴아프리카 등의 개발도상국들을 통틀어 부르는 말.

나 더 높다는 것이다. 그러니 오늘날 미국인들과 유럽인들은 말 그대로 '먹어서 죽는다'고 할 수 있다.

이와 같은 연구 사례를 읽으면서 내가 두려움을 느낀 것은, 요즈음 우리나라에서도 어른 아이 할 것 없이 우리의 전통적인 식생활 습관을 버리고 서양식 식생활 습관을 그대로 모방하고 있다는 점이다. 병원마다 환자들로 초만원을 이루고 있는 원인이 어디에 있는지 우리는 곰곰이 생각해 보아야 한다. 먹어서 죽는 것은 미국인들과 유럽인들만이 아니다. 우리도 먹어서, 너무 기름지게 먹어서 죽을 수 있다.

리프킨의 책을 읽으면서 우리 인간이 얼마나 잔인하고 무자비한가를 같은 인간으로서 부끄러워하지 않을 수 없었다. 어린 수송아지들은 태어나자마자 거세® 된다. 좀 더 순하게 만들고 고기를 연하게 하기 위해서이다. 그리고 비좁은 우리에서 짐승들끼리 상처를 입히지 않도록 하기 위해 쇠뿔의 뿌리를 태우는데, 소를 마취도 하지 않고 뿌리를 태우는 약을 사용한다. 그뿐만 아니라, 최소한의 시간에 최대한 빨리 성장하도록 성장촉진 호르몬을 주사하거나 소한테 여러 약들을 먹인다.

또, 가두어 기르는 사육장은 질병이 발생하기 쉽기 때문에 항생제를 쓰는데, 특히 젖소들한테 많이 투여한다. 사람들이 먹는 쇠고기에 항생제 성분이 남아 있을 것은 뻔하다. 태어나자마자 거세되고 갖은 약물이 주입되는 소들은 옥수수, 사탕수수, 콩 같은 곡물을 먹게 되는데, 그 곡물들 또한 제초제에 절여진 것들이다. 현재 미국에서 사

® 거세 : 동물의 생식 기능을 잃게 함.

용하는 제초제의 80%가 옥수수와 콩에 살포된다고 한다. 말 못 하는 짐승들이 이런 곡식들을 먹으면, 그 제초제가 동물의 몸에 축적되고, 수입 쇠고기를 먹는 이 땅의 소비자들에게 그대로 옮겨진다. 미국학술원의 국립 조사 위원회에 따르면, 소는 제초제에 오염된 가축으로는 제1위이고, 살충제에 오염된 가축으로는 제2위라고 한다. 쇠고기에 남아 있는 제초제와 살충제로 인해 발암 위험이 높아지는 것은 더 말할 필요도 없다.

리프킨의 글을 읽으면서, 육식 위주의 요즘 우리 식생활이 얼마나 어리석고 위태로운 먹을거리로 이루어져 있는가를 되돌아본다. 그의 글은 일찍이 우리가 농경 사회에서 익혀 온 식생활이 더없이 이상적이고 합리적이라는 사실을 깨우쳐 주고 있다. 우리는 그릇되게 먹어서 죽는 어리석음에서 벗어나야 한다.

법정 1932~2010

승려. 속명은 박재철. 전남 해남에서 태어나 전남대 상과대학 3년을 수료한 후에 같은 해 통영 미래사에서 승려가 되었습니다. 1994년부터는 시민운동 단체인 '맑고 향기롭게'를 발족해 2003년까지 회주직을 맡았고, 대중적인 불교운동을 스스로 실천하였습니다. 또 그는 심오한 불교 정신을 인간의 삶의 현실과 연관 지어 아름답게 그려 낸 수많은 산문을 발표했습니다. 첫 수필집 《영혼의 모음》에 수록된 〈무소유〉는 가장 널리 알려진 수필입니다. 《법구경》《화엄경》 등의 불교 경전을 현대적인 해석으로 번역하기도 했습니다.

● 내용 파악하기

이 글에서 지은이가 지적하고 있는 육식 위주 식생활의 문제점은 무엇인가요?

한정된 식량 자원을 낭비하고 있다. / 각종 질병의 원인이 되고 있다. / 동물에 대한 학대
이다. / 가난한 국가들의 식량난을 가중시키고 있다.

지은이는 우리의 식생활을 어떻게 바꾸어야 한다고 주장하고 있나요?

우리의 농경 사회에서 익혀 온 식생활이 더없이 이상적이고 합리적이라는 사실을 깨우쳐
주고 있다. 우리는 그릇되게 먹어서 죽는 어리석음에서 벗어나야 한다.

● 핵심 정리

갈래 : 중수필
성격 : 비판적, 해설적, 논리적, 설득적
제재 : 육식 위주의 식생활 습관
주제 : 육식 위주의 식생활의 문제점과 합리적인 식생활의 필요성
특징 : ① 역설적이고 인상적인 제목으로 독자의 호기심을 유발함.
　　　 ② 여러 가지 구체적인 예를 풍부하게 제시하여 주장의 신뢰도를 높임.

● 작품 이해

산업화와 도시화에 따라 우리나라 사람들의 전통적인 채식 위주의 식생활이 육
식 위주로 바뀌어 가고 있습니다. 지은이는 이러한 식생활 문화의 문제점을 논
리적인 근거를 들어 비판하고 있습니다.

생각해 보기

● 지은이의 주장을 우리 생활에서 그대로 받아들일 수 있다고 생각하나요?

● 여러분은 고기를 먹을 때, 그 동물이 살아 있었을 때를 생각하게 되나요?

밥으로 가는 먼 길

공선옥

 언젠가 경북 봉화 땅엘 간 적이 있다. 거기 예쁜 소년 둘이 할머니와 살고 있었다. 집은 오두막이었다. 이제 열세 살, 열네 살 연년생 형제는 할머니와 고추밭을 일구며 살고 있었다. 그들 가족의 생계 수단은 오직 산비탈 밭에 일군 고추뿐이었다. 소년들은 학교 갔다 오면 옷 갈아입고 고추밭으로 달려갔다. 소년네는 고추를 팔아 쌀을 사고 반찬을 사고 소년들의 학비로 썼다. 그러나 소년네가 먹는 밥은 쌀밥이 아니었다. 쌀과 감자와 조가 반반씩 섞인 밥이었다. 처음에는 그런 줄 알았다.

 그러나 다음에 갔을 때 소년네가 먹는 밥에는 쌀이 섞여 있지 않았다. 조와 감자만으로 이루어진 밥을 소년네는 먹고 있었다. 말하자면 지난번 내가 본 밥은 특별히 손님이 왔을 때만 짓는 밥이었다는 것을 나는 그제서야 알았던 것이다. 소년네를 어느 사진작가가 잡지에 소개했다. 세상에, 이 시대에도 감자밥, 조밥을 먹는 사람들이 있다니.

소년네를 소개한 글을 보고 사람들이 도움을 주고자 소년들의 집에
왔다.

그 사람들 중에는 교회 사람, 사회복지사, 방송국 사람들도 있었
다. 그런데, 이 소년들이 도움을 주고자 온 사람들을 거부했다. 아니,
사양했다. 이유는 단 하나, 도움을 받아서 그들이 쌀밥을 먹기 시작
하면 이후에는 절대로 조밥, 감자밥 먹기 싫어질 것 같아서였다고 했
다. 남의 도움을 받아 쌀밥 먹기 시작하면 할머니가 해 주시는 조밥,
감자밥 무시하는 마음 생길 것 같아서라고. 우선 먹기에는 쌀밥이 좋
지만, 그래도 소년들은 할머니가 해 주시는 조밥, 감자밥이 더 소중
하다고. 소년들에게 밥은 그냥 밥이 아니라 할머니의 사랑이었다. 할
머니의 눈물이었다. 그리고 그냥 할머니였다.

소년들은 세상 사람들의 도움을 받아 쌀밥도 먹고 더 나은 환경에
서 공부를 할 수도 있지만, 그러다 보면 할머니 사랑을, 더 나아가 할
머니 존재를 그들이 잊어버릴 것이 겁났던 것이다. 그리고 그때 경북
봉화 산골의 그 소년들이 내게 가르쳤다. 밥은 사랑이라고. 그것이
아무리 조밥, 감자밥이라도, 돈으로는 살 수 없는 사랑으로 만들어진
밥이니, 그것이 어찌 사랑 없는 쌀밥보다 더 귀중하지 않겠느냐고.

그리하여 소년들은 쉽게 얻을 수 있는 쌀밥의 길을 거부하고 오늘
도 조밥, 감자밥으로 가는 먼 길을, 그 거친 길을, 그 험한 길을 타박
타박 걸어가고 있는 것이다. 거칠고 험하지만 당당한 길을.

밥을 생각하면 어린 시절의 풍경이 떠오른다. 아홉 살 겨울에 우리
집에 밥이 떨어졌다. 진짜로 쌀독에 쌀이 하나도 없어서 빈 독을 열
어 보면 서늘한 기운이 확 얼굴로 끼쳐 왔다. 그것은 정말이다. 쌀이

그득한 쌀독에서는 훈훈한 기운이 돈다. 말하자면 절망과 희망의 기운이다. 쌀독은 보통 독보다 크고 허리 부분이 부풀어 있으며 울퉁불퉁하고 매끄럽지 않고 검은빛이 났다. 우리는 그것을 '쌀독아지'라고 불렀다.

내가 열두 살 나던 해 중복* 무렵, 어머니가 농약을 잘못 쳐 나락*이 다 꼬실라졌다*. 우리 집에는 논이 없었다. '묵갈림'이라고 일종의 소작*인데 농사지어 얻은 쌀을 논 주인과 일정한 비율로 나누기로 약속하고 모를 심었다. 그런데 그 논에 어머니가 그만 멸구* 약인 줄 알고 강력 제초제*를 친 것이었다. 학교가 끝나고 십 리 신작로 길을 타박타박 걸어 집으로 돌아오고 있는데, 자전거를 타고 먼저 집으로 갔던 동네 아이가 전속력으로 자전거를 몰아 나한테 와서는,

"야 선옥이 느그 엄마 논에서 실성* 해 부렀어야."

딱 그 한마디를 내뱉고 다시 자전거를 몰고 가 버렸다. 그 아이가 나를 놀려 먹으려고 그런 줄 알고 할래할래 걸어 나가다가 나는 그 처참한 광경을 보고 말았다. 다른 논들은 이제 한창 물이 오른 벼들이 짙푸르게 넘실거리는데 우리 논만 누렇게 떠 있고, 어머니는 논두렁에 주저앉아 통곡을 하고 있었다. 그 광경을 보는 순간 논만 노란 게 아니라 하늘조차 노랬다. 아버지가 서울로 돈을 벌러 갔기 때문에

---

* 중복 : 삼복(三伏) 가운데 중간에 드는 복날.
* 나락 : 벼.
* 꼬실라졌다 : '타 버렸다'의 방언.
* 소작 : 농토를 갖지 못한 농민이 일정한 소작료를 지급하며 다른 사람의 농지를 빌려 농사를 짓는 일.
* 멸구 : 몸의 길이는 2mm 정도이고 몸의 색깔은 녹색이며, 배와 다리는 누런 백색의 곤충.
* 제초제 : 농작물을 해치지 아니하고 잡초만을 없애는 약.
* 실성 : 정신에 이상이 생겨 본정신을 잃음.

딸만 셋인 우리 집에서는 어머니와 우리 세 딸이 농사를 지을 수밖에 없었다. 그래서 다른 집에서는 남자들이 농약을 쳤지만 우리 집은 어머니가 칠 수밖에 없었고 글자를 잘 모르는 우리 어머니는 그만……

그해는 유난히 가뭄이 심했다. 논 옆 냇가에도 물이 말라 있었다. 어머니와 나는 말라붙은 냇가 바닥을 파고 또 파서 물이 고이면 그 물을 누렇게 떠 버린 논에다 퍼부었다. 손가락 껍질이 갈라지고 피가 나도록 파고 또 팠다. 흙탕물이 숫제 핏물이었다. 아, 밥 한술 얻기가 그다지도 힘들다는 것을 나는 그해 논에 물을 퍼부으며 확실하게 알았다.

그해 가을, 꼬실라졌어도 군데군데 우리가 물을 퍼부은 자리의 벼들은 살아나서 못나마 열매를 맺어 주었다. 그때 어머니가 그랬다.

"저것은 나락이 아니라 우리 딸 피다."

나는 요즘도 이따금 우리 집이 논을 사는 꿈을 꾼다. 우리 고향 인근에서 가장 기름진 '살푸쟁이'˚ 논. 그 알짜배기 논이 우리 논이 되는 꿈. 그 논에서 아버지, 어머니가 농사짓는 행복한 꿈. 우리 논이 된 살푸쟁이 논에서 누런 나락이 파도처럼 넘실대는 꿈을 꾸고 난 아침이면 왜 그리도 가슴이 쓰라려 오는지. 그리하여 나에게 아직도 세상에서 가장 행복한 일은 논을 가지는 것이다. 우리 아버지는 평생을 그 논 한 마지기˚를 마련하기 위해 천지사방으로 헤맸지만 결국 하나도 내 것으로 만들지 못하고 세상을 떠나셨다. 그것이 내 한이 되

˚ 살푸쟁이 : '기름진'의 방언.
˚ 마지기 : 논밭 넓이의 단위. 한 마지기는 볍씨 한 말의 모 또는 씨앗을 심을 만한 넓이로, 지방마다 다르나 논은 약 150~300평, 밭은 약 100평 정도이다.

고 원°이 되었다. 그 논에 모를 내고 거름을 주고 나락을 베어 이윽고 쌀을 만들어 내가 지은 쌀이 내 자식 입에 들어가게 하는 것. 아버지 대에서 보지 못한 그 '좋은 꼴'을 내 대에서라도 보고 싶은 나의 열망. 그러나 그 열망을 아직까지 이루지 못하고 있으니 나는 지금도 내가 먹은 밥, 내 자식들이 먹는 밥이 영 '안심찮은° 밥'이 될 수밖에 없다.

아, 밥으로 가는 길은 명실상부°하게 피가 되고 살이 되고 안식°이 되는 밥을 향해 가는 길은 지금도 내게는 너무 멀고 험한 길임에 틀림없다.

◉ 원 : 소원.
◉ 안심찮은 : 안심이 되지 않는.
◉ 명실상부 : 이름과 실상이 서로 꼭 맞음.
◉ 안식 : 편히 쉼.

공선옥 1963~

소설가. 전남 곡성에서 태어나 전남대 국어국문학과에서 수학했습니다. 1991년 《창작과비평》 겨울호에 중편 〈씨앗불〉을 발표하면서 작품 활동을 시작했습니다. 주로 한국 사회의 어두운 구석을 파헤치고, 소외된 이웃에 대한 관심을 표하는 따뜻한 작품들을 발표해 왔습니다. 소설집으로 《피어라 수선화》, 장편소설로 《붉은 포대기》 《유랑가족》, 산문집으로 《자운영 꽃밭에서 나는 울었네》 등이 있습니다. 2004년 '오늘의젊은예술가상'을, 2009년 '만해문학상'을 수상했습니다.

작·품·설·명

● 내용 파악하기

지은이가 만난 산골 소년들은 왜 주변의 도움을 거부했을까요?

쌀밥을 먹기 시작하면 이후에는 조밥, 감자밥 먹기 싫어질 것 같고, 할머니가 해 주시는 조밥, 감자밥 무시하는 마음 생길 것 같아서

지은이는 왜 논을 마련하고 싶어 할까요?

내가 지은 쌀이 내 자식 입에 들어가게 하고 싶고, 아버지 대에서 보지 못한 '좋은 꼴'을 내 대에서라도 보고 싶은 열망

● 핵심 정리

갈래 : 경수필
성격 : 회상적, 감상적
제재 : 밥과 논
주제 : 물질보다 더 소중한 가족 간의 정
특징 : ① 자신의 경험을 바탕으로 내용을 전개함.
      ② 두 이야기를 나란히 배치하여 가족에 대한 정을 떠올리게 함.

● 작품 이해

밥에 대한 두 에피소드를 다루고 있는 글입니다. 첫째 에피소드는 산골 소년네 이야기입니다. 소년네는 쌀과 조와 감자가 섞인 밥을 먹는데, 사람들이 자신들을 도와주려 해도 거부합니다. 쌀밥이 좋지만 쌀밥보다는 할머니가 해 주는 조밥, 감자밥이 더 소중하다고 생각했기 때문입니다. 둘째 에피소드는 지은이의 가난한 어린 시절의 이야기입니다. 논 한 마지기를 마련하여 거기에서 나오는 쌀로 자식을 먹여 보고자 했던 어머니와 아버지의 이야기를 하고 있습니다. 결국 이 두 이야기는 밥이 단순한 끼니가 아니라 소중한 가족의 정을 느끼게 하는 매개물임을 보여 줍니다.

생각해 보기

● 여러분도 주변 사람들의 도움이 거북하게 느껴졌던 적이 있었나요? 만일 있었다면 왜 그런 마음을 갖게 되었을까요?

● 밥과 관련하여 여러분에게 가장 인상 깊게 남아 있는 추억은 어떤 것인가요?

6부

삶의 새로운 계기

촌스러운 아나운서

이금희

지금도 그렇지만 대학 시절 나는 무척이나 촌스러웠다. 대학을 졸업하고 사회생활을 막 시작할 때가 되어서도 옷차림이나 머리 모양이 대학생들과 별로 다를 게 없었다. 화장도 할 줄 몰랐고, 머리도 손질할 줄 몰랐으며, 옷도 청바지 외에는 별로 없었다.

그러던 내가 취직을 했는데, 그곳은 유행의 최첨단을 걷는 사람들이 모인다는 방송국이었다. 시골 사람 서울 구경이 그랬을까? 신입사원 연수 때부터 나는 어리벙벙하기만 했다.

신입 사원들의 연수를 위해 단체 합숙을 하는 첫날, 순진하게도 나는 안내문에 써 있는 대로 세면도구와 속옷 몇 벌만 달랑 챙겨 갔다. 하지만 나와는 달리 동기 아나운서들은 여벌의 옷가지들은 물론, 드라이어와 화장 도구 일체를 챙겨 와서는 갖가지 화장품을 풀어 놓고 아침마다 정성껏 얼굴을 두드리는데, 나는 제대로 된 화장이 그런 것인 줄 그때 처음 알았다.

그 친구들에 대한 열등감은 아마도 그때부터 시작되었다고 봐야할 것이다. 텔레비전 화면에 모습을 비춰야 하는 직업이라서 아나운서에게는 화장, 머리 모양, 의상 등이 중요하다. 그런데 그런 쪽에는도통 관심도 없었고 눈썰미도 없었던 나는 동기들에 비해 뒤처질 수밖에……. 세련된 그들에 비해 촌스러운 나를 누가 눈여겨보기나 할까 하는 열등감과 함께, 어쩌면 방송 프로그램에 나설 기회조차 주어지지 않을지 모른다는 걱정도 들었다.

그래서 어리석게도 뱁새가 황새 따라가는 짓을 하기 시작했다. 동료 아나운서들이 값비싸고 유명한 상표의 옷을 입으면 나는 남대문시장이나 동대문 시장에 가서 비슷한 옷을 사들였다. 화장품도 이것저것 사서 얼굴에 덕지덕지 발랐다. 눈썹도 더 진하게, 입술 색깔도더 강렬하게……. 원래 잘하는 화장일수록 은은하고 자연스러운 법인데, 나는 무조건 진하게 그리고 발랐던 것이다. 그러다 보니 어딘지 내 색깔이 없어져 가는 것 같았다. 화면에 나온 내 모습은 내가 봐도 어색하기만 했고, 옷도 남의 옷을 빌려 입은 듯 불편했다.

그러면서 점차 깨닫게 된 것이 바로 '나다움'이었다. 아무리 그들을 의식하고 흉내 낸다 하더라도 나는 결국 나다. 나는 어떻게 해도그들이 될 수 없다. 그들을 좇아가려고 애쓰다 보면 결국 나다운 것조차 잃어버리게 된다.

그런 사실을 깨닫게 된 것은 당시에 내가 맡았던 프로그램 덕분이었다. 신입 사원 시절, 나는 어린이 동요 대회 프로그램과 고향 소식을 전하는 프로그램을 맡았다. 나중에 알게 된 사실이었지만, 당시그 프로그램의 담당자들은 나의 그 촌스러움, 즉 소박함을 높이 사서 나를 그 프로그램의 진행자로 추천했다고 한다.

그런 것이다. 모자란 부분도 시각을 달리해서 보면 장점이 될 수 있다. 촌스러움이 순수함으로 비칠 수 있고, 세련되지 못한 점이 친근감으로 느껴질 수도 있다.

중요한 것은 자기 자신의 기준과 잣대이다. 내가 나를 제대로 봐주지 않으면 누구도 나를 제대로 봐 줄 리 없고, 내가 나를 사랑하지 않으면 아무도 나를 사랑하지 않을 테니까 말이다.

 이금희 1966~

방송인. 서울에서 태어나 숙명여대와 연세대 언론홍보대학원을 졸업했습니다. 1989년에 공채 아나운서로 KBS에 입사했으며, 2000년부터 프리랜서로 다양한 채널의 전문 MC로 활동하고 있습니다. 현재 KBS 텔레비전 프로그램 '아침마당'과 KBS 라디오 프로그램 '사랑하기 좋은 날 이금희입니다'를 진행하고 있습니다.

작 · 품 · 설 · 명

● 내용 파악하기
지은이가 생각하는 '나다움'이란 어떤 것인가요?
촌스러움.

신입 사원 시절 맡은 프로그램에 발탁된 이유는 무엇이었나요?
촌스러움, 소박함이 프로그램의 성격과 맞았다.

지은이가 글을 통해 말하고 싶었던 부분을 찾아 적어 보세요.
중요한 것은 자기 자신의 기준과 잣대이다.

● 핵심 정리
갈래 : 수필
성격 : 긍정적, 교훈적, 체험적
제재 : 촌스러운 내 모습
주제 : 긍정적이고 주체적인 삶의 중요성
특징 : 자신의 경험을 통해 얻은 깨달음을 진솔하게 서술함.

● 작품 이해
이 글을 통해 우리는 자신의 부족한 점을 오히려 장점으로 만들어 성공에 이른
지은이의 긍정적인 삶의 자세를 배울 수 있습니다.

생각해 보기

● 여러분이 생각하는 '나다움'은 어떤 것인가요?

● 나답지 않게 행동한 경우가 있었다면 언제 어디에서 무슨 일을 하였을 때였나요?

처음의 아름다움
-《바다가 보이는 교실》 중에서
정일근

첫사랑, 첫 키스, 첫 만남, 첫눈, 첫날밤…. '첫'이란 접두사가 들어 있는 말은 누구에게나 가슴이 뛰는 설렘을 준다. 시인들에게는 자신의 작품이 처음으로 활자화되는 첫 작품과 처음 묶는 첫 시집이 그렇다.

1987년 10월 나는 첫 시집을 가졌다. 그해 4월 출판사에서 편지를 보냈다. 내 시집을 내고 싶다는 내용이었다. 여기저기 발표한 시들을 정리해서 출판사로 보냈고, 그해 가을 젊은 시인이었던 나에게는 가슴 설레는 첫 시집이 세상에 나왔다. 그 시집이 창작과비평사에서 나온 《바다가 보이는 교실》(창비 시선 65)이다.

그때 경남 진해에서 시집의 제목과 같은 바다가 보이는 교실의 국어 교사였던 나는 아내와 함께 상경해 서울 마포에 있던 출판사를 찾아가 내 첫 시집과 만났다. 얼마나 가슴이 뛰고 설렜던지 모른다. 첫사랑의 여자를 만난 듯, 그 여자와 처음 입맞춤을 한 듯 어지러웠다. 마치 초등학교 시절 전교생 앞에 서서 백일장에서 상을 받은 시를 처음 낭송하던 때처럼 온몸이 후들후들 떨렸다. 나중에는 시집을 가슴에 품고 눈물까지 흘렸다.

그 첫 시집에는 20대 중반의 내 흑백사진이 실려 있다. 시집에 실을 사진을 보내기 위해 학교 사진사 아저씨에게 부탁해 내가 담임을 맡았던 반의 화단 앞에서 사진을 찍었다. 불혹을 넘긴 지금의 내 모습과는 다른 젊은 시인으로서의 싱싱함이 담겨 있는 모습을 볼 수 있어 좋다.

첫 시집에는 국어 교사 시절의 내 비망록과 같은 시편들이 담겨 있다. 나에게 모교였던 진해 남중학교에 발령을 받고 쓴 시 〈바다가 보이는 교실〉이 그것이다. 그 시들은 연작시인데, 같은 제목의 첫 시집에 10편이 실려 있고, 학교를 떠나 신문사로 옮겨서 낸 두 번째 시집 《유배지에서 보내는 정약용의 편지》에 한 편이 더 실려 있다.

내가 처음 그 시를 쓴 계절이 유월이었나 보다. 〈바다가 보이는 교실1〉의 처음은 이렇게 기록되어 있다.

> 너희들 속으로 내가 걸어가야 할 길이 있구나.
> 저 산에 들에 저절로 돋아나 한 세상을 이룬
> 유월 푸른 새잎들처럼, 싱싱한
> 한 잎 한 잎의 무게로 햇살을 퉁기며
> 건강한 잎맥으로 돋아나는 길이 여기 있구나.

산중턱에 위치한 학교는 앞으로는 맑고 푸른 남해 바다가, 뒤로는 벚꽃의 도시 진해를 안고 있는 장복산이 펼쳐졌다. 내가 처음 담임을 맡는 교실에서는 유난히 바다가 잘 보였다. 다른 교실들은 앞에 서

처음의 아름다움-《바다가 보이는 교실》 중에서 | 정일근

있는 고등학교 건물 때문에 바다가 잘 보이지 않았는데 우리 반 교실은 축복처럼 바다가 보였다.

푸른 바다는 접시 속에 담긴 것처럼 늘 고요했고 대죽도, 소죽도라고 부르는 형제 섬이 다정하게 떠 있었다. 수업을 하다가 지치면 자주 그 바다를 바라보았다. 나에게는 어린 시절 헤엄을 즐기던 고향 바다며, 내가 모교의 중학생이었을 때도 늘 바라보며 자란 바다였다. 초년 교사로 어려움을 겪을 때마다 유리창에 이마를 대고 친구 같은 바다를 바라보며 오랫동안 생각에 잠기곤 했다. 그리고 아이들이 집으로 돌아간 빈 교실에서 바다를 보며 시를 썼다.

학교에서는 학기 초가 되면 환경 미화 심사라는 것을 했다. 어느 교실이 잘 꾸며져 있는가를 심사해 최우수반을 선정해 그 반 안내판 아래에 아름다운 교실이라는 펜던트를 달아 주었다. 환경 미화 심사를 앞두고 나는 우리 반 아이들에게 이런 제안을 했다.

"우리 교실에서는 바다가 잘 보이니 저 바다를 자랑하자. 유리창을 한 장 한 장 깨끗이 닦아 심사를 하러 오시는 선생님들에게 우리 반은 저 바다를 걸어 놓았어요, 라고 자랑하자."

그래서 우리 반 아이 한 명과 유리창 한 장이 친구가 되었다. 아이들은 자기가 맡은 유리창을 경쟁하듯 쉬는 시간마다 열심히 닦았다. 얼마나 깨끗하게 유리창을 닦았는지 유리창이 없는 것 같았다. 유리창이 깨끗해지자 바다도 깨끗해졌다. 우리는 유리창 대신 바다를 걸어 놓은 것 같은 행복한 착각에 빠졌고, 교실 유리창에 걸어 놓은 바다 덕에 환경 미화 심사에서 최우수상을 받았다.

열이라는 착한 아이가 있었다. 선천성 심장병을 앓는 열이는 체육 시간이 되면 운동장에 나가 달리지 못하고 늘 나무 그늘에 앉아 쉬었다. 열이는 아픈 심장으로 하여 친구들과 함께 달릴 수 없었다. 체육 시간마다 풀이 죽어 종이비행기를 접어 날리는 열이의 모습을 지켜보는 내 마음도 아팠다.

열이는 유리창 청소에 아주 열심이었다. 많은 유리창 중에서 열이의 유리창이 가장 빛났고, 열이의 유리창에 담긴 바다도 가장 푸르게 빛났다. 나는 열이의 유리창을 볼 때마다 칭찬을 아끼지 않았고, 열이는 더욱 신이나 유리창을 닦았다. 열이가 학교에 오는 이유는 오직 유리창을 닦기 위한 것 같았다. 유리창은 열이의 희망이었다. 바다가 보이는 교실 연작시의 열 번째 시에 열이의 마음을 담았다.

참 맑아라
겨우 제 이름밖에 쓸 줄 모르는
열이, 열이가 착하게 닦아 놓은
유리창 한 장.

먼 해안선과 다정한 형제 섬
그냥 그대로 눈이 시린
가을 바다 한 장.

열이의 착한 마음으로 그려 놓은
아아, 참으로 맑은 세상 저기 있으니.

처음의 아름다움-《바다가 보이는 교실》 중에서 | 정일근

그러나 착한 열이는 중학교를 졸업하고 고등학교에 진학하고 나서 얼마 되지 않아 세상을 떠났다. 나는 열이의 부음을 받지 못했다. 어느 날 열이의 안부가 궁금해 찾았더니 열이는 이미 세상을 떠난 후였다.

세상의 일에 욕심이 많았던 나는 결국 아이들 속으로 난 그 길과 열이가 깨끗하게 닦아 놓은 유리창을 버리고 다른 세상으로 떠나왔다. 얼마 전 열이와 한 반을 했다가 서울로 전학을 갔던 제자가 편지를 보내며 '열이. 한없이 순하기만 해서 친구들에게 놀림을 받기만 했던 열이. 그도 이제 누군가의 사랑하는 남편과 아버지가 되어 있을지도 모르겠군요.'라고 안부를 물어 와 열이가 이미 세상에 없다는 소식을 전하며 오랜만에 열이를 생각했다.

열이의 마음 때문이었을까, 오늘은 교육인적자원부로부터 그 시를 올 중학교 1학년 2학기 교과서에 수록한다는 연락을 해 왔다. 시인으로 교과서에 내 시가 실린다는 것도 기쁜 일이지만, 열이의 착한 마음이 교과서를 읽는 아이들의 마음속에 영원히 살아 있게 되어 기쁘다.

처음은 늘 아름다운 것이다. 다시 그 처음으로 돌아가 열이와 함께 유리창을 닦고 싶다. 열이가 자신의 유리창에 그려 놓은 바다가 보이는 그 교실로 돌아가고 싶은 날이다.

 정일근 1958~

시인. 경남 진해에서 태어나 경남대 국어교육과를 졸업했습니다. 1984년 《실천문학》과 1985년 《한국일보》 신춘문예로 등단했습니다. 시집으로 《마당으로 출근하는 시인》 《누구도 마침표를 찍지 못한다》 등이 있습니다.

작·품·설·명

● 내용 파악하기

지은이는 자신이 맡은 학급의 환경 미화를 어떻게 했나요?

바다를 보이게 유리창을 깨끗하게 닦음.

지은이가 열이의 모습을 보며 어떤 마음을 갖게 되었나요?

마음이 아픔.

● 핵심 정리

갈래 : 경수필

성격 : 회상적, 체험적, 고백적

제재 : '열이'와의 추억

주제 : 과거 시간에 대한 소중한 추억

특징 : ① 쉽고 일상적인 언어를 사용함.

② 시를 인용하여 구체적이고 다양한 자신의 경험을 소재로 삼음.

● 작품 이해

이 글은 지은이가 자신의 시 〈바다가 보이는 교실〉을 쓰게 된 과정, 즉 지은이가 초년 교사였을 때 학생들과 함께 교실을 꾸미는 과정을 그린 글입니다. 지은이는 몸이 불편했던 한 학생을 소개하고, 그 학생이 희망을 찾으며 유리창을 닦는 과정을 글로 옮겼습니다. 결국 학생은 세상을 떠났지만 그 학생을 주인공으로 삼았던 시는 남았습니다.

생각해 보기

● 열이와 같은 마음씨를 지닌 사람을 만난 적이 있었나요? 언제 누구였나요?

● 지금까지 읽은(배운) 시 중에서 가장 기억에 남는 시를 떠올려 적어 봅시다.

처음의 아름다움-《바다가 보이는 교실》 중에서 | 정일근

후투티 새를 보고 반한 소년

윤무부

이 세상에서 가장 행복한 사람은 어떤 사람일까? 아마도 자신이 가장 좋아하는 일을 하는 사람이 아닐까 싶다. 대부분의 사람은 자신이 좋아하는 일을 직업으로 삼고 싶어 하지만, 실제로는 그렇지 못하다. 그런 점에서 본다면 나는 참으로 행복한 사람이라고 할 수 있다. 새를 좋아하면서 새를 연구하는 일을 평생토록 하고 있으니까 말이다.

사람들은 나를 볼 때마다 "왜 그렇게 새가 좋으냐?"라고 묻는다. 나는 나도 모르는 사이에 새가 좋아졌기 때문에 특별한 이유를 설명할 수 없다. 그래서 어릴 적 새를 보고 홀딱 반했던 이야기를 들려준다.

초등학교 4학년 봄이었다. 그때 나는 단 한 번도 본 적이 없는 새를 보게 되었다. 내 고향 거제는 많은 철새가 날아오는 곳이라 나는 그곳을 찾는 새들을 거의 다 알고 있었다. 그런 내 앞에 새로운 새가 나타난 것이었다. 나는 그 새를 보는 순간 깜짝 놀랐다. 인디언 추장같이 생긴 그 새는 너무나 아름다웠다. 말 그대로 나는 한눈에 반하고 말았다. 나중에 알게 된 그 새의 이름은 후투티였다.

후투티 새를 보고 난 다음부터 나에게는 새를 유심히 관찰하는 습관이 생겼다. 처음에는 후투티 새를 보는 일에만 정신이 팔려 있었다. 하지만 시간이 지나면서 그 관심이 점점 더 확산되어 다른 새들도 좋아하게 되었다. 그때부터 내 삶은 새와 밀접한 관계를 갖게 된 것이다.

관심이 없을 때는 잘 몰랐는데, 관심이 생기고 나니까 새의 멋진 모습이 점점 더 좋아졌다. 자세히 보면 새들은 모두 날씬하고 아주 잘생겼다는 걸 알 수 있다. 게다가 새의 울음소리가 얼마나 듣기 좋은지 모른다. 새의 울음소리가 내게는 노랫소리로 들린다. 그뿐 아니라 새의 생활 습관도 참으로 모범적이다. 아침에 일찍 일어나 부지런히 먹이 활동을 하며 제 새끼들을 키운다. 새는 정말 나무랄 것이 거의 없는 동물이다.

그 시절의 나는 학교에서 공부하는 시간이나 집안일을 거드는 시간을 제외하고는 새를 보느라 늘 산을 쏘다녔다. 한번은 검정 고무신을 신고 40리나 되는 산등성이를 넘나들다 집으로 돌아가서 부모님께 혼쭐이 난 적도 있었다. 바지가 흙투성이가 되고 새로 산 고무신이 너덜너덜해졌기 때문이었다. 나는 다시는 산에 가지 않겠다고 부모님 앞에서 무릎을 꿇고 빌었다. 그렇게 꾸지람을 들었으면서도 새에 대한 나의 관심은 사그라지지 않았다. 그다음부터 나는 맨발로 산에 올랐다. 돌에 발등이 찍혀 피가 흘러도 즐겁기만 했다. 장승포에 사는 새들은 나의 둘도 없는 친구였다. 나는 어린 시절을 그렇게 새와 함께 보냈다.

성장해 가면서 새에 대한 나의 관심은 점점 더 커졌다. 중학교 2학년 때 나는 서울로 올라와 직장을 다니던 형과 함께 달동네에서 자취를 하게 되었다. 그 당시는 다들 가난하게 살 때였고 우리 형제도 몹시 어렵게 생활했다. 나는 밥을 먹을 때보다 굶을 때가 더 많았다. 더구나 학교에서는 새로 만난 친구들과 잘 어울리지 못했다. 그러다 보니 늘 고향이 그리웠고, 고향의 새들이 보고 싶었다. 그래서 방학이 시작되기가 무섭게 나는 거제도로 내려갔다. 그러곤 방학 기간의 대부분을 새를 보며 지냈다. 고향의 새들은 나에게 서울 생활의 고단함을 잊을 수 있게 해 주는 치료제였다. 그런데 안타깝게도 고향에서 없어지는 새들이 생겨났다. 밭종다리 같은 작은 새들이 흔적도 없이 사라졌다. 섬휘파람새도 보이지 않았다. 예전에 자주 보던 새들이 보이지 않으면 가까운 친구를 잃어버린 것처럼 마음이 허전했다.

방학 동안 고향의 새들을 보며 힘을 얻은 나는 고단한 객지˚ 생활을 이겨 낼 수 있었다. 그렇게 공부를 하면서 고등학생이 되었고, 대학 진학을 앞두게 되었다. 어느 날 한 친구가 생태계 전시회에 같이 가자고 했다. 반가운 마음에 그 친구를 따라갔다가 나는 몹시 놀랐다. 내가 아는 새들이 거기에 다 모여 있었던 것이다. 친숙한 새들의 이름을 확실히 알 수 있었고, 체계적으로 분류가 되어 전시된 새들의 특징을 잘 파악할 수 있었다. 그때 나는 새를 전문적으로 연구하기 위해 생물학과에 진학하겠다고 결심했다.

◉ 객지 : 자기 집을 멀리 떠나 임시로 있는 곳.

대학에 진학한 후, 나는 본격적으로 새를 공부하기 시작했다. 다른 사람들의 눈에는 새에 미친 것처럼 보일 정도였다. 내 머릿속은 항상 새에 대한 생각으로 가득 차 있었고, 새가 있는 곳이면 어디든 찾아다녔다. 그러다가 한번은 죽을 고비를 넘긴 적이 있었다. 1967년, 경기 지역에 집중호우가 쏟아진 때였다. 그때 나는 새를 관찰하기 위해 개울가에 발을 담갔다가 그만 미끄러져 급류에 휘말리고 말았다. 섬에서 나고 자란 나는 수영만큼은 자신이 있었다. 하지만 급류 속에서는 나의 수영 실력도 별 효과가 없었다. 시간이 흐르면서 온몸에 힘이 빠지기 시작했다. 나는 죽을힘을 다해 떠내려가는 지붕 위로 기어올라가 살려 달라고 외치다가 정신을 잃고 말았다. 정신을 차려 보니 병원이었다. 여섯 시간을 떠내려가다가 겨우 구조되었다고 했다. 그야말로 구사일생(九死一生)[*]으로 살아난 것이다.

그러나 죽을 뻔한 경험도 새에 대한 나의 관심을 가로막지는 못했다. 아니, 오히려 그 경험이 나를 더 강하게 만들었다. 나는 그때 목숨을 다시 얻은 것과 마찬가지라고 생각했고, 남은 생애를 다 바쳐서 새를 연구해야겠다고 마음먹었다. 지금까지 그 결심을 변함없이 실천하고 있다.

어린 시절 후투티 새를 보고 반하지 않았다면 내 삶은 많이 달라졌을 것이다. 그 새를 본 이후로 나의 삶은, 새를 떼어 놓고 생각할 수가 없다. 나만 그렇게 생각하는 것이 아니다. 다른 사람들도 나를 이

---

[*] 구사일생 : 아홉 번 죽을 뻔하다 한 번 살아난다는 뜻으로, 죽을 고비를 여러 차례 넘기고 겨우 살아남을 이르는 말.

야기할 때 새와 관련된 부분을 빼놓지 않는다. 내가 좋아서 쫓아다닌 새가 나의 삶을 가치 있고 행복하게 만들었다. 나의 사랑이자 분신인 새와 평생 함께하리라.

윤무부 1941~

조류학자. 경남 거제에서 태어나 한국교원대에서 박사 학위를 받았습니다. 1979년부터 경희대에서 생물학 교수로 재직했으며, 한국동물학회 이사, 생태학회 이사, 한국행동생물학회 이사, 서울특별시 환경 자문위원, 문화관광부 문화재전문위원, 환경청 국립공원 자문위원으로 활동했습니다. 저서로는 《한국의 새》《한국의 철새》《한국의 텃새》《한국의 천연기념물》《새야새야 날아라》《새박사 새를 잡다》《한국의 조류》《한국의 산새》《한국의 물새》 등이 있습니다.

● 내용 파악하기

지은이가 행복의 기준으로 삼는 것은 무엇인가요?

자신이 가장 좋아하는 일을 하는 사람

지은이가 겪은 일과 행동을 시간 순서에 따라 정리해 봅시다.

시기	겪은 일	지은이의 행동
초등학교	후투티 새를 처음 봄.	새를 보느라 늘 산을 쏘다님.
중학교	서울에서는 새를 볼 수 없었음.	고향으로 내려와 새를 보며 지냄.
대학교	새를 관찰하다가 홍수에 휘말림.	남은 생애도 새를 연구하겠다고 마음먹음.

● 핵심 정리

갈래 : 경수필

성격 : 회상적, 체험적

제재 : 후투티 새

주제 : 새에 대한 열정으로 인한 행복한 삶

특징 : ① 과거에 체험한 일을 시간에 따라 서술함.

　　　② 짧은 문장을 사용하여 내용 이해를 쉽게 함.

● 작품 이해

'인생의 결정적 순간'을 맞이하여 변화된 삶을 살아온 지은이의 이야기가 실려 있습니다. 지은이는 초등학교 4학년 때, 새로운 새 한 마리를 본 것이 계기가 되어 평생 새를 연구하는 학자가 되었습니다.

생각해 보기

● 여러분이 생각하는 행복의 기준은 무엇인가요?

● 여러분은 어떤 일을 했을 때 가장 행복함을 느끼게 되나요?

어머니는 왜 숲 속의 이슬을 털었을까

이순원

아들아.

이제야 너에게 하는 얘기지만, 어릴 때 나는 학교 다니기 참 싫었단다. 그러니까 꼭 너만 했을 때부터 그랬던 것 같구나. 사람들은 아빠가 지금은 소설을 쓰는 사람이니까 저 사람은 어릴 때 참 착실하게 공부를 했겠구나, 생각할지 모르지만 전혀 그렇지 않았단다.

초등학교 때부터 아빠는 가끔씩 학교를 빼먹었단다. 집에서 학교까지 5리쯤 산길을 걸어가야 하는데, 학교를 가다 말고 그냥 산에서 하루를 보내고 집으로 온 날도 있었단다.

그러다 중학교에 다니면서부터는 정말 학교 다니기가 싫었단다. 학교엔 전화가 있어도 집에는 전화가 없던 시절이니까 내가 학교를 빼먹어도 집안 식구들은 아무도 그걸 몰랐단다. 학교를 가는 길 중간에 산에 올라가 아무 산소가에나 가방을 놓고 앉아 멀리 대관령을 바라보다가 점심때가 되면 그곳에서 혼자 청승맞게 도시락을 까먹기도 했단다. 어떤 날은 혼자서 그러고, 또 어떤 날은 같은 마을의 친구를 꾀어서 같이 그러기도 하고.

그러다 점점 대담해져서 아예 집에서부터 학교를 가지 않는 날도 있었단다. 배가 아프다, 머리가 아프다, 비가 와서, 눈이 와서, 오늘은 무서운 선생님 시간에 준비물을 제대로 갖추지 못해서, 하는 식으로 갖은 핑계를 댔단다.

왜 그랬을까?

생각해 보니 우선 학교가 너무 멀었단다. 아빠가 태어난 대관령 아랫마을에서 강릉 시내 중학교까지는 아침저녁으로 20리 길을 걸어다녀야 했단다. 큰 산 아래의 오지˚ 마을이라 아직 전기도 들어오지 않고 버스도 다니지 않던 시절의 일이란다. 그러나 그거야말로 핑계고, 무엇보다 학교에 가도 재미가 없었단다. 지금 내가 아들인 너에게 그 얘기를 하고 있는 거란다.

오월 어느 날이었다. 그날도 나는 학교에 가기 싫다고 말했다. 왜 안 가냐고 물어 공부도 재미가 없고, 학교 가는 것도 재미가 없다고 말했다.

어린 아들이 그러니 어머니로서도 한숨이 나왔을 것이다.

"그래도 얼른 교복으로 갈아입어라."

"학교 안 간다니까."

그 시절 나는 어머니에게 존댓말을 쓰지 않았다. 어머니를 만만히

˚ 오지 : 해안이나 도시에서 멀리 떨어진 대륙 내부의 땅.

어머니는 왜 숲 속의 이슬을 털었을까 | 이순원

보아서가 아니라 우리 동네 아이들 모두 그랬다. 아버지에게는 존댓말을 어머니에게는 다들 반말로 말했다.

"안 가면?"

"그냥 이렇게 자라다가 이다음 농사지을 거라구."

"에미가 신작로° 까지 데려다 줄 테니까 얼른 교복 입어."

몇 번 옥신각신하다가 나는 마지못해 교복으로 갈아입었다. 그러지 않을 수 없는 것이 어머니가 먼저 마당에 나와 내가 나오길 기다리고 섰기 때문이었다. 나는 잠시 전 어머니가 싸 준 도시락까지 넣어 책가방을 챙겼다. 가방을 들고 밖으로 나오자 어머니가 지겟작대기를 들고 서 있었다. 나는 어머니가 그걸로 말 안 듣는 나를 때리려고 그러는 줄 알았다. 이제까지 어머니는 한 번도 나를 때린 적이 없었다. 그런 어머니의 모습이 조금은 낯설기도 하고 무섭기도 해 나는 신발을 신고도 마루에서 한참 동안 멈칫거리다가 마당으로 내려섰다.

"얼른 가자."

어머니가 재촉했다.

"그런데 그 작대기는 왜 들고 있는데?"

"에미가 이걸로 널 때리기라도 할까 봐 겁이 나냐?"

"겁나긴? 때리면 도망가면 되지."

"그래. 너는 에미가 무섭지도 않지? 그래서 에미 앞에 학교 가지 않겠다는 소리도 아무렇지 않게 하고."

"학교가 머니까 그렇지. 가도 재미없고."

◉ 신작로 : 새로 만든 길이라는 뜻으로, 자동차가 다닐 수 있을 정도로 넓게 새로 낸 길을 이르는 말.

"공부, 재미로 하는 사람 없다. 그래도 해야 할 때에 해야 하니 다들 하는 거지."

"지겟작대기는 왜 들고 있는데?"

"너 데려다 주는 데 필요해서 그러니 걱정 말고, 가방 이리 줘라."

하루 일곱 시간씩 공부하던 시절이었다. 도시락까지 넣어 가방 무게가 만만치 않았다. 나는 어머니에게 가방을 내밀었다.

어머니는 한 손엔 내 가방을 들고 또 한 손엔 지겟작대기를 들고 나보다 앞서 마당을 나섰다. 나는 말없이 어머니의 뒤를 따랐다.

그러다 신작로로 가는 산길에 이르러 어머니가 다시 내게 가방을 내주었다.

"자, 여기서부터는 네가 가방을 들어라."

나는 어머니가, 내가 학교에 가기 싫어하니 중간에 학교로 가지 않고 다른 길로 샐까 봐 신작로까지 데려다 주는 것이라고 생각했다. 나는 어머니가 내주는 가방을 도로 받았다.

"너는 뒤따라오너라."

거기에서부터는 이슬받이 였다. 사람 하나 겨우 다닐 좁은 산길 양옆으로 풀잎이 우거져 길 한가운데로 늘어져 있었다. 아침이면 풀잎마다 이슬방울이 조롱조롱 매달려 있었다.

어머니는 내게 가방을 넘겨준 다음 두 발과 지겟작대기를 이용해 내가 가야 할 산길의 이슬을 털어내기 시작했다. 어머니의 몸빼 자

◉ 이슬받이 : 이슬이 내린 길을 갈 때에 맨 앞에 서서 가는 사람.
◉ 몸빼 : 여자들이 일할 때 입는 바지의 하나. 일본에서 들어온 옷으로 통이 넓고 발목을 묶게 되어 있다.

락이 이내 아침 이슬에 흥건히 젖었다. 어머니는 발로 이슬을 털고, 지겟작대기로 이슬을 털었다.

그런다고 뒤따라가는 내 교복 바지가 안 젖는 것도 아니었다. 신작로까지 15분이면 넘을 산길을 30분도 더 걸려 넘었다. 어머니는 고무신을 신고 나는 검정색 운동화를 신었다. 걸음을 옮길 때마다 물에 빠졌다가 나온 것처럼 땟국이 찔꺽찔꺽 발목으로 올라왔다. 그렇게 어머니와 아들이 무릎에서 발끝까지 옷을 흠뻑 적신 다음에야 신작로에 닿았다.

"자, 이제 이걸 신어라."

거기서 어머니는 품속에 넣어 온 새 양말과 새 신발을 내게 갈아 신겼다. 학교 가기 싫어하는 아들을 위해 아주 마음먹고 준비해 온 것 같았다.

"앞으로는 매일 털어 주마. 그러니 이 길로 곧장 학교로 가. 중간에 다른 데로 새지 말고."

그 자리에서 울지는 않았지만 왠지 눈물이 날 것 같았다.

"아니, 내일부터 나오지 마. 나 혼자 갈 테니까."

다음 날도 그다음 날도 어머니가 매일 이슬을 털어 준 것은 아니었다. 그러나 어떤 날 가끔 어머니는 그렇게 내 등굣길의 이슬을 털어 주었다. 또 새벽처럼 일어나 그 길의 이슬을 털어 놓고 올 때도 있었다. 물론 어머니도 어머니가 아무리 먼저 그 길의 이슬을 털어내도 집에서 신작로까지 산길을 가다 보면 내 옷과 신발도 어머니의 것처럼 젖는다는 걸 알고 있었다. 알면서도 어머니는 그 산길의 이슬을 털어 준 것이다.

그때부터 나는 학교를 결석하지 않았다.

어른이 된 지금도 나는 그렇게 생각한다. 그때 어머니가 이슬을 털어 주신 길을 걸어 지금 내가 여기까지 왔다고. 돌아보면 꼭 그때가 아니더라도 어머니는 내가 지나온 길 고비고비마다 이슬떨이[◉]를 해 주셨다.

아들은 어른이 된 뒤에야 그때 어머니가 털어 주시던 이슬떨이의 의미를 깨닫게 되었다. 아마 그렇게 털어 내 주신 이슬만 모아도 내가 온 길 뒤에 작은 강 하나를 이루지 않을까 싶다.

아들아.

나는 그 강을 이제 '이슬강'이라고 이름 지으려 한다. 그러나 그 강은 이 세상에 없다. 오직 내 마음 안에만 있는 강이란다. 그때 아빠 등굣길의 이슬을 털어 주시던 할머니의 연세가 올해 일흔넷이다. 어쩌면 할머니는 그때 그 일을 잊고 계실지도 모른다. 그러나 아빠한테는 그 길이 이제까지 아빠가 걸어온 길 가운데 가장 아름답고도 안타까우며 마음 아픈 길이 되었단다.

이다음 어른이 되었을 때, 아빠처럼 너에게도 그런 아름다운 길 하나 있었으면 좋겠다. 어린 날 나는 그 길을 걸어 나오며 내 앞에 펼쳐진 이 세상의 모든 길들을 바라보았단다.

아들아. 길은 그 자체로 인생이란다. 그리고 그것을 걷는 것이 곧 우리의 삶이란다.

◉ 이슬떨이 : 이슬받이.

이순원 1958~

소설가. 강원도 강릉에서 태어나 강원대 경영학과를 졸업했습니다. 1988년 《문학사상》에 〈낮달〉을 발표
하며 등단했습니다. 이후 한국 자본주의의 병폐를 고발한 《압구정동엔 비상구가 없다》, 1990대식 사랑
을 통한 삶의 성숙을 담은 《미혼에게 바친다》, 불구 사내의 인생을 서사적으로 전개한 《해파리에 관한
명상》, 시골 학교의 정겨움과 초등학교 시절 첫사랑이 담긴 《첫사랑》 등 많은 소설집을 발표했습니다.

작·품·설·명

● 내용 파악하기

이 글에 드러난 지은이의 경험을 순서대로 정리해 봅시다.

어린 시절 학교에 다니기 싫어했음. → 어머니가 지겟작대기를 들고 학교에 데려다 주겠다고 함.→ 어머니가 이슬받이가 되어 산길로 앞장을 섬.→ 신작로에서 새 신발과 새 양말로 갈아 신김.→ 그 후로는 결석하지 않음.

지은이가 말한 '이슬강'의 의미는 무엇일까요?

어머니가 털어 내 주신 이슬만 모아도 작은 강 하나를 이룰 수 있을 것이다. 그 강은 오직 자신의 마음 안에만 있는 강이다.

● 핵심 정리

갈래 : 경수필

성격 : 회상적, 체험적

제재 : 어머니와의 등굣길

주제 : 어머니와 함께 걸었던 아름다우면서도 마음 아픈 길에 대한 추억

특징 : ① 과거 추억의 회상을 통해 인생의 가치를 찾아냄.

② 대화체를 사용하여 친근한 느낌으로 전달함.

● 작품 이해

이 글의 지은이는 학교에 가기 싫어했던 자신을 이슬받이가 되어 학교로 등교시키던 학창 시절의 어머니를 떠올리고 있습니다. 그리고 어떻게 인생을 살아야 하는지를 아들에게 말하는 형식을 빌려 독자들에게 일러 주고 있습니다.

> **생각해 보기**
>
> ● 지은이는 왜 이 글을 쓰게 되었을까요?
>
> ● 어머니 아버지가 여러분을 위해 '이슬받이'가 되었던 일이 있었나요?

노란 꽃 타고 느리게 오는 봄

남난희

봄이 왔다. 드디어 봄이 왔다.

강원도 정선의 봄은 참 느리게, 사람 약 올리듯, 팔자걸음으로 오는 듯하다, 오는 듯하다가 물러가기를 여러 번. 다른 곳에는 한 달 전에 꽃이 피었다고 야단이고, 백두대간 동쪽인 영동 지방에서도 이십여 일 전부터 나뭇잎이 연녹색 옷을 갈아입었다는데 강원도 영서 지방의 봄은 참 느림보이다. 느리기는 하지만 마치 막았던 물꼬[◉] 가 단번에 확 터지듯, 오기 시작하니 순식간에 와 버렸다.

어디에 숨어 있었던 걸까, 산자락 곳곳에서 폭죽처럼 산벚꽃이 터져 나왔다. 나뭇잎 사이사이로 수줍은 촌색시처럼 진달래꽃도 피어나 얼굴을 내민다. 어제 뾰족하던 나뭇잎이 오늘은 제법 녹색 빛을 띠며 앙증맞게 돋아난다. 혹독한 겨울, 오랫동안 새 생명을 잉태하고

◉ 물꼬 : 논에 물이 넘어 들어오거나 나가게 하기 위하여 만든 좁은 통로.

있다가 이제 출산의 찬란한 고통을 겪고 있는 나무의 몸통은 수척하고 땅은 푸석하다. 하지만 제 몸 아파 이 세상에 나온 찬란한 자식들이 무럭무럭 커 가는 모습을 보며 내내 행복하겠지.

척박한 땅일수록 산고(産苦)는 더욱 처절하다. 그래서 단단한 돌덩어리나 견고한 쇠붙이도 비집고 나올 듯한 위대한 생명력은 늘 경탄스럽다. 마당에서는 꽃다지 여린 싹이, 저리도 여린 싹이 시멘트 바닥 틈을 비집고 올라온다. 더디게 찾아오는 봄을 먼저 맞이하려는 듯, 꽃다지는 깨알만 한 작은 꽃으로 주변을 노란 세상으로 만들어 버린다.

그러니까 정선의 봄은 노란 땅 꽃에서 시작한다. 차차 보라색 제비꽃이 지천으로 피고 하얀 냉이꽃도 핀다. 그러다 보면 노란 민들레도 하나둘 피어난다. 정선에는 노란 땅 꽃이 봄을 먼저 몰고 오고 나비는 흰 놈이 먼저 온다. 지난가을 먹성도 좋게 내 배추를 해치우던 초록 애벌레들이 몸을 바꾸어서 흰색 날개를 달고 제 짝과 함께 꽃들 사이를 날아다닌다.

그러고 보니 지리산과 이곳은 봄의 색깔이 조금 다르다. 지리산의 봄은 흰빛부터 온다. 매화꽃을 시작으로 벚꽃이 피고, 그보다 더 흰빛을 뽐내려는 듯 배꽃들이 앞다투어 섬진강 변을 장식한다. 그 꽃이

◉ 수척하고 : 몸이 몹시 야위고 마른 듯하고.
◉ 푸석하다 : 살이 핏기가 없이 조금 부어오른 듯하고 거칠다.
◉ 척박한 : 땅이 기름지지 못하고 몹시 메마른.
◉ 산고 : 아이를 낳을 때에 느끼는 고통.
◉ 지천 : 매우 흔함.
◉ 먹성 : 음식의 종류에 따라 좋아하거나 싫어하는 성미.

시들할 때쯤이면 조팝나무꽃이 논두렁 밭두렁에 무리 지어 피고, 찔레꽃은 둑가와 덤불에서 슬픈 향기를 흩날리며 모습을 드러낸다. 봄신부의 손에 들려주면 그대로 부케가 될 것 같은 그 꽃들. 층층이 아름다운 잎과 아래로 향한 별 같은 모양의 꽃을 피우는 층층나무꽃은 떨어져서도 제 모양을 잃지 않아 그 꽃을 주워 들면 마치 별을 주워 든 것 같고, 꽃이 물에 떨어지면 물에 별이 둥둥 떠 있는 듯한 착각이 들 만큼 아름답다. 때죽나무꽃과 매우 화사하여 온 나무에 흰나비가 앉은 것 같은 산딸나무꽃. 초롱 같은 감나무꽃 그리고 오월의 신부처럼 함초롬한 함박꽃, 어질어질한 향기를 뿜어내는 밤나무꽃 등.

이렇게 지리산의 봄은 흰 꽃들의 숨 가쁜 축제의 연속이다. 그런데 내 기억에 나비는 노랑나비였던 것 같기도 하고 호랑나비였던 것 같기도 하다. 물론 지리산에서는 산자락에 살았고, 지금은 산보다는 들에 가깝고 강도 있으니 다소 차이는 있으리라. 그래서 이곳에서는 땅꽃을 먼저 만났고, 나비도 그래서 다른 것이겠지. 가령 지리산보다 여기에서 배추를 더 많이 키우니까 배추벌레가 더 많을 것이고, 그것들이 모두 나비가 되어 배추흰나비가 많을 것이다. 올가을에도 또 내 배추밭에 몰려와서 내 속을 썩이겠지. 그렇지만 투명하고 따사로운 햇볕을 받으며 예쁘게 날아다니는 모습만으로도 나의 이런 골치 아픔을 다 갚고도 남는다.

그동안 잎인 줄만 알았던 것이 꽃이라는 것을 이번 봄에서야 알게 된 나무가 있다. 고로쇠나무가 그것이다. 지리산에서도 많이 보았던 이 나무 세 그루가 자연 학교 운동장에도 있다. 동네 사람들이 그동안 얼마나 고로쇠 물을 빼먹었는지 여기저기 상처가 많다. 내가 이곳에 온 후에도 동네 사람들이 고로쇠 물을 받으려고 하여 결국 "여기는 자연 학교이고 나는 나무를 보호해야 합니다." 하며 못 하게 한 적이 있다. 초봄이 되면 고로쇠나무는 잎을 피우기 전에 잎과 비슷한 모양의 연두색 꽃을 피운다. 처음에는 그것이 잎인 줄 알았는데 자세히 보니까 꽃이었다. 며칠을 두고 신기해하며 보고 또 보고 그랬다. 학교 뜰 곳곳에 있는 회양목도 연두색 별 같은 꽃을 피운다. 겨울에도 잎이 푸른 이 나무는 봄이 되면 잎 사이 잘 보이지 않는 곳에 작은 꽃을 피운다.

향나무 이야기도 빼놓을 수 없다. 한번은 사택 마당에 있는데 갑자기 학교 국기 게양대 부근에서 누런 연기가 학교 지붕을 넘어서 뭉게뭉게 피어오르고 있었다. 불이 난 줄 알고 깜짝 놀라서 달려가 보니 불은커녕 불씨도 없었다. 귀신이 곡할 노릇이었다. 나중에서야 그것이 향나무 꽃가루가 날리는 것이라는 사실을 알게 되었다.

이제 며칠 후면 학교 운동장에 벚꽃도 피어날 것이고 근처 아까시나무에 꽃이 피면 참으로 꽃 천지 꽃향기 천지가 될 것이다. 들숨 한번에 아까시나무 꿀 한 숟갈을 먹은 듯하다. 그때쯤 되면 나는 바빠진다. '운동장의 풀은 뽑고 돌아서면 또 그만큼 자란다.'고 하니 풀과의 전쟁을 벌여야 할 것이다. 지금은 몹시 예쁜 저 작은 새싹들이 머지않아 나의 적이 될 것이고, 뿌리를 땅속에 견고하게 박고 나에게 저항할 것이다. 아예 지금 뿌리를 뽑는 것이 훨씬 쉬운 일이겠지만 저들도 저렇게 치열하게 나온 세상을 조금은 더 구경해야 하지 않겠는가. 나 또한 그 삭막한 겨울을 보내고 이제 겨우 나오기 시작한 초록빛을 보며 봄을 더 만끽해야 할 터이니.

봄! 모든 봄에 움트는 생명 만세!

◉ 만끽해야 : 욕망을 마음껏 충족해야.

남난희 1957~

여성산악인. 경북 울진에서 태어나 1981년 한국등산학교를 수료했습니다. 1984년 국내 최초로 76일 동안 백두대간 단독 종주에 성공했으며, 여성 세계 최초로 해발 7,455미터 높이의 히말라야의 강가푸르나 봉에 올랐습니다. 2000년부터는 강원도 정선에서 일반인을 위한 자연 생태 학습의 장인 '정선자연학교'를 세워 교장을 맡았습니다. 저서로는 엄마와 아들이 함께한 57일의 백두대간 등산 에세이 《사랑해서 함께한 백두대간》과 백두대간 단독 종주의 기록 에세이 《하얀 능선에 서면》, 산문집 《낮은 산이 낫다》 등이 있습니다.

● 내용 파악하기

지은이가 말하는 정선의 봄과 지리산의 봄은 어떤 차이가 있을까요?

	정선	지리산
색깔	노랑에서 시작	흰색에서 시작
꽃	노란 땅 꽃→보라색 제비꽃 →하얀 냉이꽃→노란 민들레	매화꽃→벚꽃→배꽃→조팝나무꽃 →찔레꽃

지은이가 잡초를 뽑지 않는 이유는 무엇일까요?

세상을 조금 더 구경해야 하고, 지은이도 초록빛을 보며 봄을 만끽하기 위해

● 핵심 정리

갈래 : 경수필

성격 : 묘사적, 독백적

제재 : 정선의 봄

주제 : 정선에서 만끽하는 봄의 아름다움

특징 : ① 일상적인 주변의 모습을 감각적으로 그려 냄.

② 자연의 묘사를 통해 봄을 형상화함.

● 작품 이해

이 글에서 지은이는 정선에서 새롭게 피어나는 꽃과 나무를 보며 봄을 만끽합니다. 또한 잡초에까지 애정을 보내며 자연과 하나가 되는 자신을 발견합니다.

생각해 보기

● 여러분은 무엇을 볼 때 봄이 왔다는 것을 느끼게 되나요? 반대로 무엇을 볼 때 봄이 다 지났다는 것을 느끼게 되나요?

● 봄을 색깔로 비유한다면 어떤 색깔로 표현할 수 있을까요?

아프리카 고릴라는 핸드폰을 미워해

박경화

'생을 마감하는 순간, 무덤에 가져가고 싶은 부장품은 무엇인가?'

2009년 3월 한 상조 회사가 성인 375명에게 물었다. 1위는 놀랍게도 핸드폰이었다. 죽어서도 이승에 있는 가족과 통화하고 싶어서라는 대답이 가장 많았고, 일상에서 가장 소중한 물건이 핸드폰이라는 대답도 있었다. 연락을 주고받는 데 필요한 기기쯤으로 생각했던 핸드폰이, 가족의 사랑을 표현하는 수단이자 가장 소중한 물건으로 그 위상이 높아진 것이다.

핸드폰에 대한 애정도 대단하다. 외출할 때 핸드폰부터 챙기고, 핸드폰으로 인터넷을 하고, 은행 업무를 보고, 길을 찾고, 범죄 예방을 위한 위치 추적도 한다. 이쯤 되니 핸드폰이 손에 없으면 허전하고 괜히 불안하다. 가끔 환청도 들리고 바지 주머니에 넣어 둔 핸드폰에서 신호음이 울린 것 같아 그냥 한번 열어 본다. 그리고 울리지 않는 핸드폰에다 눈을 흘긴다.

이제는 생활필수품이 되어 버린 핸드폰, 손아귀에 쏙 들어오는 이 작은 전자 제품에는 검은 대륙에서 벌어지고 있는 슬픈 사연이 담겨 있다. 아프리카 중부에 위치한 콩고 민주공화국은 콜탄이 많이 생산되는 나라이다. 콜탄은 주석보다 싼 회색 모래 정도의 취급을 받았다. 그런데 몇 년 전부터는 금이나 다이아몬드만큼 귀한 대접을 받고 있다.

콜탄을 정련 하면 나오는 금속 분말 '탄탈룸(Tantalum)'은 핸드폰을 만들 때 없어서는 안 되는 중요한 소재이다. 탄탈룸 커패시터라고 하는 장치는 전기 에너지의 저장 능력이 뛰어난 탄탈룸의 성질을 이용해서 핸드폰 내부 회로에 일정한 전압을 유지할 수 있도록 조절한다.

콜탄은 핸드폰뿐 아니라 노트북과 제트 엔진, 광섬유 등의 원료로도 널리 쓰이면서 귀하신 몸이 되었다. 전 세계 첨단 기기 시장에서 탄탈룸의 수요가 급증하자, 불과 몇 달 만에 콜탄 가격이 20배나 폭등하는 일이 벌어지기도 했다.

콜탄 채굴 광산에서 일하는 인부들에게 주어지는 장비는 삽 한 자루뿐이다. 그 밖에 사고를 예방할 아무런 장비도 갖추어져 있지 않다. 2001년에는 갱도 붕괴 사고로 인부 100여 명이 사망했다. 그런데도 콜탄 값이 수십 배나 뛰는 걸 목격한 농부들은 농사짓던 땅을 버리고 일확천금 을 꿈꾸며 광산으로 모여들고 있다. 그러나 아무리 뼈 빠지게 일해도 그들에게 돌아가는 몫은 쥐꼬리만 한 일당뿐이다. 힘 있는 중개상들이 막대한 이윤을 가로채고 있기 때문이다.

⊛ 정련 : 광석이나 기타의 원료에 들어 있는 금속을 뽑아내어 정제하는 일.
⊛ 일확천금 : 단번에 천금을 움켜쥔다는 뜻으로, 힘들이지 아니하고 단번에 많은 재물을 얻음을 이르는 말.

콜탄의 채굴 작업은 광부들을 착취하고 있을 뿐만 아니라, 콩고 동부에 있는 세계문화유산인 카후지 비에가 국립공원도 파괴하고 있다. 광부들은 에코나무의 껍질을 벗기고 줄기에 홈통을 만든 뒤, 이것을 이용하여 진흙에서 콜탄을 골라내고 있다. 휴화산 2개로 둘러싸인 채 장관을 이루었던 공원의 숲은 이 작업 때문에 황폐해졌다.

카후지 비에가 국립공원은 지구상에 남아 있는 고릴라의 마지막 서식지이다. 긴팔원숭이, 오랑우탄, 침팬지와 함께 사람과 닮은꼴인 유인원에 속하는 고릴라는 전 세계에서 심각한 멸종 위기를 맞고 있다. 그런데 이곳에 엄청난 양의 콜탄이 묻혀 있다는 소식을 듣고 몰려든 수만 명의 사람들은 먹을 것을 구하기 위해 산속에 있는 야생동물들을 마구잡이로 사냥해 버렸다. 그나마 얼마 남지 않은 고릴라들은 사람을 피해 도망 다니는 처량한 신세가 되고 말았다. 돈을 버는 데만 혈안이 된 중개상과 다국적 기업들은 이곳의 광부들이 어떤 대접을 받고 있고, 국립공원이 얼마나 파괴되었고, 고릴라들이 어떻게 죽어 가고 있는지에 대해서는 아무런 관심도 기울이지 않고 있다.

해마다 전 세계에서 새로 만들어지는 핸드폰은 10억 개가 넘는다. 왜 이렇게 많은 핸드폰이 필요한 걸까? 텔레비전과 냉장고, 세탁기 같은 가전제품의 평균 사용 기간은 7년이 넘는다. 하지만 핸드폰은 2.5년에 지나지 않는다. 비슷한 가격의 전자 제품보다 교체 주기가 짧고, 신제품 출시 기간이 평균 2개월로 제품의 진화 속도 역시 빠르기 때문이다.

아직 멀쩡한 핸드폰을 두고 사람들이 최신형 핸드폰을 기웃거리는 동안, 아프리카 콩고에서는 고릴라가 보금자리를 잃고, 많은 광부들이 착취를 당하고 있다.

지금 당신이 쓰는 핸드폰은 몇 살이나 되었는가? 우리가 핸드폰을 오랫동안 소중하게 쓰는 일은 단지 통신비를 아끼고 물자를 절약하는 차원에서 그치는 일이 아니다. 지구 반대편에서 살아가는 고릴라와 광부의 소중한 생명을 보호하는 거룩한 일인 것이다.

박경화 1972~

환경운동가. 서울의 성미산 자락에 살면서 환경 문제에 대한 글 집필과 강연에 힘쓰고 있습니다. 《신통 방통 에너지를 찾아 떠난 이상한 나라의 까만 망토》《여우와 토종 씨의 행방불명》《고릴라는 핸드폰을 미워해》 등의 저서가 있습니다.

작 · 품 · 설 · 명

● 내용 파악하기

고릴라가 핸드폰을 미워하는 이유는 무엇인가요?

사람들이 핸드폰의 부품 원료 콜탄을 채취하여 고릴라의 서식지를 파괴하기 때문에

이 글에서 지은이가 말하고자 하는 바는 무엇일까요?

핸드폰을 오랫동안 사용하여 고릴라와 광부의 소중한 생명을 보호하자.

● 핵심 정리

갈래 : 중수필

성격 : 비판적, 사실적

제재 : 핸드폰의 원료 채취로 고통받는 고릴라와 광부

주제 : 핸드폰을 오랫동안 사용하는 것은 자연과 인간을 보호하는 일

특징 : ① 구체적인 사례를 들어 자신의 생각을 설득력 있게 서술함.

　　　② 시사적이고 사실적인 내용으로 흥미를 갖게 함.

● 작품 이해

이 글은 핸드폰을 지나치게 자주 바꾸는 우리의 현실을 꼬집는 내용입니다. 이렇게 많이 만들어지는 핸드폰은 고릴라뿐만 아니라 인간 자신에게 해를 미치기도 합니다. 그동안 핸드폰이 없어도 잘 살아왔던 몽골 사람들이 핸드폰을 사기 위해 더 많은 소를 길러 초원을 누비며 풀을 뜯기 때문에 많은 숲이 사막화되고 있습니다. 그리고 결국 그곳에서 발생한 황사가 우리나라에 날아오게 됩니다.

생각해 보기

● 사람들이 핸드폰을 오래 사용하지 않고 자주 바꾸는 이유는 무엇일까요?

● 고릴라와 사람이 공존할 수 있는 가장 좋은 방법은 어떤 것일까요?

고래들의 따뜻한 동료애

최재천

몇 년 전 일이다. 어디론가 가기 위해 바삐 걷던 중 저만치 앞에서 휠체어를 탄 한 장애인이 차도로 내려서는 걸 보았다. 위험할 터인데 왜 저러나 싶어 살펴보니 그의 앞에 큼직한 자동차가 인도를 꽉 메운 채 버티고 있는 게 아닌가. 어쩔 수 없는 상황에서 차도로라도 돌아가려는 그에게 차들은 한 치의 양보도 하지 않았고 심지어는 요란하게 경적을 울리는 이들도 있었다.

나는 황급히 그에게 다가가 그의 휠체어 손잡이를 잡으며 도와드리겠다고 했다. 그러나 나의 도움은 아무런 효과가 없었다. 차들은 여전히 매정하게 우리 앞을 가로지르고 있었고 세워 달라고 내가 손을 흔들 때면 더 빠른 속도로 달려오곤 했다. 그러자 그는 나에게 휠체어는 혼자서도 운전할 수 있으니 미안하지만 차도로 내려가 오는 차들을 잠시 멈춰 줄 수 있겠느냐고 부탁했다. 그러면서 조심하라는 당부를 잊지 않았다. 나는 곧바로 차도에 뛰어들어 달려오는 차들을 막아 세웠고, 그는 차도로 우회한 후 다시 인도로 올라, 가던 길을 계속 갈 수 있었다.

그는 비교적 말이 적은 사람이었다. 아니면 방금 벌어진 일을 되새기며 씁쓸해하고 있었는지도 모르겠다. 어쨌든 나는 엉거주춤 그의 곁에서 그와 보조를 맞추며 그렇게 한참을 걸었다. 어색해하는 나에게 그는 먼저 서둘러 가라고 권했다. 나는 결국 그와 몇 번의 인사를 나누고 먼저 앞서 걷기 시작했다. 그러나 자꾸 몇 걸음 걷다가 뒤를 돌아보지 않을 수 없었다. 그런 나를 향해 그는 가끔 조용히 손을 흔들어 주었다.

당시 나는 외국에서의 긴 연구 생활을 마치고 귀국한 지 얼마 되지 않았을 때였고 외국에 비해 장애인들이 별로 눈에 띄지 않아 의아하게 생각하던 참이었다. 하지만 그것은 우리나라가 외국보다 장애인이 적어서가 아니라 그들이 길에 나서기 너무도 불편하게 되어 있기 때문이라는 걸 나는 그날 비로소 깨닫게 되었다. 미국에는 건물마다 장애인들이 이용하기 쉽도록 장애인 전용 통로까지 있다. 얼마 전에는 우리나라 출신의 장애인 학생을 위해 학교가 건물 구조를 바꿨다는 기사가 신문에 실리기도 했다.

해마다 우리는 장애인의 날이면 소란스럽게 행사를 한다. 정작 그들에게 따뜻한 눈길 한번 주지 않으면서, 길 한번 제대로 비켜 주지 않으면서 말이다. 이제 우리는 일상생활에서 장애인과 함께 사는 법을 배워야 한다. 장애인의 날이 따로 필요하지 않도록 말이다.

자연계는 언뜻 보면 낡고 병약한 개체들은 어쩔 수 없이 늘 포식자의 밥이 되고 마는 비정한 세계처럼만 보인다. 하지만 인간에 버금가는 지능을 지닌 고래들의 사회는 다르다. 거동이 불편한 동료를 결코 나 몰라라 하지 않는다. 다친 동료를 여러 고래들이 둘러싸고 거의 들어 나르듯 하는 모습이 고래 학자들의 눈에 여러 번 관찰되었다. 그물에 걸린 동료를 구출하기 위해 그물을 물어뜯는가 하면 다친 동료와 고래잡이배 사이에 과감히 뛰어들어 사냥을 방해하기도 한다.

고래는 비록 물속에 살지만 엄연히 허파로 숨을 쉬는 젖먹이 동물이다. 그래서 부상을 당해 움직이지 못하면 무엇보다도 물 위로 올라와 숨을 쉴 수 없게 되므로 쉽사리 목숨을 잃는다. 그런 친구를 혼자 등에 업고 그가 충분히 기력을 되찾을 때까지 떠받치고 있는 고래의 모습을 보면 저절로 머리가 숙여진다. 고래들은 또 많은 경우 직접적으로 육체적인 도움을 주지 않더라도 무언가로 괴로워하는 친구 곁에 그냥 오랫동안 있기도 한다.

우리 사회의 장애인들에게도 휠체어를 직접 밀어 줄 사람들보다 그들이 스스로 밀고 갈 수 있도록 길을 비켜 주고 따뜻하게 함께 있어 줄 사람들이 필요한 것인지도 모른다. 그들이 당당하게 삶을 꾸릴 수 있도록 여건을 마련해 준 후 그저 다른 이들을 대하듯 똑같이만 대해 주면 될 것이다.

앞으로 좀 더 자세한 연구가 진행되어야 밝혀질 일이겠지만 남을 돕는 고래가 모두 다친 고래의 가족이거나 가까운 친척만은 아닐지도 모른다. 우리 인간이 그렇듯이 장애인 동생을 보살피는 것과 전혀 연고도 없는 장애인을 돕는 것은 근본적으로 다르다. 부상당한 고래를 등에 업고 있는 고래가 가족이나 친척으로 밝혀질 가능성은 충분히 있지만 다친 고래를 가운데 두고 보호하는 그 모든 고래들이 다가족일 가능성은 적은 것 같다. 고래들의 사회에 우리처럼 장애인의 날이 있어 "장애 고래를 도웁시다."라는 구호를 외치며 배웠을 리 없건만 결과만 놓고 보면 고래들이 우리보다 훨씬 낫다.

최재천 1952~

동물행동학자. 서울대 동물학과를 졸업하고 하버드 대학에서 생물학 석사와 박사 학위를 받았습니다. 현재 이화여대 생명과학부 석좌교수로 재직하면서 동물의 생태를 인간의 행동과 연결시킨 흥미 있는 글을 많이 썼습니다. 《개미제국의 발견》《생명이 있는 것은 다 아름답다》《여성시대에는 남자도 화장을 한다》《열대예찬》 등의 저서가 있습니다.

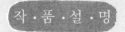

작·품·설·명

● 내용 파악하기

사람과 고래가 장애우를 대하는 태도는 어떻게 다른가요?

	태도
사람	휠체어를 탄 장애인의 통행을 배려하지 않는다.
고래	부상당한 고래를 숨을 쉬게 등에 업고 떠받쳐 준다.

지은이가 이 글을 통해 말하고 싶었던 부분을 찾아봅시다.

그들이 당당하게 삶을 꾸릴 수 있도록 여건을 마련해 준 후 그저 다른 이들을 대하듯 똑같
이만 대해 주면 될 것이다.

● 핵심 정리

갈래 : 경수필

성격 : 체험적, 비판적

제재 : 고래들의 동료애

주제 : 장애인들이 당당하게 살아갈 수 있는 여건을 만들어 주고 동등하게 대하자.

특징 : ① 인간의 이기적인 행위와 상반된 동물의 세계를 제시함.

　　　② 동물생태학자로서 자신의 연구 분야와 인간 사회의 현상을 관련지음.

● 작품 이해

이 글은 고래의 행동과 비교하여 장애우에 대한 배려가 없는 우리 사회를 비판하
고 있는 글입니다. 안경을 쓴 사람을 장애인이라 하지 않지만, 보청기를 달거나
휠체어의 도움을 받아 이동하는 사람은 장애인이라 합니다. 고래도 다친 동료를
위해 배려하는데 우리는 그들을 위한 시설을 개선하려는 노력이 부족합니다. 그
들을 배려하는 따뜻한 마음도 중요하지만, 생활에 불편함이 없도록 제도와 시설
을 개선한다면 모두가 어울려 살아가는 아름다운 세상이 될 수 있을 것입니다.

생각해 보기

- 고래 이외의 동물 중에서 이같이 따뜻한 동료애를 발휘하는 동물의 예를 찾아봅시다.

- 장애인들이 정상인에게 원하는 태도나 말은 무엇이라고 생각하나요?

누가 별들을 훔쳐 갔나

박연호

스페인 천문학자들과 천체관측 동우회원 그리고 환경운동가들이 주도한 시위가 그 나라 전체를 흔들었다.

그들이 내건 구호는 "누가 은하수를 훔쳤나."였다. 어린이들의 꿈과 동화, 동요를 위한 낭만적인 데모로 착각한 사람이 있을지도 모르겠지만 천만의 말씀이다. 빛의 과잉이 만들어 낸 공해에 반대하는 것이었다.

시위대에 따르면 대도시는 물론 시골의 작은 마을까지도 밤이 지나치게 밝아 에너지를 낭비할 뿐 아니라 야행성 동물의 짝짓기, 새끼 먹이 주기 등 본능을 해치고 하늘의 은하수, 별빛을 죽인다는 것이다. 마드리드, 바르셀로나 같은 곳은 도시 전체가 야간경기를 하는 운동장처럼 환하며, 새벽 3시에 전국 어디를 가나 작은 글씨를 읽을 수 있을 정도로 빛이 낭비되고 있다는 것이다.

그 밖에 고속도로, 철야 영업 술집의 조명 시설, 가로등이 오락과 안전에 필요한 것보다 5~6배 이상 밝다. 그러니 은하수는커녕 별마저 보기 힘들게 되었다. 별빛 총총한 밤길을 거닐며 사랑을 속삭이던 애인들의 낭만은 영화나 소설 속에서나 볼 수 있는 유물이 된지도 오래다.

캄캄한 밤을 다시 살리고 별빛을 되찾자는 이들의 강력한 요구에 마드리드는 가로등 5만 개를 교체하기로 했다. 바르셀로나, 코르도바 등 다른 도시와 마을들도 과도한 조명을 자제하겠다고 약속했다. 그러면 어두운 밤이 되살아나 별은 다시 빛나게 될 것이고 은하수도 하늘을 가로질러 유장하게 흐를 것이다. 나아가 자연 생태계도 그동안의 혼란에서 안정을 찾고 인간과 모든 생물들이 예전처럼 조화를 이루어 살아갈 것이다.

부러운 일이 아닐 수 없다. 우리는 스페인보다 더욱 무질서하고 혼란스러운 조명으로 빛의 쓰레기가 날이 갈수록 증가하고 있지만 뚜렷한 대책이 없다.

서울을 비롯한 대부분 도시에서는 대기오염으로 별을 보기 힘들지만 맑은 날도 비슷하다. 일등성˙과 행성들만 어쩌다 눈에 띄는 정도다. 밤낮을 구분할 수 없을 정도로 휘황한 네온사인과 하늘로 향한 조명들 때문에 은하수와 별은커녕 하늘의 존재마저도 느끼기 어렵다.

이는 천문학 연구에도 막대한 걸림돌이 되고 있다. 천문대는 대도시의 반경 100km 안에는 불빛 때문에 세울 수 없다. 그러나 우리나라는 좁은 국토에 대도시들이 촘촘히 박혀 있기 때문에 더 이상 대형

˙ 일등성 : 맨눈으로 볼 수 있는 별의 밝기를 여섯 등급으로 나눌 때에 가장 밝게 보이는 별.

천문대를 건설할 형편이 못 된다.

스페인과 마찬가지로 한국의 시골도 어디를 가나 조명 과잉 상태를 이루고 있다. 인가가 없는 깊은 산속이면 모를까 칠흑 같은 밤이란 없다. 가로등은 말할 것도 없고 오가는 자동차의 강력한 불빛, 인근 거리의 네온사인 등이 밤의 안식°을 앗아 간다. 가로등 밑이나 도로 면의 농작물이 제대로 생육°하지 못하는 것은 이 때문이다.

그렇다고 인간만 건강할 턱도 없다. 혹시 기회 있으면 그런 조명들이 전혀 없는 어두운 곳에서 잠을 자 보라. 대부분 잠을 제대로 이루지 못한다. 어둠 속에서 안온하게 자던 인간의 본능이 빛의 쓰레기 공해 때문에 왜곡되고, 생태 교란°으로 병들어 가는 것이다.

미국의 어느 단체가 권장하는 행복의 열쇠 21가지 중에 '매일 아침 동이 트는 것을 보라.'는 것이 있다. 어둠이 막 걷히는 이른 새벽 먼동이 터 오는 것을 보면 대부분의 사람들은 가슴이 열리고 뭔가 시원해짐을 느끼게 마련이다. 그것이 행복을 여는 중요한 열쇠라는 것이다. 그러나 산이나 바닷가에 사는 사람들을 제외하고 아침마다 동트는 모양을 보는 사람은 거의 없다. 높은 건물들이 가로막고 있기도 하지만 새벽까지도 각종 조명이 하늘을 가리고 있기 때문이다.

인간은 태양에 맞추어 신체 조건이 발달되어 왔다. 그러나 밤에도 빛을 이용해 보겠다는 욕구가 관솔불°, 등불, 가스불을 고안하게 했

◎ 안식 : 편히 쉼.
◎ 생육 : 생물이 나서 길러짐.
◎ 교란 : 마음이나 상황 따위를 뒤흔들어서 어지럽고 혼란하게 함.
◎ 관솔불 : 송진이 많이 엉긴, 소나무의 가지나 옹이에 붙인 불.

고 인간도 서서히 여기에 적응해 왔다. 인간의 밤의 활동이 점점 확대된 것이다.

그로 인해 인류는 문명과 문화를 발전시켜 왔으며 삶의 질을 향상시켰다.

그러나 1897년 에디슨이 전구를 발명하면서 상황은 달라졌다. 사람들은 잠을 빼앗기기 시작했고 생물들은 생체 리듬을 잃었다. 전깃불을 적절하게 사용하면 유용할 것을 과잉 생산하고 낭비하면서 빚어진 결과다.

지난해 7월 오스트리아 빈에서 미국의 '국제 캄캄한 밤 협회' 등 많은 단체들이 모여 빛 쓰레기를 몰아내고 하늘의 어둠을 되찾자는 심포지엄을 개최했다. 불필요한 조명을 줄여 예산을 절감하고 어두운 밤을 살리자는 것이었다.

우리도 여기에 적극 동조해야 할 것이다. 하늘에서 사라진 별과 은하수를 찾는 것은 낭만과 동화의 차원이 아니다. 환경과 생태계 보호 차원에서 늦출 수 없는 일이다.

 박연호 1945~

기자이자 칼럼니스트. 전남 목포에서 태어나 서울대 국어국문학과를 졸업했습니다. 서울신문, 합동통신, 스포츠서울 기자를 거쳐 국민일보 문화부 차장을 역임했으며, 현재 국민일보 문화부장 및 논설위원으로 재직하고 있습니다.

작 · 품 · 설 · 명

● 내용 파악하기

스페인의 천문학자들은 왜 시위를 하게 되었을까요?

밤이 지나치게 밝아 에너지를 낭비하고 동물들의 본능을 해치며 하늘의 별빛을 죽이기에

지은이는 에디슨이 전구를 발명한 후에 어떤 부정적인 상황이 생겨났다고 했나요?

사람들은 잠을 빼앗기기 시작했고, 생물들은 생체 리듬을 잃음.

● 핵심 정리

갈래 : 신문 칼럼

성격 : 설득적

제재 : 별빛

주제 : 야간에 과도한 조명 사용을 줄여야 할 필요성

특징 : ① 다른 나라를 예로 들어 우리나라에서도 시급함을 강조함.

② 문명으로 인한 혜택과 피해를 대조적으로 서술함.

● 작품 이해

다양한 조명과 네온사인으로 별들과 은하수가 사라지고 있습니다. 또한 동물들의 짝짓기와 새끼들에게 먹이 주기 등 본능적인 행동을 방해하고 우리들의 잠까지도 방해합니다. 지은이는 조명을 끄는 일이 우리들의 안식을 보장하는 길이면서, 환경과 생태계를 보호하는 일이라고 주장하고 있습니다.

생각해 보기

● 밤하늘의 은하수를 본 일이 있나요?

● 만일 밤에 조명을 모두 끈다면 어떤 일이 벌어지게 될까요?

누가 별들을 훔쳐 갔나 | 박연호

수레의 이치
-《북학의(北學議)》에서
박제가

    수레는 하늘을 본떠서 만든 것으로 땅에서 운행°한다. 모든 것을 실을 수 있어서 그 이로움이 막대하다. 그런데 오직 우리나라만 이용하지 않고 있다. 무슨 까닭인가? 사람들은 걸핏하면 "산천°이 험해 길이 막혀 있기 때문이다."라고 말한다. 수레는 신라나 고려 이전에도 사용했다. 유거달°이 전차°로 고려 태조를 도왔다는 것이 그 증거이다. 예전에도 검각(劍閣), 구절(九折), 태행(太行), 양장(羊腸)°으로 불리던 수레가 있었다.

    이러한 사실은 둘째치더라도, 길이 험하다면 통행할 수 있는 곳만 운행하면 되는 것이다. 만약 각 지방의 집집마다 수레가 있다면, 그

ⓘ 운행 : 정하여진 길을 따라 차량 따위를 운전하여 다님.
ⓘ 산천 : 산과 내.
ⓘ 유거달 : 고려가 후백제와 싸울 때 수레를 이용해 군량미를 운반해 큰 공을 세운 문화 유씨의 시조.
ⓘ 전차 : 전쟁에 쓰이는 수레.
ⓘ 검각, 구절, 태행, 양장 : 이들은 중국의 험한 고갯길의 이름으로, 아마 고갯길도 잘 넘어가는 수레라고 붙인 이름.

수레로 짐을 번갈아 운반하고, 중간에 험한 길이 있으며 예전처럼 사람이나 말로 운반한다. 그러면 그리 멀지 않게 느껴지지 않을 것이다. 천 리 만 리나 되는 거리를 단 한 대의 수레만을 이용하여 운반하는 일은 거의 없다.

수레를 이용하면 길은 저절로 열린다. 길만 조금 더 닦으면 동쪽의 대관령, 남쪽의 조령˚, 북쪽의 철령˚, 서쪽의 동선령˚도 수레로 달릴 수 있다.

지금 서울의 군부대에서 사용하는 큰 수레는 너무 무거워서 빈 수레로도 소가 지치는 형편이다. 또 큰 나무로 소의 머리를 눌러서 많은 소가 병들어 죽는다. 수레를 끌었던 소는 나중에 고기로도 먹을 수 없고, 그 뿔도 사용할 수 없다. 이는 소가 극도로 지쳐서 독기˚를 발했기 때문이다.

함경도에는 자용거(自用車)라는 수레가 있는데 제법 경쾌하게 달린다. 다만 수레의 속 바퀴에 한 자쯤 되는 귀가 나왔는데 대체로 옛날 원나라의 수레를 본떠서 만든 것이다. 준천사˚에는 모래를 나르는 수레가 있고, 혹 민가에서도 나름대로 수레를 만들기는 하나 모두 규격에 맞지 않는 것들이다.

대체로 수레에는 사람이 타는 것과 짐을 싣는 것이 있으며, 용도에

◉ 조령 : 문경새재.
◉ 철령 : 함경도와 강원도의 경계를 이루는 고개.
◉ 동선령 : 황해도 봉산에 있는 고개.
◉ 독기 : 사납고 모진 기운이나 기색.
◉ 준천사 : 조선 시대에, 서울 안의 개천을 치는 일과 사산(四山)을 지키는 일을 맡아보던 관아.

수레의 이치-《북학의(北學議)》에서 | 박제가

따라 크고 작고, 가볍고 무겁고, 빠르고 느린 것 등이 있다. 중국 사람들은 이 방면에 대해 오랫동안 깊은 연구를 해 왔다. 지금은 단지 실력 있는 기술자들이 그 규격에 맞추어 만들어 내면 되는 것이다. 만약 조금이라도 규격에 맞지 않으면 수레로 인정하지 않는다.

　예전의 재장(梓匠)°, 윤여(輪輿)° 라는 것도 모두 수레에서 생긴 별칭이다. 우리나라에서는 수레를 사용하지 않아서 고공(考工)° 이라는 관직마저 폐지되었다. 그래서 도로와 가옥들이 제 규격에 전혀 맞지 않는다. 사람들이 견딜 수 없어 하는 것은 바로 이 때문이다.

　우리나라는 동서 간의 거리가 1,000리이고 남북으로는 그것의 3배가 된다. 그 가운데에 서울이 있기 때문에 서울로 물자가 모여드는데는 실제로 동서 500리, 남북 1,000리에 불과하다. 또 삼면이 바다로 둘러싸여서 각 해안 지방을 배로 통행할 수 있다. 그러면 육지에서 거래하는 자는 대략 서울까지는 멀어도 5~6일, 가까우면 2~3일밖에 걸리지 않을 것이다. 한쪽 끝에서 다른 쪽 끝까지 간다 해도 그 두 배 정도의 시일이면 될 것이다. 만일 당나라의 유인°이 시행했던 것처럼 걸음이 빠른 자를 곳곳에 배치한다면, 며칠 안에 각 지방의 물가를 고르게 할 수 있었을 것이다.

　두메산골에 사는 사람들은 풀명자나무의 열매를 담갔다가 된장 대

◉ 재장 : 집을 짓고 가구를 만드는 사람.
◉ 윤여 : 수레를 만드는 사람.
◉ 고공 : 가구 만드는 일을 주관하는 관직.
◉ 유인 : 당나라의 관리로 각 지방의 물자를 유통시키고 물가를 조절하는 데 공이 큼.

신 사용하며, 새우젓이나 조개젓을 보고는 이상한 물건이라 생각한
다. 그들은 왜 이렇게 가난한 것일까? 단언하건데 그것은 수레가 없
기 때문이다.

전주의 장사꾼은 처자식을 거느리고 생강과 참빗을 짊어지고 걸어
서 함경도나 의주까지 간다. 이익이 없는 것은 아니지만 걷느라고 모
든 근력°이 다 빠지고, 가정적인 낙°을 즐길 틈이 없다. 또한 원산에
서 미역과 건어°를 실은 짐바리°가 밤낮으로 북쪽 길로 뻗쳤으나 그
들은 많은 이익을 남기지 못한다. 말에게 들어가는 비용이 반이 넘기
때문이다.

영동 지방의 경우 꿀은 생산되나 소금이 없고, 평안도 관서 지방에
서는 철은 생산되나 감귤이 없으며, 함경북도에는 삼이 흔해도 무명
은 귀하다. 산골에는 붉을 팥이 흔하고, 해변에는 창명젓과 메기가
흔하다. 또 영남 지방의 고찰°에서는 좋은 종이를 생산하고, 청산과
보은에는 대추나무가 많으며, 한강 입구에 있는 강화에는 감이 많다.

백성들은 이런 물자를 서로 이용하고 풍족하게 쓰고 싶어도 힘이
미치지 않는다. 어떤 사람들은 "말을 이용하면 충분하다."고 한다.
그러나 한 필의 말과 한 대의 수레가 운반하는 양은 서로 비슷하지
만, 수레가 훨씬 유리하다. 끌어당기는 힘과 싣고 다니는 고달픔이
엄청나게 다르기 때문이다. 그러므로 수레를 끄는 말은 병들지 않는

◎ 근력 : 일을 능히 감당할 수 있는 힘.
◎ 낙 : 즐거움.
◎ 건어 : 마른 생선.
◎ 짐바리 : 말이나 소로 실어 나르는 짐.
◎ 고찰 : 오래된 절.

다. 하물며 5~6필의 말로 운반해야 하는 것을 수레 한 채로 모두 운반할 수 있으니, 몇 배의 이익이 생기는 것이다.

지금은 비록 큰 수레가 투박하지만˚ 소 다섯 마리가 끌면 곡식 열닷 섬을 실을 수 있다. 소 등에 실을 경우에는 한 마리에 두 섬씩 싣는다 해도 열 섬밖에 안 된다. 수레가 3분의 1 정도의 이익을 더 얻게 하는 것이다.

수령이나 사신들은 천 리든 만 리든 계속 말을 타고 다닌다. 그런데 아랫사람들은 그 거리를 줄곧 걸어야 한다. 또 그들은 잠시라도 상전 곁을 떠나지 못하고, 빠르거나 느리거나 말의 걸음에 맞추어야 하니 아무리 힘들어도 휴식을 취하지 못한다. 하인과 역부˚들이 병에 잘 걸리는 것은 바로 이 때문이다.

전에 작은 가마를 타고 가는 중국 관리를 보았다. 가마에는 그 중간을 뚫어서 막대기를 가로질러 놓았다. 그래서 앞뒤로 각각 두 사람이 메었을 뿐, 옆에서 부축하는 자가 없어도 가마가 기울어지지 않는다. 그 뒤에는 열아홉 사람이 탄 큰 수레를 말 다섯 필이 끌고 있었다. 그들은 대개 교대할 인부들이다. 그래서 5리나 3리쯤 가다가 한 번씩 가마 메는 인부를 바꾸어, 그들의 왕성한 힘을 이용하고 있었다.

미투리˚는 백 리를 가면 뚫어지고 짚신은 십 리 길만 가도 헤어진다. 삼이 짚보다 열 배나 비싸기 때문에 가난한 백성은 모두 짚신을 싣는다. 그래서 신이 다 닳을 때마다 갈아 신기 바쁘다. 가죽신 값은

◎ 투박하지만 : 생김새가 볼품없이 둔하고 튼튼하지만.
◎ 역부 : 일꾼.
◎ 미투리 : 삼이나 노 따위로 짚신처럼 삼은 신.

미투리의 열 배나 된다. 이것은 모두 수레가 없어서 생기는 해악이다. 수레라는 것은 모두 백성의 나막신에 징을 박은 것과 같다.

중국으로 가는 서쪽 길에 있는 각 고을 관리들에게, 매년 떠나는 사신 편에 중국 수레 몇 대씩 구입하도록 해야 한다. 각 역참*에서 이 수레를 사용하게 하고, 백성들도 자세히 볼 수 있게 한다. 또한 마부 몇 명을 말몰이꾼으로 삼으면 수레에 대해 많은 것을 배울 수 있을 것이다.

우리나라는 산이 많기 때문에 수레를 만들 재목은 넉넉하다. 그러나 숯을 굽는 일 외에는 달리 이용할 줄을 모른다. 스스로 보배로운 것을 버리고 재목이 없다고 걱정하고 있으니 이 무슨 일인가?

곰곰이 생각해 보니 수레를 만드는 이치가 마치 천지조화와 같다.

◉ 역참 : 조선 시대에 있던 공공의 기별, 역마, 역원 등 여행 체계를 합쳐서 이르는 말.

🖋 박제가 1750~1805

조선 후기의 실학자입니다. 양반 가문의 서자로 태어났지만, 전통적인 양반 교육을 받았고, 서울에서 연암 박지원을 스승으로 모시고 공부하기도 했습니다. 청나라를 다녀온 뒤 대표적인 이용후생학파 학자가 되어 선진적인 청나라의 문물을 받아들여 상공업을 발전시켜야 한다고 주장했습니다. 또 봉건적인 신분 제도에 반대하는 주장을 펴기도 했습니다. 하지만 서자라는 신분적인 한계가 있었기 때문에 사회적으로 차별 대우를 받았습니다. 대표적인 저서로는 《북학의》가 있습니다.

수레의 이치-《북학의(北學議)》에서 | 박제가

작·품·설·명

● 내용 파악하기

조선 시대 사람들이 우리나라에서 수레를 이용할 수 없다고 한 이유에 대해 지은이는 어떻게 반박하고 있나요?

조선 시대 사람들의 주장	지은이의 반박
산천이 험해 길이 막혀 있다.	수레는 신라나 고려 이전에도 사용했다.
	길이 험하다면 통행할 수 있는 곳만 운행하면 되는 것이다.
말을 이용하면 충분하다.	수레를 끄는 말은 병들지 않는다.
	5~6필의 말로 운반해야 하는 것을 수레 한 채로 모두 운반할 수 있다.
수레를 만들 재목이 없다.	산이 많기 때문에 수레를 만들 재목은 넉넉하다.

지은이는 우리나라에서 수레를 이용하지 않기 때문에 어떤 어려움을 겪고 있다고 말하는가요?

지방마다 물자를 이용하고 사용하는 데 어려움을 겪는다.

백성들이 어려움을 겪는다.

● 핵심 정리

갈래 : 기행문

성격 : 비판적, 논리적, 설득적

제재 : 수레의 쓸모

주제 : 수레 제도의 개선과 도로의 개량을 통한 상업의 발전

특징 : ① 중국과의 비교, 각 지역의 다양한 예를 들면서 내용을 전개함.
② 각 지방의 예를 들어 수레 사용의 필요성을 주장함.

● 작품 이해

위 글은 《북학의》 내편에 실려 있는 글입니다. 《북학의》는 박제가가 청나라의 풍속과 제도를 시찰하고 돌아와서 쓴 기행문입니다. 내편 1권과 외편 1권으로 되어 있습니다. 지은이는 이 책에서 선진국인 청나라의 문물을 받아들여야 한다는 북

228
8부 | 지혜롭게 살아가기

학론을 주장하면서, 먼저 우리의 생활 주변에서 필요한 것부터 배우고 개량해야
한다고 주장했습니다. 그러기 위해서 먼저 수레 제도를 개선하고, 도로를 개량하
여 교통을 편리하게 한 후에, 물자의 거래를 촉진해야 한다고 했습니다. 또 중농
정책을 주장하여 농구의 개량, 농업기술의 개선을 주장했습니다. 이러한 그의 주
장은 당시로서는 매우 혁신적인 주장이었습니다.

생각해 보기

● 일부 사람들은 지은이가 청나라의 문물의 장점만 부각하고, 우리나라(조선)의 문물은
  비하했다고 평가하기도 합니다. 이에 대해 여러분은 어떻게 생각하나요?

● 우리 주변에서(교실에서) 개선해야 할 필요가 있는 제도(물건)에는 어떤 것이 있을까요?

열보다 큰 아홉

이문구

⑨

　오늘은 아홉과 열이라는 수(數)가 지니고 있는 뜻에 대해서 생각해
보기로 합시다.

　잘 아시다시피 열은 십 · 백 · 천 · 만 · 억 등의 십진급수(十進級數)에
서 제일 먼저 꽉 찬 수입니다. 그러므로 이 열에 얼마를 더 보태거나
빼거나 한다면 그것은 이미 열이 아닌 다른 수가 됩니다.

　무엇을 하기에 그 이상 좋을 수가 없이 알맞은 경우에 '십상 좋다'
고 말하는 '십상'도, '열 십(十)' 자와 '이룰 성(成)' 자에서 나온 말입니다.
그만큼 열이란 수는 이미 이룰 것을 이룩한 완전한 수이며, 성공을
한 수인 것입니다.

　그러면 아홉이란 수는 어떤 수입니까? 두말할 필요도 없이 열보다
하나가 모자라는 수입니다. 다시 말하면 완전에 거의 다다른 수, 거

◉ 십진급수 : 십진법으로 얻은 여러 가지의 단위에 붙는 이름. 십, 백, 천, 만, 억, 또는 할, 푼, 리, 모 따위가 있다.

기에 하나만 보태면 완전에 이르게 되는 수, 그래서 매우 아쉬움을
느끼게 하는 수인 것입니다.

　그러면 아홉은 정녕 열보다 적거나 작은 수일까요. 그렇지 않습니
다. 예를 들어 보겠습니다.

　끝없이 높고 너른 하늘을 십만 리 장천[◉]이라고 하지 않고 구만리장
천이라고 합니다. 젊은이더러 '앞이 구만리 같은 사람'이라고 하는
말과 같은 뜻이지요.

　굽이굽이 한없이 서린 마음을 구곡간장(九曲肝腸)[◉]이라고 하고, 굽이
굽이 에워 도는 산굽이가 얼마인지 모르는 길을 구절양장(九折羊腸)[◉]
이라고 하고, 통과해야 할 문이 몇이나 되는지 모르는 왕실을 구중궁
궐(九重宮闕)[◉]이라고 하고, 죽을 고비를 수도 없이 넘기고 살아난 것
을 구사일생(九死一生)[◉]이라고 표현하고 있습니다.

　또 있습니다. 끝 간 데가 어디인지 모르는 땅속이나 저승을 구천(九
天)이라고 하고, 임금보다 한 계급 모자라는 대신인 삼공육경(三公六
卿)[◉]을 구경(九卿)이라고 합니다. 문화재로 남아 있는 탑들을 보며, 구
층 탑은 많아도 십 층 탑은 아직 보지 못하였습니다.

　동양에서는, 그중에서도 특히 우리나라에서는, 오랜 옛날부터 열
보다 아홉을 더 사랑했습니다. 얼마나 사랑했으면 아홉 구 자가 두 번

◉ 장천 : 끝없이 잇닿아 멀고도 넓은 하늘.
◉ 구곡간장 : '굽이굽이 서린 창자'라는 뜻으로, 깊은 마음속 또는 시름이 쌓인 마음속을 비유적으로 이르는 말.
◉ 구절양장 : '아홉 번 꼬부라진 양의 창자'라는 뜻으로, 꼬불꼬불하며 험한 산길을 이르는 말.
◉ 구중궁궐 : '겹겹이 문으로 막은 깊은 궁궐'이라는 뜻으로, 임금이 있는 대궐 안을 이르는 말.
◉ 구사일생 : '아홉 번 죽을 뻔하다 한 번 살아난다.'는 뜻으로, 죽을 고비를 여러 차례 넘기고 겨우 살아남을
　이르는 말.
◉ 삼공육경 : 조선 시대에, 삼정승과 육조 판서를 통틀어 이르던 말.

열보다 큰 아홉 | 이문구

든 음력 구월 구일을 중양절(重陽節)⍟이니, 중굿날이니 하는 이름으로 부르면서, 천 년이 훨씬 넘도록 큰 명절로 정하고 쇠어 왔겠습니까.

우리의 조상들이 열보다 아홉을 더 사랑한 것은 무슨 까닭이었을까요. 간단히 말해서 모든 일에 완벽함을 기대하지 않았다는 뜻이 아니었을까요? 다시 말하면, 이 세상에 완전한 것은 없다는 사실을, 우리의 선조들은 아주 오랜 옛날부터 익히 알고 있었다는 것입니다.

우리가 흔히 듣는 말 중에 '모든 기록은 깨어지기 위해서 있다.'라는 말이 있습니다. 이 말이 맞지 않는 말이라면, 여러분이 아시다시피 세계 제일의 기록만을 수록하는 기네스북도 해마다 다시 찍어 내야 할 이유가 없겠지요.

모든 기록이 반드시 깨어지기 마련인 것은, 그 기록을 이룩한 것이 인간이기 때문이라고 생각합니다. 인간은 저마다 무한한 가능성을 타고난 사실과 아울러서, 이 세상에 완전한 인간은 결코 어디에도 있을 수가 없다는 사실 또한 그 스스로가 증명해 주는 존재이기도 합니다.

열이란 수가 넘치지도 않고 모자라지도 않고, 또 조금도 여유가 없이 꼭 찬 수, 그래서 다음도 없고 다음다음도 없이 아주 끝나 버린 수라는 점에서, 아홉은 열보다 많고, 열보다 크고, 열보다 높고, 열보다 깊고, 열보다 넓고, 열보다 멀고, 열보다 긴 수였으며, 그리하여 다음, 또 그다음, 그도 아니면 그 다음다음을 바라볼 수 있는, 미래의 꿈과 그 가능성의 수였기에, 슬기롭고 끈기 있는 우리의 선조들에게

⍟ 중양절 : 세시 명절의 하나로 음력 9월 9일을 이르는 말. 이날 남자들은 시를 짓고 각 가정에서는 국화전을 만들어 먹고 놀았다.

일찍부터 열보다 열 배도 넘는 사랑을 담뿍 받아 왔던 것입니다.

하물며 여러분은 지금 한창 자라고, 한창 배우고, 한창 놀아야 할 중학생입니다. 여러분은 지금 무엇 한 가지도 완벽할 수가 없으며, 항상 어딘가가 부족하고 어설픈 것이 오히려 정상적인 학생입니다. 행여 무엇이 남들보다 모자란 것이 아닌가 싶어서 스스로 괴로워하고 외로워하고 서글퍼해 온 학생이 있다면, 어떨까요, 이제부터라도 열이란 수보다 아홉이란 수를 더 사랑해 보는 것은.

이문구 1941~2003

소설가. 충남 보령에서 태어나 서라벌예대를 졸업했습니다. 1966년《현대문학》을 통해 작품 활동을 시작했습니다. 그는 풍부한 토속어를 통해 우리 사회의 산업화, 도시화가 몰고 온 부정적 양상들에 대해 치열한 비판을 가하면서 전통적인 삶의 미덕을 새로이 일구어 낸 작가로 평가를 받았습니다. 작품집으로《이 풍진 세상을》《해벽》《우리 동네》, 연작소설집《관촌수필》, 장편소설《장한몽》《산 너머 남촌》을 냈으며, '한국일보문학상' '한국문학작가상' '요산문학상' '신동엽창작기금' '춘강문예창작기금'을 수상했습니다.

작·품·설·명

● 내용 파악하기

다음 한자 성어는 어떤 뜻인가요?

구곡간장 : 깊은 마음속 또는 시름이 쌓인 마음속을 비유적으로 이르는 말 / 구절양장 : 꼬불꼬불하며 험한 산길을 이르는 말 / 구중궁궐 : 임금이 있는 대궐 안을 이르는 말 / 구사일생 : 죽을 고비를 여러 차례 넘기고 겨우 살아남을 이르는 말

우리 조상들은 왜 열보다 아홉을 더 사랑했을까요?

모든 일에서 완벽함을 기대하지 않았다.

● 핵심 정리

갈래 : 경수필

성격 : 사색적, 교훈적

제재 : 숫자 9

주제 : 약간은 부족하고 어색한 것이 자연스러운 삶

특징: ① 바로 앞에 있는 대상에게 일러 주는 듯한 차분한 어투로 서술함.

② 묻고 답하는 형식으로 설득력을 높임.

● 작품 이해

지은이는 우리 조상들이 꽉 채워진 열이라는 수보다는 아홉이라는 수를 사랑했다고 한자성어를 들어 알려 주고 있습니다. 또 이를 바탕으로 청소년들에게 아직 완전하지 않은 것이 정상적인 것이며, 완전함을 위해 노력하는 것이 소중하다는 가르침을 전달하고 있습니다.

생각해 보기

● 자신이 다른 사람들보다 부족해서 오히려 도움이 된 경우가 있었나요?

● 여러분이 가장 좋아하는 숫자는 무엇이고, 왜 그 숫자를 좋아하는가요?

두 아들에게 보내는 편지

정약용

새해가 되면 계획을 세워라

새해가 되었구나.

군자는 새해를 맞으면 반드시 그 마음과 행동도 한 번 새로이 해야
한다. 젊을 때 나는 새해 첫날을 맞으면 항상 일 년간의 공부 계획을
미리 세웠다. 예컨대, 올해는 무슨 책을 읽고 어떤 글을 발췌° 할 것인
가 미리 정한 뒤에 그것을 실천에 옮겼다. 여러 달이 지나 이런저런
일이 생겨 비록 계획대로 하지 못하는 경우가 있더라도 좋은 일을 행
하고자 한 생각이나 발전하고 싶은 마음은 없어지지 않았다.

너희들에게 학문에 힘쓰라고 내가 여러 번 편지로 부탁하였다. 그
런데도 나에게 경전° 에서 의문 나는 점을 묻거나, 예악° 에 대해 질문

◎ 발췌 : 책, 글 따위에서 필요하거나 중요한 부분을 가려 뽑아냄.
◎ 경전 : 성현이 지은, 또는 성현의 말이나 행실을 적은 책.
◎ 예악 : 예법과 음악을 아울러 이르는 말.

하거나, 역사적 사실에 관해 논의한 적이 한 번도 없으니, 너희들이 내 말을 어쩌면 이토록 귀담아듣지 않는단 말이냐?

너희들은 번화한 도회지에서 자라나 어릴 때부터 식객˚이나 하인배, 아전들을 많이 접해서 말투나 마음씨가 약고 비천할˚ 수밖에 없다. 이런 잘못된 병이 골수에 파고들어 착한 행실을 즐기고 학문에 힘쓰려는 생각이라고는 도무지 찾을 수가 없게 되었다.

내가 밤낮으로 애태우며 어서 돌아가야 한다고 생각하는 것도 너희들이 뼈가 점점 굳어지고 기운이 점점 거칠어져 한두 해가 더 지나버리면 크게 잘못된 삶을 살게 될까 염려해서이다. 작년에는 그 때문에 병을 얻어 여름 석 달 동안을 앓으며 지냈다. 시월 이후로는 말하지 않아도 짐작할 수 있을 것이다. 그러나 진실로 마음에 반 푼의 성의라도 있다면 비록 창과 칼이 어지러운 전쟁터에 있더라도 반드시 향상되는 점이 있을 터인데, 너희들은 집에 책이 없느냐? 재주가 없느냐? 귀와 눈이 밝지 못하느냐? 어째서 자포자기˚하려고 하느냐? 폐족˚이라고 여겨서냐?

폐족은 오직 벼슬길에만 장애가 있을 뿐이다. 폐족이라도 성인(聖人)이 되는 데에는 아무런 장애가 없다. 폐족이라도 문장가가 되는 데에는 아무런 장애가 없다. 폐족이라도 이치에 통달한 선비가 되는 데에는 아무런 장애가 없다. 아무런 장애가 없을 뿐 아니라 오히려 크

◎ 식객 : 하는 일 없이 남의 집에 얹혀서 밥만 얻어먹고 지내는 사람.
◎ 비천할 : 지위나 신분이 낮고 천할.
◎ 자포자기 : 절망에 빠져 자신을 스스로 포기하고 돌아보지 아니함.
◎ 폐족 : 조상이 큰 죄를 짓고 죽어 그 자손이 벼슬을 할 수 없게 됨.

게 유리하다. 과거 공부의 폐단이 없는 데다가, 가난과 곤궁의 고통으로 인해 심지가 단련되고 생각이 열려서 인정세태[*]의 진실과 거짓이 어떻게 드러나는지 잘 알 수 있기 때문이다.

그러므로 이이 같은 분은 아버지를 일찍 여의고 여러 해를 괴로이 방황하다 마음을 돌이켜 마침내는 진리에 이르렀고, 정시한 선생도 세상의 배척을 받고 더욱 그 덕이 높아졌으며, 이익 선생도 집안이 화를 당한 이후 이름난 학자가 되셨다. 모두 탁월하게 성취하셨으니, 권세가의 부유한 자제들이 이를 수 있는 바가 아니다.

너희들도 폐족 가운데에 재능이 뛰어난 선비가 많다는 사실을 일찍이 듣지 않았느냐? 그것은 하늘이 폐족에게 재능을 더 많이 주었기 때문이 아니다. 폐족은 현달[*]하려는 마음에 휘둘리지 않아서 독서와 연구를 통해 학문의 진면목과 골수[*]를 터득할 수 있기 때문이다.

몸가짐을 바르게 해라

근래의 어떤 학술은 오로지 마음공부만을 명분으로 내세워 외모를 가다듬는 것을 가식[*]이나 위선[*]이라고 지목하기도 한다. 약삭빠르고 방탕하여 구속을 싫어하는 젊은이들은 이런 이야기를 듣고 모두 뛸 듯이 크게 기뻐하여 마침내는 일상에서 절도를 지키지 않고 마음대

⊛ 인정세태 : 세상 사람들의 마음과 세상 물정.
⊛ 현달 : 벼슬, 명성, 덕망이 높아서 이름이 세상에 드러남.
⊛ 골수 : 어떤 사상이나 종교, 또는 어떤 일에 철저하거나 골몰한 사람을 비유적으로 이르는 말.
⊛ 가식 : 어떤 것을 꾸밈.
⊛ 위선 : 겉으로만 착한 체함.

로 행동한다. 나도 예전에 이런 병통®에 깊게 물들어 늙도록 엄정한®
몸가짐을 익히지 못했다. 후회해도 고치기가 어려우니 매우 후회스
럽다. 전에 너희들을 보니 도무지 옷깃을 여미고 똑바로 앉으려 하질
않고, 단정하고 엄숙한 기색이라곤 조금도 볼 수가 없더구나. 나의
병통이 한 번 옮겨 가서 너희들의 병통이 된 것이니, 성인들이 사람
을 가르칠 때 먼저 외모부터 단정하게 하여 비로소 마음을 안정시킬
수 있게 했음을 몰랐기 때문이다. 비스듬히 눕고 삐딱하게 서며 큰
소리로 말하고 아무렇게나 쳐다보면서도, 공경을 실천하고 자신의
마음을 잘 지키는 사람이란 세상에 없는 법이다.

그러므로 행동과 말과 안색을 바르게 하는 것이 학문의 첫 출발점
이다. 진실로 이 세 가지에 힘을 쏟을 수 없다면 아무리 재주가 탁월
하고 지식이 출중해도® 끝내 어디에도 발붙이고 서 있을 수 없다. 그
폐단으로 인해 어긋난 말을 하고, 거칠게 행동하고, 도적이 되고, 큰
잘못을 저지르고, 이단®과 잡술®에 빠져 멈출 줄을 모르게 될 것이다.

나는 서재에 '삼사(三斯)', 즉 '이 셋'이라는 이름을 붙이고 싶었다.

'삼사'란, 행동은 난폭하거나 거만하지 않게 할 것, 말은 비루하지
않고 어긋남이 없게 할 것, 안색은 미덥게 할 것, 이 세 가지이다.

너희의 인품이 나아지길 바라며 '삼사재'라는 이름을 너희에게 준다.
너희는 이것을 서재의 이름으로 삼고 그에 대한 자신의 생각을 글로

◉ 병통 : 깊이 뿌리박힌 잘못이나 결점.
◉ 엄정한 : 날카롭고 공정한.
◉ 출중해도 : 뛰어나도.
◉ 이단 : 전통이나 권위에 반항하는 주장이나 이론.
◉ 잡술 : 사람을 속이는 요사한 술법.

써서 다음 인편®으로 부쳐 다오. 나도 너희를 위해 글을 쓰겠다. 너희는 또 이 세 가지에 대해 스스로를 경계하는 잠언®을 짓고 '삼사잠'이라고 제목을 붙여라. 그러면 정자의 〈사물잠〉의 아름다운 정신을 계승할 수 있을 것이니 그 얼마나 복된 일이냐. 깊이 바라고 또 바란다.

® 인편 : 오거나 가는 사람의 편.
® 잠언 : 가르쳐서 훈계하는 말.

✒ 정약용 1762~1836

조선 후기의 실학자입니다. 경기도 광주에서 태어나 문장과 경학(經學)에 뛰어난 학자로, 유형원과 이익 등의 실학을 계승하고 집대성했습니다. 1789년부터 벼슬을 시작했으나 가톨릭교도로 몰려 유배됩니다. 유배 후 기중기를 사용하여 수원성 축조에 기여했습니다. 1799년 병조 참의가 되었으나, 신유사옥 때 전남 강진으로 귀양 갔다가 19년 만에 풀려났습니다. 저서로는 《목민심서》《흠흠신서》《경세유표》 등이 있습니다.

● 내용 파악하기

지은이가 아들에게 무엇을 당부하고 있나요?

폐족이라고 자포자기하지 말고 학문에 힘써야 한다. / 행동과 말과 안색을 바르게 하는 것이 학문의 첫걸음이다.

지은이가 말하는 '삼사'란 무엇인가요?

행동은 난폭하거나 거만하지 않게 할 것. / 말은 비루하거나 어긋남이 없게 할 것. / 안색은 미덥게 할 것.

● 핵심 정리

갈래 : 서간문

성격 : 사색적, 교훈적

제재 : 학문과 몸가짐

주제 : 학문과 바른 행동 · 말 · 안색의 중요성

특징 : ① 편지글의 형식을 통해 직접적인 교훈을 이끌어 냄.
　　　 ② 성현의 삶을 예로 들어 내용을 효과적으로 전달함.

● 작품 이해

이 글은 다산 정약용이 유배지에서 아들들에게 보낸 편지입니다. 유배 18년 동안 100여 통이 넘는 편지를 주고받으며 세상을 어떻게 살 것인지를 가르쳤습니다. 이 편지에서는 학문하는 방법, 몸가짐을 바르게 하는 방법을 일러 주고 있습니다.

생각해 보기

● 지은이는 가난과 고통을 겪고 있으면 오히려 학문을 하는 데 유리하다고 합니다. 여기에 대해 여러분은 공감하는지 아닌지를 밝혀 봅시다.

● 여러분은 누구에게 어떤 내용의 편지를 받고 감명을 받았나요?

하룻밤에 강을 아홉 번 건너다
-일야구도하기(一夜九渡河記)

박지원

   강물이 두 산 사이에서 흘러나와 바위와 마주쳐 싸우는 듯 거세게 흐른다. 놀란 파도, 성난 물결, 우는 여울, 흐느끼는 돌창®이 굽이를 치고 뒤번지면서® 울부짖는 듯 고래고래 소리를 치는 듯 만리장성을 부서뜨릴 기세다. 전차 만 대, 군마 만 마리, 대포 만 틀, 쇠북 만 개쯤으로는 그 야단스러운 소리를 형용할 수 없다.

   모래밭에는 큰 바윗돌이 우뚝이 떨어져 섰고, 강 둔치 버드나무 숲은 가마득하게도 어두컴컴하여 물귀신과 강 도깨비가 다투어 사람을 놀리는 듯하다. 이곳이 옛 전쟁터여서 강물이 이렇게 운다고 하나 그런 까닭도 아니다. 물소리란 듣기에 달린 것이다.

   연암 산골 집 앞에 큰 개울이 있다. 해마다 여름철에 소낙비가 한바탕 지나가면 개울물이 갑자기 불어나 늘 수레 소리, 말 달리는 소리, 대

® 돌창 : 온통 돌이 깔린 곳.
® 뒤번지면서 : 마구 이리저리 뒤치면서.

포 소리, 전쟁의 북소리를 듣게 되니, 아주 귀에 탈이 날 지경이었다.

나는 언젠가 문을 닫고 누워 물소리를 다른 소리에 견주어 들어 보았다. 깊숙한 소나무가 통소 소리를 내는 듯하니 이는 청아한 마음으로 들은 것이다. 산이 찢어지고 절벽이 무너지는 듯한 것은 분노하는 마음으로 들은 것이요, 뭇 개구리가 다투어 운다 싶은 것은 발칙스러운 마음으로 들은 것이다. 수없는 축$^{⊛}$이 마주 어울려 내는 듯한 소리는 성난 마음으로 들은 것이다. 벼락이 치고 천둥이 우는 듯한 것은 놀란 마음으로 들은 것이요, 찻물이 보글보글 끓는 듯한 소리는 운치 있는 마음으로 들은 것이다. 거문고가 높고 낮은 가락으로 어우러져 나는 듯한 소리는 슬퍼하며 들은 것이요, 창호지 우는 듯한 소리는 의심스럽게 들은 탓이다. 무엇이나 제 소리대로 듣지 못하고, 더구나 가슴속에 무슨 딴생각을 먹고 있으면 그것이 귀에서 소리가 되는 것이다.

오늘 나는 한밤중에 한줄기 강물을 아홉 번이나 건넜다. 강물은 북쪽 변방에서 흘러나와 만리장성을 뚫고 유하와 조하와 황화, 진천 등 여러 강물과 한군데 모여 밀운성 아래를 거쳐 백하가 된다. 나는 어제 배로 백하를 건넜는데, 바로 이 강의 하류다.

내가 요동에 처음 들어섰을 때는 한여름이었다. 뙤약볕 아래 길을 가다가 갑자기 큰 강이 앞을 가로막는데, 북은 흙탕물이 산처럼 솟구쳐 끝이 보이지 않았다. 이런 때는 대체로 천 리 밖 상류에 폭우가 내린 까닭이다.

강물을 건널 때 사람들이 고개를 쳐들고 하늘을 우러러보는 것을

⊛ 축 : 타악기의 하나. 위가 아래보다 넓은 상자 모양으로 윗면 가운데 뚫린 구멍에 막대를 넣고 좌우 옆면을 두드려 소리를 낸다.

보고 나는 하늘에 비는가 보다 생각했다. 훨씬 뒤에야 알았지만, 물을 건너는 사람이 늠실늠실 소용돌이쳐 돌아가는 강물을 보면 제 몸이 물을 거슬러 올라가는 것 같고 눈은 강물을 따라 내려가는 것만 같아서, 갑자기 빙빙 도는 듯 어지럼증이 생기면서 물에 빠진다고 한다. 그러니 고개를 젖히고 우러러보는 것은 하늘에 대고 기도를 하는 것이 아니라 물을 보지 않으려 함이다. 역시 그렇다. 목숨이 경각˚에 달렸는데 어느 겨를에 기도할 수 있으랴.

이토록 위험하다 보니 물소리도 미처 듣지 못하는 것이다. 다들 말하기를 요동벌은 넓고 펀펀하기 때문에 물소리가 요란하지 않다고 한다. 하나 이는 물소리를 모르는 말이다. 요동 땅 강물들이 물소리를 안 내는 것이 아니라 밤에 건너지 않았기 때문이다. 낮에는 눈으로 물을 볼 수 있으니 눈이 위험한 데에만 쏠려, 눈 달린 것을 걱정해야 할 판이다. 그러니 귀에 무엇이고 들릴 리가 있겠는가?

오늘 나는 밤중에 물을 건너는지라 눈으로는 위험을 볼 수 없다. 그러니 위험은 듣는 데만 쏠려, 귀가 무서워 부들부들 떨리니 걱정을 놓을 수 없다.

나는 오늘에야 이치를 알았다. 마음이 고요한 사람은 귀와 눈이 탈이 될 턱이 없으나, 귀와 눈만 믿는 사람은 보고 듣는 힘이 밝아져서 더욱 병이 되는 것이다.

오늘 나의 마부가 발을 말발굽에 밟혀서 뒤따라오는 수레에 실려 가고 보니, 나는 하는 수 없이 혼자 고삐를 늦추어 물에 들어갔다. 무릎

˚ 경각 : 눈 깜빡할 사이. 또는 아주 짧은 시간.

하룻밤에 강을 아홉 번 건너다—일야구도하기(一夜九渡河記) | 박지원

을 오그려 발을 모으고 안장 위에 앉았다. 한번만 까딱하면 바로 강물로 떨어져, 물로 땅을 삼고, 물로 옷을 삼고, 물로 몸을 삼고, 물로 마음을 삼을 터. 이때야 나는 마음속으로 떨어짐을 각오했다. 그러자 내 귓속에는 드디어 물소리가 없어지고 무릇 아홉 번이나 물을 건너는 데도 마치 안석˚ 위에서 앉고 눕고 하는 것처럼 아무렇지도 않았다.

옛날 우임금이 강물을 건널 때 누런 용이 배를 등으로 떠밀어 몹시 위험했다. 그러나 죽고 사는 것이 마음에 먼저 분명하게 서고 보니 용이든 지렁이든 크고 작은 것이 아무 상관없었다.

소리와 빛깔은 내 마음 밖에 있는 외물(外物)˚이다. 이는 언제나 귀와 눈에 탈이 되어 이렇게도 사람들이 똑바로 보고 듣는 힘을 잃도록 만든다. 더구나 사람이 한세상 살아가는 데 그 험하고 위태함이야 강물보다 더한지라. 보고 듣는 것이 번번이 병이 될 것이 아닌가?

내가 사는 연암골로 돌아가면 앞개울의 물소리를 다시 들으면서 이를 가늠해 보리라. 그리하여 제 몸가짐에 능란하며 스스로 총명한 체하는 자들에게 경계하련다.

◉ 안석 : 벽에 세워 놓고 앉을 때 몸을 기대는 방석.
◉ 외물 : 바깥 세계의 사물.

박지원 1737~1805

조선 후기의 문신이며, 실학자이자 사상가, 외교관, 소설가입니다. 1780년 청나라를 여행한 후 《열하일기》를 지었으며 실제적인 생활과 기술, 문화를 소개하고, 당시 조선의 정치 · 경제 · 사회 · 문화를 비판하고 개혁을 주장했습니다. 저서로는 《연암집》 《과농소초》 《한민명전의》 등이 있으며, 작품으로는 〈허생전〉 〈호질〉 〈마장전〉 〈예덕선생전〉 〈민옹전〉 〈양반전〉 등이 있습니다.

작·품·설·명

● 내용 파악하기

지은이는 연암 산골 집 앞의 물소리가 듣는 사람의 마음가짐에 따라 어떻게 달라진다고 하고 있습니까?

물소리	마음가짐
소나무가 퉁소 소리를 내는 듯함.	청아한 마음으로 들음.
산이 찢어지고 절벽이 무너지는 듯함.	분노하는 마음으로 들음.
뭇 개구리가 다투는 듯함.	발칙한 마음으로 들음.
수많은 축이 마주 어울려 내는 듯함.	성난 마음으로 들음.
벼락이 치고 천둥이 우는 듯함.	놀란 마음으로 들음.
찻물이 보글보글 끓는 듯함.	운치 있는 마음으로 들음.
창호지가 우는 듯함.	의심스럽게 들음.

지은이는 강물을 건너는 사람들의 모습이 낮과 밤에 따라 어떻게 다르다고 했나요?

낮 : 고개를 쳐들고 하늘을 우러러봄.

밤 : 귀가 무서워 부들부들 떨림.

● 핵심 정리

갈래 : 기행수필

성격 : 비유적, 교훈적, 사색적, 분석적, 묘사적

제재 : 물소리

주제 : 외부 상황에 현혹되지 않는 삶의 자세의 중요성

특징 : ① 구체적인 체험과 적절한 예시를 바탕으로 자연스럽게 결론을 이끌어 냄.

② 치밀한 관찰력으로 사물의 본질을 꿰뚫어 봄.

● 작품 이해

'일야구도하기'는 '하룻밤 사이에 아홉 번 강을 건넌 기록'이라는 뜻입니다. 지은이는 시내를 건너며 귀에 들려오는 물소리가 상황에 따라 다르게 들린다는 것을 깨닫습니다. 그리고 이를 통해 사물을 정확하게 알기 위해서는 밖으로부터의 영

하룻밤에 강을 아홉 번 건너다-일야구도하기(一夜九渡河記) | 박지원

향을 최소화하고, 순수한 이성적 판단을 따라야 한다고 주장합니다. 또 인생은 시내를 건너는 것보다 더 크고 더 험한 강을 건너가는 것과 같으므로 늘 총명함을 유지할 수 있도록 자신의 몸을 닦아야 한다고 주장하고 있습니다.

생각해 보기

● 여러분은 귀로 듣는 것과 눈으로 보는 것 중에서 어느 것이 더 확실하고 분명하다고 생각하나요?

● 같은 일인데도 상황에 따라 달리 느꼈던 경우는 언제 어떤 일이었나요?

은전 한 닢

피천득

 내가 상해에서 본 일이다. 늙은 거지 하나가 전장®에 가서 떨리는 손으로 일 원짜리 은전 한 닢을 내놓으면서,

 "황송하지만 이 돈이 못 쓰는 것이나 아닌지 좀 보아 주십시오."

 하고 그는 마치 선고를 기다리는 죄인과 같이 전장 사람의 입을 쳐다본다. 전장 주인은 거지를 물끄러미 내려다보다가, 돈을 두들겨 보고

 "좋소."

 하고 내어 준다. 그는 '좋소.'라는 말에 기쁜 얼굴로 돈을 받아서 가슴 깊이 집어넣고 절을 몇 번이나 하며 간다. 그는 뒤를 자꾸 돌아보며 얼마를 가더니 또 다른 전장을 찾아 들어갔다. 품속에 손을 넣고 한참 꾸물거리다가 그 은전을 내어놓으며,

 "이것이 정말 은으로 만든 돈이오니까?"

® 전장 : 돈을 바꾸어 주는 집.

하고 묻는다. 전장 주인도 호기심 있는 눈으로 바라보더니,

"이 돈을 어디서 훔쳤어?"

거지는 떨리는 목소리로

"아닙니다, 아니에요."

"그러면 길바닥에서 주웠다는 말이냐?"

"누가 그렇게 큰돈을 빠뜨립니까? 떨어지면 소리는 안 나나요? 어서 도로 주십시오."

거지는 손을 내밀었다. 전장 사람은 웃으면서

"좋소."

하고 던져 주었다.

그는 얼른 집어서 가슴에 품고 황망히 달아난다. 뒤를 흘끔흘끔 돌아다보며 얼마를 허덕이며 달아나더니 별안간 우뚝 선다. 서서 그 은전이 빠지지나 않았나 만져 보는 것이다. 거친 손가락이 누더기 위로 그 돈을 쥘 때 그는 다시 웃는다. 그리고 또 얼마를 걸어가다가 어떤 골목 으슥한 곳으로 찾아 들어가더니 벽돌담 밑에 쪼그리고 앉아서 돈을 손바닥에 놓고 들여다보고 있었다. 그가 어떻게 열중해 있었는지 내가 가까이 선 줄도 모르는 모양이었다.

"누가 그렇게 많이 도와줍디까?"

하고 나는 물었다. 그는 내 말소리에 움찔하면서 손을 가슴에 숨겼다. 그리고는 떨리는 다리로 일어서서 달아나려고 했다.

"염려 마십시오, 뺏어 가지 않소."

하고 나는 그를 안심시키려 하였다.

한참 머뭇거리다가 그는 나를 쳐다보고 이야기를 하였다.

"이것은 훔친 것이 아닙니다. 길에서 얻은 것도 아닙니다. 누가 저 같은 놈에게 일 원짜리를 줍니까? 각전(角錢) 한 닢을 받아 본 적이 없습니다. 동전 한 닢 주시는 분도 백에 한 분이 쉽지 않습니다. 나는 한 푼 한 푼 얻은 돈에서 몇 닢씩 모았습니다. 이렇게 모은 돈 마흔여 덟 닢을 각전 닢과 바꾸었습니다. 이러기를 여섯 번을 하여 겨우 이 귀한 대양(大洋) 한 푼을 갖게 되었습니다. 이 돈을 얻느라고 여섯 달 이 더 걸렸습니다."

그의 뺨에는 눈물이 흘렀다. 나는

"왜 그렇게까지 애를 써서 그 돈을 만들었단 말이오? 그 돈으로 무 얼 하려오?"

하고 물었다. 그는 다시 머뭇거리다가 대답했다.

"이 돈 한 개가 갖고 싶었습니다."

◉ 각전 : 예전에 일 전이나 십 전 따위의 잔돈을 이르는 말.
◉ 대양 : 청나라 때 돈을 헤아리는 단위.

 피천득 1910~2007

시인이며 수필가. 아름다운 정서와 생활을 잘 표현한 시와 일상에서 느끼는 생활 감정을 친근하고 섬세한 문체로 곱고 아름답게 표현한 수필을 썼습니다. 시집으로 《금아시문선》 《산호와 진주》가 있으며, 수필집 으로 《수필》 《삶의 노래》 《인연》 《내가 사랑하는 시》 등이 있습니다.

● 내용 파악하기

늙은 거지는 어떤 과정을 통해 대양 한 푼을 갖게 되었을까요?

한 푼 한 푼 얻은 돈에서 몇 닢씩 모아 각전 한 닢과 바꾸고, 각전 여섯 닢을 모아 대양 한 푼으로 바꿈.

늙은 거지가 마지막에 한 말의 의미는 무엇인가요?

물질에 대한 소박한 욕심

● 핵심 정리

갈래 : 경수필

성격 : 회상적, 서사적, 체험적

제재 : 은전 한 닢

주제 : 물질에 대한 인간의 소박한 욕심

특징 : ① 지은이의 감정이나 생각을 직접적으로 드러내지 않음.

     ② 소설적인 구성으로 표현함.

● 작품 이해

지은이가 상하이에서 만난 거지 이야기를 콩트처럼 긴밀한 구성으로 서술한 작품입니다. 거지는 전장에서 일 원짜리 은전 한 닢이 진짜라는 것을 거듭 확인하고 흐뭇해합니다. 하지만 남에게 빼앗길까 봐 불안해합니다. 지은이가 경계를 풀며 말을 건네자, 거지는 "이 돈 한 개가 갖고 싶었습니다."라며 은전을 갖게 된 내력을 말합니다.

생각해 보기

● 여러분이 지은이였다면, 늙은 거지에게 어떤 말을 하였을까요?

● 여러분이 집착했던 물건이 있었다면 어떤 물건이었고 왜 집착하게 되었나요?

자기만의 몫을 찾아서
이현주

　도대체 맨 처음 상이란 것을 만든 사람은 누굴까? 동물이나 식물의 세계에서 상을 주고받는 일이 없는 것을 보면 누군가 그것을 처음으로 '만든' 사람이 있을 터인데, 그 사람에 대해서 나는 유감이 많다. 상을 주면 그것을 받는 사람은 기분이 좋고 즐겁겠지만 받지 못하는 사람은 상대적으로 샘이 나고 위축감을 느끼기도 할 것이다. 받아 봤자 사실은 별것도 아닌데 괜히 사람들 사이에 차별의식 따위만 일으키고, 나아가 경쟁과 시샘을 불러일으켜 불편한 관계로 발전시키는 게 상이다. 상을 받은 자는 우쭐하여 교만한 마음을 품게 되니 그것 또한 고약한 일이다. 그래서 무위자연(無爲自然)⁰을 주장한 노자는 "잘난 놈을 떠받들지 말아라. 그리하여 사람들로 하여금 다툼이 없게 하라."고 정치를 하는 사람에게 권하고 있다.

◉ 무위자연 : 사람의 힘을 더하지 않은 그대로의 자연. 또는 그런 이상적인 경지.

자연 세계의 모든 것이 그렇듯, 사람들도 가지각색이다. 태어나면서부터 그 타고난 기질이 서로 달라 얼굴 모습뿐만 아니라 성격이나 행동거지도 다양하다. 그림을 잘 그리는 재질을 품고 태어난 사람이 있는가 하면 달리기를 잘하는 신체 조건을 태어나면서부터 갖춘 사람도 있다. 가지각색 천차만별이다. 따라서, 후천적인 노력의 차이도 있겠지만 똑같은 마당에서 달리기를 시키면 남보다 잘 뛰는 사람이 있고 유별나게 둔한 사람도 있게 마련이다. 무슨 일을 잘하는 사람에게 박수로 격려하는 것은 좋다. 그러나 그에게 상을 줌으로써 다른 사람과 차별 짓는 것은 결코 잘하는 일이 못 된다. 이쯤 얘기하면 뭔가 그럴듯하기는 하지만 꿈같은 소리를 한다고 콧방귀를 뀔 사람이 많을 것이다. '상'을 주지도 받지도 않는 세상, 우리에게는 그런 세상이 꿈같은 세상일 것이다. 그러나 그런 꿈조차 꿔 보지 못한다면 무슨 재미로 살 것인가?

　백인들이 최후의 인디언을 굴복시켰을 무렵, 인디언 아이들을 모아다가 백인 교사 밑에서 수업을 받게 했다. 백인들의 '고급문화'를, 말하자면 '야만적인' 인디언 세계에 옮겨 심는 작업이었다. 얼마 동안 열심히 가르친 교사가 시험을 치르기로 하고 시험지를 나눠 준 다음에 이렇게 말했다.

　"이제부터 너희는 더 이상 야만인이 아니고 문명인이다. 문명인은 문명인답게 행동해야 한다. 정정당당하게 자신의 실력만으로 답안지를 작성할 것! 절대로 남의 것을 보거나 보여 주거나 해서는 안 된다."

　그런데 잠시 후 한두 학생이 머리를 맞대고 수군거리기 시작하더니 금방 모두가 한곳에 모여서는 이 문제의 답은 무엇이며, 저 문제의 답은 무엇이냐며 와자지껄 떠들어 대기 시작하는 게 아닌가? 화가 잔뜩 난 백인 교사가 시험을 중단시키고 이게 무슨 짓이냐고 호통을 쳤다. 그러자 그중 나이가 많은 한 학생이 일어나더니 이렇게 대답하더라는 얘기다.

"선생님, 저희는 어려서부터 할아버지한테 말씀 듣기를 너희가 살다 보면 어려운 일을 많이 겪게 될 터인데 그럴 때마다 혼자서 해결하려고 하지 말고 언제나 여럿의 지혜를 모아서 해결하도록 하라고 들었습니다. 시험문제를 풀다 보니 어려운 문제가 있어서 할아버지한테 배운 대로 했을 뿐입니다."

아마 인디언 종족에게 학교가 있었더라면 그 학교에서는 오늘 우리 아이들이 보는 것과 같은 그런 종류의 시험은 없었을 것이다. 시험이 없으니 성적도 없었을 것이고, 따라서 우등상 따위도 없었을 것이다. 바로 이 인디언 할아버지의 가르침을 무너뜨려 박살 내고 그 위에 '치열한 생존경쟁'과 '적자생존'의 원리에 바탕한 교육을 세운 것이 오늘날의 미국 아닌가?

세상에는 머리가 좋은 사람도 있고 그렇지 못한 사람도 있다(편의상 '좋다' '나쁘다'는 말을 쓰지만 사실은 그렇게 말할 수도 없는 것이다). 그들은 서로 경쟁하여 우열을 가릴 '적수'가 아니라, 서로 협력하여 함께 살아가야 할 '형제'다. 그 누구도 머리가 좋다고 해서 남의 도움이 전혀 필요하지 않은 만능 인간은 아니기 때문이다.

그렇다면 과연 누구의 가르침이 옳은가? 인디언 할아버지인가? 아니면 백인 교사인가?

우리는 모두 "너 세상에 한 번 다녀와야겠다."는 하늘의 명에 따라 세상에 태어났다. 사람은 그 누구도 명을 받지 않고서는 태어나지 않는다. 우리가 지니고 있는 이 모든 것, 몸뚱이부터 시작하여 재주와 물질과 시간까지, 그 모든 것에는 그것을 가지고 해야 할 어떤 '일'— 다른 어떤 '기준'을 가지고 마음대로 평가할 수 없는—이 들어 있는 것이다. 그것은 저마다 이 세상을 사는 동안 책임져야 할 '자기만의 몫'이다. 그것이 무엇인지 여러분은 알고 있는가?

이현주 1944~

목사이며 동화작가. 충북 충주에서 태어나 감리교신학대를 졸업했습니다. 1964년 《조선일보》 신춘문예에 동화가 당선되어 등단했으며, 주요 작품으로는 〈바보 온달〉 〈빈 배〉 〈알게 뭐야〉 등이 있습니다. 그외 저서로는 기독교 평화주의를 주장한 《예수의 죽음》이 있습니다.

작 · 품 · 설 · 명

● 내용 파악하기

지은이가 상을 주는 것에 대해 비판적으로 말하는 이유는 무엇일까요?

모든 사람은 가지각색이기 때문에 후천적인 차이가 있기 마련인데, 상을 줌으로써 다른 사람과 차별 짓는 것은 바람직한 일이 아니다.

인디언 학생들이 할아버지로부터 받은 지혜는 어떤 것인가요?

어려운 일을 겪게 되면 혼자 해결하지 말고 여럿이 지혜를 모아 해결하라는 것

● 핵심 정리

갈래 : 경수필

성격 : 교훈적, 설득적

제재 : 상과 시험

주제 : 경쟁에서 벗어나 진정한 협력의 의미를 깨닫자.

특징 : ① 예화를 활용하여 주장의 정당성을 높임.

　　　② 설득적이고 분명한 어조로 자신의 생각을 전달함.

● 작품 이해

이 글은 '상'을 타기 위해 시험을 강요하는 경쟁적인 현대사회의 모습에 대해 지은이가 자신의 생각을 솔직하게 드러낸 글입니다. 지은이는 상과 시험에 대한 일반적인 생각을 뒤엎고, 경쟁보다는 협력의 중요성을 강조합니다. 또 무엇보다 의미 있는 일은 세상에 태어나서 부여 받은 '자기만의 몫'을 찾아 책임지는 것이라고 말하고 있습니다.

> ### 생각해 보기
>
> ● '상'과 '시험'에 대한 지은이의 견해에 대해 어떻게 생각하는지 써 보세요.
>
> ● 저마다 이 세상을 살아가는 데 책임져야 할 자기만의 몫'은 무엇이라고 생각하나요?

아무도 미워하지 않은 지렁이
오한숙희

"으악, 지렁이다!"

발걸음을 멈추고 나는 소리를 지르고 말았다. 놀랐을 때는 과장될 정도로 놀라움을 표시해야 놀란 기운이 속 깊이 스미지 않는다는 것이 나의 생활 철학인지라 냅다 소리를 질러 버렸다.

지렁이는 보통 비 오는 날에나 나타나는 것으로 알았는데 흙 마당 집에 살고 보니 지렁이를 수시로 보게 되었다. 그러니 비 오는 날은 말해 무엇하랴. 와, 지렁이가 아니라 뱀이구나 싶은 놈부터 자세히 내려다봐야 지렁인 줄 알 만한 놈까지 우리 집 마당은 온통 지렁이 판이 된다. 그렇게 한여름을 보내고 나니 지렁이를 보기만 해도 소리를 지르던 것이 이제는 그러려니 하게 되었다. 그래도 아주 크거나 색깔이 시퍼런 것을 보면 징그러워서 진저리가 쳐지는 것은 어쩔 수 없었다.

지렁이는 왜 비 오는 날 나올까? 몸에 습기가 있어야 살 수 있기 때문에 비 오는 날 나오는 것이라고 한다. 일광욕을 하는 것처럼 비목욕을 하러 나오는 것이다. 아이들에게도 지렁이가 숨 쉬러 나오는 것이라고 설명해 주고 나니 꽥꽥 소리 지르던 것이 좀 덜해졌다. 자기도 숨을 쉬어야 사니까 지렁이의 숨쉬기에 공감을 하게 되자 그의 출현에 호들갑을 떨지 않게 된 것이다. 누군가를 이해하는 데에는 이러한 공감대가 있어야 한다.

나 나름대로 지렁이 공포증을 벗어 버렸다고 생각했는데 그게 아니었다. 텃밭을 일구려고 쭈그리고 앉아 흙을 고르는데 지렁이가 나타났다. 햇볕에 노출된 지렁이들은 격렬하게 몸을 꼬았다. 코밑에서 보는 지렁이는 발밑으로 볼 때보다 더 징그러웠다. 전처럼 큰소리를 지르진 않았지만 "엄마야!" 하며 뒤로 물러앉았다. 곁에 계시면서도 곁눈도 주지 않는 어머니께 공연히 투정을 부렸다.

"엄마는 딸이 놀랐는데 어쩌면 쳐다보지도 않고……."

호미질에 바쁜 우리 어머니, 특유의 느긋한 말투로

"너보다 지렁이가 더 놀랐겠다."라고 하신다.

"아, 생각해 봐라. 너두 덮고 있던 이불이 확 들춰지면 안 놀라냐?"

그 절묘한 비유에 웃음이 나오고 말았다.

생각 같아서는 당장 그만두고 싶지만 채소 모종들을 사다 놓았으니 미룰 수도 없고, 어머니 혼자 하시게 두긴 양심에 걸리고, 할 수 없이 지렁이가 있을 만한 깊이까지는 내려가지 않게 살살 흙을 일궜다. 담장에 붙어 있는 흙 속에는 지렁이가 더 많았다. 지렁이가 나타나면 나는 얼른 흙을 덮어 주었다. 이불이다 생각하고 얼른 덮어 주고, 얼른 덮어 주고 하다 보니 지렁이가 나타날 것에 대한 두려움이 줄었다. 그렇게 하면서 얼마 지나니 막상 지렁이가 나타나도 별로 징그럽다는 느낌이 들지 않았다. 눈에 익으니 심리적으로 거부감이 좀 덜해지는 것이었다.

은비 할머니가 고추 모를 가지고 오셨다. 우리 어머니의 텃밭 기술 고문쯤 되는 분이다.

"이 땅에도 지렁이 많지? 그럴 거야. 그러니까 땅이 좋잖아."

"지렁이 있으면 땅이 좋아요?"

"그럼, 지렁이가 밭 갈아 주는 거야. 고마운 줄 알아야 돼."

밭 위에 보글보글 올라와 쌓인 흙공예, 그게 지렁이의 작품이고 지렁이가 흙 속에 공기를 불어넣어 주었다는 증거라는 것이다. 지렁이에게 고맙다는 생각이 처음으로 들었다. 뭔가 우리에게 도움이 된다고 하니까 그제야 덜 징그러워지고 덜 미워지는 인간의 얄팍한 계산속이라니, 참.

할머니는 우리에게 호미로 일구지 말고 손으로 하라고 했다. 딱딱하게 묵은 밭도 아닌데 호미를 쓰다가 지렁이를 해할 수도 있다는 거였다.

"손바닥에 고무 붙인 장갑 있잖아. 그런 거 끼고 해. 아니, 그리구 지렁이 좀 만지면 어때? 물것도 아닌데, 안 그래?"

"그래두요, 이렇게 살살 하면 돼요."

나는 호미로 흙 위를 손잔등 긁듯 해 보았다.

"살살 하면 흙이 고루 뒤집어지나?"

은비 할머니는 콩나물을 젓가락으로 무치는 젊은것을 보는 눈길로 나를 잠시 보시다가 이미 호미를 버리고 손으로 흙을 고르는 어머니와 어색한 웃음을 나누곤 돌아가셨다.

흙을 뒤집되 지렁이는 상하게 하지 말라. 말처럼 쉽지가 않았다. 지렁이가 안 나오면 흙을 덜 뒤집은 것 같고, 됐다 싶게 뒤집고 나면 지렁이가 나왔다. 나 나름대로 깊이에 균형을 잡아 가며 지렁이에게 이불을 덮어 주어 가며 이제 요령을 체득했다고 자부할 무렵, 정말 억울하게도 은비 할머니가 우려하던 사태가 터지고 말았다. 호미질을 세차게 한 것도 아니고 흙을 깊게 판 것도 아닌데 그렇게 얕은 곳에 지렁이가 있을 줄이야, 그리고 약한 호미질에 그리될 줄이야. 나는 얼른 이불을 덮어 주었다. 소용없는 줄 알면서도 그것밖에 할 게 없었다. 진심으로 미안하다는 마음이 들었다.

나는 왜 지렁이를 미워했던가. 이유를 댈 수 없는 그 미움의 정체는 무엇이었을까. 지렁이는 징그럽고 사랑할 만한 대상이 아니라는 선입견이 실제로 지렁이를 알기도 전에 먼저 자리 잡고 있어서였다. 우리는 자신이 직접 경험하지 않았으면서 진리인 양 받아들이는 게 많다. 텔레비전에 나왔고 박사가 말했다는 이유로 무조건 믿어 버린다. 낯선 것에 대한 막연한 미움이나 두려움도 그것을 알려고 하기 전에 '그것이 어떻다.'는 판단을 먼저 받아들이는 데서 생겨나는 것이다. 지렁이도 알고 나니 징그러워할 것이 아니건만 징그럽다고 생각하니 알고 싶지도 않게 된 것이다.

자주 봄으로써 그리고 알게 됨으로써 지렁이에 대한 선입견을 벗겨 내자 나는 손으로 흙을 만질 수 있게 되었다. 장갑도 끼지 않고 맨손으로 흙을 만지게 된 것이다. 지렁이를 만져도 아무렇지도 않았다.

흙을 손으로 만질 때 얼마나 좋은지, 부드러운 느낌이 기분을 좋게 하고 나의 마음을 안정시켰다. 호미가 날카로운 무기였구나, 지렁이만이 아니라 흙도 아팠을지 모른다는 데까지 생각이 미칠 무렵 아메리카 원주민 '라코타 족'에 관한 글을 만났다.

> "늙은 라코타 족 사람들은 의자에 앉기를 거부했다. 흙 위에 그대로 앉았다. 의자에 앉으면 생명을 주는 대지의 힘으로부터 그만큼 멀어지기 때문이었다. 얼굴 흰 문명인들은 그것을 야만과 무지라 여겼지만 절대로 그렇지 않았다. 대지에 맨살이 닿는 것은 좋은 일이다. 흙은 부드럽고 힘 있으며 정화®의 힘과 치료의 힘을 갖고 있다."

조금이나마 흙을 만져 본 경험이 큰 공감을 불러일으켰다. 갑자기 지렁이가 생각났다. 흙 속에 사는 지렁이와 흙 위에 앉는 라코타 부족의 늙은이가 동일시되자, '문명'이라는 이름으로 아메리카 원주민을 야만이라고 혐오하고® 괴롭힌 백인과 내가 닮아 보였다. 지렁이에 대한 혐오는 두 다리로 땅 위를 걷는 인간이 우월®하다는 인간 중심적 판단에 따른 것이었다. 뱀을 혐오하는 것도 그렇다. 다리 없이 몸으로 기는 것, 우리와 다르고, 우리 눈에 낯설면 무조건 우리보다 열등하다는 판단 아래 미워하고 깔보는 습성이 어느새 내 안에 배어 있었다.

불현듯 지렁이와 나 사이에 새로운 공감대가 형성되었다. 내가 만

◎ 정화 : 불순하거나 더러운 것을 깨끗하게 함.
◎ 혐오하고 : 미워하고 꺼리고.
◎ 우월 : 다른 것보다 나음.

낳던 지렁이들을 떠올려 본다. 생명의 모태*인 땅과 온몸으로 만나며 사는 지렁이, 어쩌면 그가 나보다 더 온전한 생명인지도 모른다.

* 모태 : 어미의 태 안이라는 뜻으로 사물의 발생·발전의 근거가 되는 토대를 비유적으로 이르는 말.

오한숙희 1959~

여성운동가. 인천에서 태어나 이화여대에서 여성학 석사 학위를 받았습니다. 여러 방송사에서 시사교양 프로그램의 진행을 맡았으며, 학교, 기업체, 비영리단체, 지자체 등에서 3,500번이 넘는 강연을 했습니다. 《내가 만난 여자 그리고 남자》 등 11권의 저서가 있습니다.

● 내용 파악하기

지렁이를 대하는 지은이의 태도는 어떻게 변하고 있나요?

지렁이는 징그럽고 두려운 존재이다. → 어머니 말씀을 듣고 지렁이에 대한 두려움이 줄었다. → 은비 할머니의 말씀을 듣고 지렁이에 대해 미안함이 들었다. → 라코타 족에 대한 글을 떠올리며 지렁이와 공감대가 형성되었다.

라코타 족 이야기를 읽고 지은이가 깨달은 점은 무엇인가요?

문명이라는 이름으로 아메리카 원주민을 야만으로 혐오하던 백인과 자신이 닮아 보임.

● 핵심 정리

갈래 : 경수필

성격 : 회상적, 체험적

제재 : 지렁이

주제 : 낯선 것에 대한 편견의 경계

특징 : ① 일상의 체험으로부터 우리 시대의 문제점을 이끌어 냄.

② 독백체와 인용문을 사용하여 설득적인 효과를 높임.

● 작품 이해

지은이는 실제 경험과 관계없이 낯선 것을 미워하는 자신을 발견합니다. 그리고 자신이 흙 속의 지렁이를 아프게 했을지도 모른다는 생각을 합니다. 더 나아가 라코타 족의 이야기를 떠올리며 아메리카 원주민을 야만이라고 혐오했던 백인과 크게 다르지 않는 자신을 반성하게 됩니다.

> **생각해 보기**
>
> ● 지렁이처럼 우리 사회에서 편견 때문에 어려움을 겪는 사람들로는 누가 있을까요?
>
> ● 지은이처럼 여러분도 이유 없이 미워했던 대상이 있었나요?

골목에서 꽃핀 창조적 수공예품

임영신

제가 공정 무역을 처음 알게 된 건 책이 아니라 길 위에서였지요. 2004년, 인도 뭄바이에서 열린 한 국제회의에서였습니다. 뭄바이 거리 곳곳은 세계 각국에서 온 참가단들의 흥겨운 노랫소리가 울려 퍼지고 있었습니다. 그러나 십만의 인파가 모인 그곳에서 가장 많은 사람들이 오가던 곳은 주제 강연장이 아니라 공정 무역 전시관이었습니다. 인도의 수백 개 공정 무역 생산자들이 코엑스 전시회처럼 거리에 부스를 차린 것이지요.

학대당하는 아이들이 치유°의 과정으로 만들어 낸 그림과 재생 노트들, 농약을 치지 않은 유기농 면으로 만든 옷들, 재배하는 과정에

◉ 치유 : 치료하여 병을 낫게 함.

서 만드는 과정까지 유해 물질을 넣지 않은 목재 장난감, 생계를 책임져야 하는 빈곤 지역의 여성들이 만든 수백 가지의 가방이며 헝겊 인형들……. 하루 종일을 구경해도 다음 날이면 또 발길은 그곳을 향하곤 했지요. 그 가게들이 그토록 사람들을 잡아끈 것은 한 가게 한 가게가 지닌 삶과 이야기 때문이었습니다.

며칠 후 회의의 폐막을 앞두고 같은 숙소에 머물던 사람들이 숙소 근처의 한 공정 무역 공동체를 방문한다는 말에 저도 얼른 따라나섰지요. 릭샤로 십 분 남짓 갔을까요. 우리가 도착한 동네는 굽이굽이 골목길을 미로처럼 펼쳐 놓고 있었습니다. 그 미로 같은 길을 지나 언덕배기에서 '창조적 수공예품(Creative Handicrafts)'이라는 조그마한 간판이 붙은 작은 사무실을 만났습니다. 한켠에는 사람들이 북적북적 무언가를 나르고 있고, 사무실을 지키던 한 백인 할머니가 우리에게 매니저를 소개해 주었습니다.

매니저는 다시 한 사람도 통과하기 어려울 만큼 좁고 구불구불한 골목길을 지나 우리를 작업장에 데리고 갔지요. 그곳에서 우리는 자신들이 만든 물건을 자랑스럽게 보여 주며, 일하는 게 너무 즐겁다고, 자기가 남편보다 더 많이 번다고 까르르 소녀처럼 웃는 여성들을 만났습니다.

엄마가 일하는 동안 옆 골목 놀이방에서 선생님과 신나게 놀고 있는 눈이 큰 인도 아이들의 행복한 얼굴을 보았습니다. 사채를 빌려 썼다가 끊임없이 늘어나는 이자 때문에 아이들까지 학교를 그만두게 하고 열악한 작업장에서 저임금에 시달리게 하다가, 이제 자신의 노동으로 아이들을 교육시키는 한 어머니의 자랑스러운 얼굴을 보았습니다.

수공예품 전시장, 디자인 개발실, 탁아소, 작업장, 사무실 등을 두루 돌아본 뒤, 창립자 이사벨 마틴 수녀님을 뵙고 싶다고 했더니 마케팅 담당자는 우리에게 되묻습니다. 아까 안내해 주신 분이 이사벨인데 몰랐느냐고. 그 허름한 책상 한켠에 앉아 조용히 일을 하고 있던 그 할머니가 이 빈곤의 늪을 살 만한 공간으로 거듭나게 한 이사벨 수녀였던 것입니다.

30년 전 스페인에서 부임해 온 땅, 인도. 여러 빈민가에서 빈민들과 함께 생활하던 그녀는 생각했다고 합니다. 그냥 구호품을 주는 것만으로는 결코 그들을 이 가난에서 벗어나게 할 수도 없을 뿐만 아니라, 저들과 내가 친구가 될 수도 없다고. 그때 그녀가 만났던 것이 공정 무역입니다. 그녀는 스페인의 교회와 유럽의 여러 단체들에 편지를 쓰기 시작했습니다. 우리는 더 이상 구호품을 원하지 않는다고, 우리가 원하는 것은 구호품이 아니라 노동과 노동에 적합한 임금, 그리고 삶의 존엄이라고. 그녀는 그렇게 이곳, 뭄바이의 빈민가로 들어왔습니다. 그리고 아무 일거리를 찾지 못해 집에서 절망에 빠져 있던 몇몇의 여성을 모아 이 공정 무역 공동체를 시작한 것입니다.

이제 창조적 수공예품은 일본, 영국, 미국 등 7개국으로 수출하고 있습니다. 그전에는 그들의 품삯이 완제품 가격의 1%에도 미치지 못하는 것이었지만, 그들이 함께 일하고 난 후 이제는 제품마다 15~50%의 이익을 보장받습니다. 그뿐만 아니라 유럽에서 디자인 전문가와 마케팅 전문가들이 와서 그들의 제품 개발과 판매를 도와주기도 합니다.

그들은 이제 더 이상 사채를 쓰지 않아도 됩니다. 아이들이 거리에서 구걸하는 것을 보지 않아도 됩니다. 자신의 딸에게도 자신이 가꾸어 온 아름다운 일터를 물려줄 수 있습니다.

그들은 얼마 전부터 외식 사업을 시작하기도 했습니다. 혼자일 때는 아무것도 하지 못했지만 힘을 합하기 시작하면서, 국경을 넘는 연대를 시작하면서, 그들은 자신들이 상상했던 것보다 훨씬 큰 꿈을 이루고 큰 변화를 일으키고 있었습니다.

그때 인도의 골목에서 엿본 공정 무역이 일으키는 변화, 그곳 사람들의 얼굴이 제겐 신선한 희망으로 다가왔습니다.

임영신 1970~

평화운동가. 성공회대 대학원에서 NGO학을 전공했습니다. 전쟁 직전의 이라크를 시작으로 티베트, 아체, 팔레스타인, 민다나오 등 분쟁 지역, 아시아 곳곳의 공정 무역 현장들을 여행하며 글을 쓰고 있습니다. 저서로는 《평화는 나의 여행》《희망을 여행하라》 등이 있습니다.

작 · 품 · 설 · 명

● 내용 파악하기

'창조적 공예품'을 만들어 공정 무역을 하기 전과 후의 생활은 어떻게 달라졌나요?

창조적 공예품 생산, 공정 무역 전	창조적 공예품 생산, 공정 무역 후
사채를 갚지 못해 학교를 그만둠.	열악한 환경과 저임금에 시달림.
구호품에 의존하여 생활	일거리를 찾지 못해 절망에 빠짐.
노동에 대한 정당한 이익 보장 받음.	사채를 얻거나 구걸하지 않음.
자식에게 아름다운 일터를 물려줌.	협동과 연대를 통해 큰 변화를 이룸.

이 글에서 공정 무역의 성격을 언급한 부분을 찾아봅시다.

노동과 노동에 적합한 임금, 그리고 삶의 존엄

● 핵심 정리

갈래 : 경수필, 기행문

성격 : 사실적, 희망적

제재 : 인도에서 공정 무역 공동체 방문

주제 : 노동의 가치와 인간의 존엄성을 지키는 공정 무역에 대한 희망

특징 : ① 여행의 경험을 통해 공정 무역의 현장을 소개함.

　　　② 여정보다는 견문과 감상을 주로 쓴 기행문

● 작품 이해

월드컵 축구대회에 쓰이는 축구공을 만든 사람은 방글라데시, 인도, 파키스탄 등의 열 살 정도의 어린이들입니다. 그 축구공의 소비자 가격은 100달러 정도이나 그 어린이들이 하루 종일 축구공을 꿰맨 대가로 받는 돈은 불과 1달러(약 1,100원)밖에 되지 않습니다. 여러분이 좋아하는 초콜릿, 코코아, 그리고 어른들이 마시는 커피도 많은 경우가 이렇습니다. 이런 부조리들을 시정하기 위해 세계의 시민사회단체들은 '공정 무역'이라는 운동을 해 오고 있습니다. 우리나라에서도 생활협동조합 등에서 이 운동에 동참하고 있습니다. 이 글은 정당한 노동의 대가와 인간으로서의 존엄성을 지키고자 하는 '공정 무역'에 대한 새로운 지식과 인식을 갖게 하는 글입니다.

생각해 보기

● 저개발국가 노동자들이 정당한 노동의 대가를 받지 못하는 이유는 무엇일까요?

● 우리 주변에서 구입할 수 있는 공정 무역 상품에는 어떤 것들이 있는지 인터넷을 통해 찾아봅시다.

10부
가치 있는 발자취

나무하는 노인 _박세당

만덕전 _채제공

간송 전형필 _이충렬

《백범일지》에서 _김구

나무하는 노인
-서계초수묘표˚(西溪樵 墓表)
박세당

나무하는 노인의 성은 박(朴)씨요 세당(世堂)은 그의 이름이다. 그의 할아버지 아버지는 정헌공(貞憲公)과 충숙공(忠肅公)으로 인조 임금 시절 다 같이 높은 벼슬을 하셨다.

노인이 태어나 네 살 때 아버지 충숙공께서 세상을 버리셨고, 여덟 살 때 병자호란을 만났다. 고아가 되고 가난하여 배울 기회를 놓쳤다. 10여 세 무렵에야 비로소 둘째 형님으로부터 학업을 배우게 되었으나 그마저도 열심히 하지 못했다. 나이 서른둘 나던 현종 임금 첫해에 과거시험을 통해 벼슬살이를 시작하였다. 임금을 모시는 시종(侍從)˚의 반열에 끼어 팔구 년을 보냈다.

그 무렵 자신을 되돌아보니, 재주는 짧고 힘은 부쳐서 세상에서 무

˚ 묘표 : 무덤 앞에 세우는 푯돌에 쓴 글.
˚ 시종 : 조선 말기에, 궁내부의 시종원에 속한 주임관 벼슬. 임금을 곁에서 모시어 어복(御服)과 어물(御物)에 관한 일을 맡아보았으며, 정원은 18명이었다.

슨 큰일을 할 능력도 없었고, 세상은 또 날이 갈수록 기강이 무너져 어떻게 바로잡을 방도가 없었다. 그래서 관직을 벗어던지고 조정을 떠나 동대문 밖에 물러났다.

한양 성곽으로부터 삼십 리 떨어진 수락산 서쪽 골짜기에 터를 잡아 살면서 골짜기 이름을 석천동(石泉洞)이라 하였다. 그곳에 머물면서 자신의 호를 서쪽 개울에서 나무하는 늙은이라는 뜻으로 서계초수(西溪樵　)라 지었다.

계곡물에 바짝 붙여 집을 짓고 울타리는 따로 만들지 않았다. 복숭아와 살구, 배와 밤을 심어서 집을 에워쌌다. 오이를 심고 벼를 수확하는 논을 만들었으며, 나무를 해 팔아서 생계를 꾸려 갔다. 농사짓는 철이 닥치면 논밭 사이에서 몸을 놀리지 않은 때가 없어 호미 쥐고 쟁기 멘 농부들과 함께 어깨를 나란히 하였다.

처음에는 가끔씩 조정에서 내려오는 명을 받들기도 했다. 하지만 뒤에는 몇 번을 불러도 가지를 않았다. 삼십여 년을 그렇게 지내다 인생을 마쳤다. 나이는 칠십 세를 넘겼다. 그가 살던 집 뒤편 백 수십여 걸음 떨어진 곳에 장사를 지냈다.

그는 일찍이 〈통설(通說)〉을 지어 시경과 서경, 그리고 사서(四書)의 뜻을 밝혔다. 또 노자와 장자 두 종의 책에 주석을 달아 그의 뜻이 어디에 있는지를 드러냈다. 특히, 맹자(孟子) 말씀을 몹시 좋아하였다.

차라리 외롭고 쓸쓸하게 남들과 어울리지 못한 채 살아갈지언정, 이런 세상에 태어났으니 이런 세상을 위해 일하고 좋게 좋게 지내면 되지 않느냐는 것들에게는 머리를 수그린 채 뒤따르는 짓거리는 결

나무하는 노인-서계초수묘표(西溪樵　墓表) | 박세당

단코 하지 않겠다고 했다. 그의 의지가 그랬다.

 박세당 1629~1703

조선 후기의 실학자입니다. 4세 때 아버지가 죽고, 편모 밑에서 각 지방을 전전하다가 13세에 고모부인 정사무에게 학문을 배웠습니다. 1660년에 급제하여 성균관전적에 제수되었고, 그 뒤 예조좌랑, 홍문관 교리 겸 경연시독관, 함경북도 병마평사(兵馬評事) 등 내외직을 역임했습니다. 1668년 이후 당쟁에 빠져 있는 조정에 혐오를 느끼자, 벼슬을 포기하고 양주 석천동으로 물러나 농사지으며 학문 연구와 제자 양성에만 힘쓰게 됩니다. 1702년에는 노론의 영수인 송시열을 낮게 평가했다 해서 유배되었다가 사망합니다. 저서로는 《사변록》《색경》《서계집》 등이 있습니다.

작·품·설·명

● 내용 파악하기

지은이가 석천동에서 한 일을 정리해 봅시다.

계곡물에 바짝 붙여 집을 지었지만 울타리는 따로 만들지 않음. / 복숭아와 살구, 배와 밤을 심어서 집을 에워쌈. / 오이를 심고 벼를 수확하는 논을 만들었으며, 나무를 해 팔아서 생계를 꾸림. / 농사철에는 호미 쥐고 쟁기 멘 농부들과 함께 일함.

지은이의 삶의 철학이 드러난 부분을 정리해 봅시다.

차라리 외롭고 쓸쓸하게 살아가더라도, 좋게 좋게 지내면 되지 않느냐는 것들에게는 머리를 수그리지 않을 것이다.

● 핵심 정리

갈래 : 묘표

성격 : 설명적, 서사적

제재 : 박세당의 행적과 삶의 자세

주제 : 소박하고 욕심 없이 학문을 즐기는 삶

특징 : ① 자신의 삶을 시간 순서에 따라 서술함.
　　　② 간결하고도 힘차게 자신의 삶을 표현함.

● 작품 이해

박세당은 자신이 죽은 뒤에 세울 묘표에 미리 글을 써 놓았습니다. 그는 장래가 촉망되는 관료였지만, 뜻이 맞지 않자 조정을 등지고 수락산에서 농부들과 어울리며 학문을 연마하다 일생을 마칩니다. 그런 지은이의 신념과 의지가 잘 나타나 있습니다.

생각해 보기

● 이렇게 미리 묘표(묘비)를 써 놓게 되면 살아가는 데 어떤 영향을 미치게 될까요?

● 여러분의 묘비명에 들어갈 말을 미리 간략하게 적어 봅시다.

나무하는 노인−서계초수묘표(西溪樵수 墓表) | 박세당

만덕전

채제공

만덕은 성이 김(金)으로 제주도 양민(良民)[※]의 딸이다. 어려서 어머니를 여의고 의지할 곳이 없어 기생집에서 더부살이를 했다. 만덕이 성장하면서, 관청에서 만덕의 이름을 기생 장부에 올렸다. 만덕은 비록 머리를 숙여 기생으로 일했으나 스스로 기생이라고 생각하지는 않았다.

만덕이 스무 살 무렵, 관청에 자신의 사정을 눈물로 호소하였다. 관청에서 만덕의 처지를 딱하게 여겨 기생 장부에서 빼내어, 양민의 신분을 회복시켜 주었다. 이후, 만덕은 양민의 신분으로 살았으나 나이가 들도록 남편을 맞이하지는 않았다.

만덕은 돈 버는 재주가 뛰어났다. 그녀는 물가의 변동을 잘 알아서 알맞은 때에 물건을 샀다가 되팔았다. 수십 년 뒤에 만덕은 부자로 이름이 드날릴 정도로 돈을 모았다.

◎ 양민 : 조선 시대에, 양반과 천민의 중간 신분인 백성.

을묘년(1795년, 정조 19년)에 탐라(耽羅)에 큰 흉년이 들어 백성들이 계속 굶어 죽었다. 임금이 곡식을 배에 싣고 가서 백성을 먹이라는 명을 내렸다. 거친 바닷길 팔백 리를 돛단배가 베틀에 북 나들듯이 자주 왕래하였으나 제때에 닿지 못하는 경우가 많았다.

그러자 만덕은 천금(千金)을 내어 육지에서 쌀을 사서, 여러 고을의 뱃사공에게 제때에 운반해 오도록 하였다. 만덕은 그 십분의 일로 자신의 친척을 살리고, 나머지는 모두 관청에 실어 보냈다. 굶주린 사람들이 그 소문을 듣고 관청 뜰에 구름처럼 모여들었다.

관청에서는 굶주린 정도에 따라 백성에게 쌀을 골고루 나누어 주었다. 쌀을 받은 백성들은 관청을 나서면서, 너나 할 것 없이 만덕의 은혜를 칭송하였다. 모두가 '만덕이 우리를 살렸다.'라고 여겼다.

백성의 굶주림을 구제(救濟)하는 일이 끝나자, 제주 목사(牧使)가 만덕의 일을 조정에 보고하였다. 임금이 매우 기특하게 여겨 명을 내렸다.

"만일 만덕에게 소원이 있다면 어렵거나 쉽거나 따지지 말고 뭐든지 들어주도록 하라."

제주 목사가 만덕을 불러 왕명(王命)을 알려 주며 물었다.

"네 소원이 무엇이냐?"

"별다른 소원은 없습니다만, 서울에 한번 올라가 임금님 계신 곳을

◎ 탐라 : 제주도의 옛 이름.
◎ 천금 : 많은 돈이나 비싼 값을 비유적으로 이르는 말.
◎ 구제 : 자연적인 재해나 사회적인 피해를 당하여 어려운 처지에 있는 사람을 도와줌.
◎ 목사 : 조선 시대에, 관찰사의 밑에서 지방의 목(牧)을 다스리던 정삼품 외직 문관. 병권(兵權)도 함께 가졌다.

만덕전 | 채제공

멀리서나마 바라보고, 이어 금강산에 들어가 일만 이천 봉우리를 구경할 수 있다면 죽어도 여한이 없겠습니다."

당시 나라의 법으로 탐라의 여성들은 바다를 건너 뭍에 오르는 것이 금지되어 있었다. 제주 목사가 다시 만덕의 소원을 아뢰었다. 임금이 만덕의 소원을 들어주라고 명했다. 관청에서 서울로 올 때까지 말을 제공하고 객관(客館)마다 음식을 대접하도록 하였다.

만덕은 돛단배를 타고 구름 낀 아득한 바다를 건너서 병진년(1796년) 가을에 서울에 올라갔다. 한두 번 정승 채제공을 만났는데, 채 정승은 만덕을 만난 일을 글로 써서 왕에게 아뢰었다.

임금이 선혜청(宣惠廳)에 명하여 만덕에게 매달 식량을 대 주게 하였다. 그리고 며칠 뒤 만덕을 내의원 의녀에 임명하여 여러 의녀의 우두머리로 삼아 대궐에 머물게 하였다. 만덕은 관례에 따라 궁궐에 들어가 왕과 왕비에게 문안을 올렸다. 그때마다 궁녀가 시중을 들었다.

임금이 후한 상을 내리며 말하였다.

"네가 여자의 몸으로 의롭게도 수많은 굶주린 백성을 구제하였으니, 참으로 기특하구나."

만덕은 반년을 지낸 뒤 정사년(1797년) 늦봄에 금강산으로 들어가서 만폭동, 중향성 등의 기이한 경치를 차례로 구경했다. 만덕은 금부처를 마주하여 땅에 이마를 대고 절을 하며 정성을 다해 공양하

◎ 객관 : 고려 · 조선 시대에, 각 고을에 설치하여 외국 사신이나 다른 곳에서 온 벼슬아치를 대접하고 묵게 하던 숙소.
◎ 선혜청 : 조선 시대에, 대동미와 대동목, 대동포 따위의 출납을 맡아보던 관아.
◎ 공양 : 불교에서 음식, 꽃 따위를 바치는 일.

였다. 탐라에 불법(佛法)이 전해지지 않았으므로, 만덕은 쉰여덟의 나이에 절과 불상을 처음으로 보았던 것이다. 그러고는 안문령을 넘고 유점사를 거쳐 고성으로 내려갔다. 삼일포에서 뱃놀이도 하고 통천의 총석정에도 올랐다.

만덕은 천하의 아름다운 경치를 다 본 뒤에 다시 서울로 돌아왔다.

며칠을 머문 뒤에 귀향하려고 궁궐에 나가 돌아가겠다고 고하니, 왕과 왕비께서 전과 같이 상을 내렸다. 이때 만덕의 이름이 서울에 가득하여 삼정승 이하 사대부들이 한 번만이라도 만덕의 얼굴을 보기를 원했다.

만덕은 떠날 때, 채 정승에게 하직 인사를 하면서 목이 메어 말했다.

"이제 살아생전에는 다시는 정승님의 얼굴을 뵐 수 없겠군요."

이어 눈물을 글썽거렸다.

그러자 채 정승이 말했다.

"옛날 진나라 시황제와 한나라 무제는 바다 밖에 삼신산이 있다고 말했다네. 세상 사람들이 우리나라 한라산을 영주산이라 하고 금강산을 봉래산이라 하지. 자네는 탐라에서 성장하여 한라산에 올라 백록담 물을 마시고, 이번에 또 금강산을 두루 돌아다녔으니, 삼신산 가운데 두 곳을 직접 유람한 셈이네. 천하의 수많은 남자조차도 이렇게 한 자가 어디 있겠는가? 지금 작별하는 마당에 어째서 마음 약한 아녀자와 같은 태도를 보이는가?"

그러고는 이러한 일들을 기록하여 '만덕전'을 짓고는 웃으며 만덕에게 주었다.

채제공 1720~1799

조선 후기의 문신입니다. 충남 홍주(지금의 홍성)에서 태어났습니다. 1735년(영조 11년) 15세로 향시에 급제한 뒤 1743년 문과정시에 병과로 급제하여 승문원권지부정자에 임명되면서 관직 생활을 시작했습니다. 사도세자를 가르친 스승이자 세자궁의 측근 신하의 한 사람이었으며, 세자의 사후에는 세손의 측근이 되었습니다. 정조 즉위 후 남인의 영수로 중용되어 요직을 역임했습니다. 제도의 개선과 개정에 관심을 가졌고, 가톨릭교에 대하여 온건 정책을 폈습니다. 1781년에 《국조보감》을 편찬했습니다.

● 내용 파악하기

만덕은 자신에게 주어진 상황에 어떻게 대처했나요?

상황	대처 방법
관청에서 만덕의 이름을 기생 장부에 올림.	처음에는 고개를 숙이고 기생으로 일했으나 스무 살 무렵 관청에 자신의 사정을 눈물로 호소함.
탐라에 큰 흉년이 들어 백성들이 굶어 죽음.	천금을 내어 육지에서 쌀을 사서, 뱃사공에게 운반해 오도록 함.

제주를 떠난 만덕의 행적을 정리해 봅시다.

병진년 가을에 서울로 올라가서 채제공을 만남. / 임금이 만덕을 내의원 의녀에 임명함. / 정사년에 금강산으로 들어가서 기이한 경치를 구경함.

채제공이 만덕을 나무란 이유는 무엇일까요?

채제공과 작별하면서 눈물을 글썽거리므로

● 핵심 정리

갈래 : 전(전기문)

성격 : 교훈적

제재 : 만덕의 삶

주제 : 만덕의 선행을 널리 기려 귀감이 되도록 함.

특징 : ① 자신을 3인칭으로 등장시켜 인물을 객관적으로 서술함.

② 인물의 행적을 단순하게 나타냄.

● 작품 이해

이 글은 조선 후기에 채제공이 제주 여인인 만덕의 선행을 기록한 작품으로 《번암집》에 실려 있습니다. 실제 인물 만덕의 의롭게 재물을 쓸 줄 아는 마음을 기리고, 또 그녀의 선행을 내외에 널리 알려 만인의 귀감으로 삼고자 지은 글입니다. 〈만덕전〉은 여자 혼자의 몸으로 남자도 하기 힘든 여러 역경을 딛고 해낸 것에 대한 찬탄과 임금의 배려로 제주 여자가 서울과 금강산 나들이를 하게 된 보기 드문 일들을 기록했습니다. 이는 당시의 도탄에 빠진 민생과 각박한 세상에 대한 권계의 뜻을 담고 있습니다.

생각해 보기

● 당시 여성들이 이 글을 읽었다면 어떤 생각을 하게 되었을까요?

● 오늘날 활동하고 있는 여성들 중에서 본받을 만한 이가 있다면 누구일까요?

간송 전형필

이충렬

전형필은 상복을 입은 채 대학 4학년을 마치고 1930년 3월 경성으로 돌아왔다. 그가 제일 먼저 해야 할 일은, 친부◉와 양부◉가 남긴 논밭을 돌아보는 것이었다. 왕십리 · 답십리 · 청량리 · 송파 · 창동 들 인근에서부터, 경기도 고양군 · 양주군 · 광주군, 황해도 연안 · 연백, 충청도 공주 · 서산까지 둘러보면서, 전형필은 자신이 물려받은 재산이 얼마나 엄청난지 실감했다.

전형필이 소유한 논은 800만 평(94만 마지기)이 넘었다. 200평에서 80킬로그램 쌀 한 가마니가 나오니, 한 해 수확이 4만 가마니(2만 석)였다. 전형필의 부친은 다른 지주들에 비해 소작인들에게 비교적 후하게 분배했기 때문에 1년에 쌀 2만 가마니를 거둬들였다.

◉ 친부 : 친아버지.
◉ 양부 : 양아버지.

당시 쌀 한 가마니가 16원 정도였으니, 1년 수입이 32만 원이었다. 세금과 인건비, 유지비 그리고 무수한 경조사비를 제해도 순수입이 15만 원 정도 되었다. 이를 당시 기와집 값으로 환산하면 150채, 기와집 한 채 가격을 현재 화폐, 가치로 환산하여 3억 원으로 계산하면 450억 원이다.

소유한 논의 가치를 계산하면 더욱 엄청나다. 당시 논 한 마지기가 50원이었으니, 4만 마지기면 200만 원이다. 기와집 2천 채, 지금으로 보면 6천억 원인 셈이다.

당시 재산으로 100만 원이 넘으면 '백만장자'라 불렀는데, 100만 원은 쌀 만 석을 수확할 수 있는 논에 해당하는 액수였다. 그래서 1년에 만 석 이상 수확하는 만석꾼을 백만장자라 했고, 당시 조선 총독부 기록에 의하면 조선인은 불과 43명뿐이었다. 천석꾼은 '십만장자'라 불렀고, 그 수는 750명 정도였다.

친부와 양부의 유일한 상속자인 전형필은, 매년 기와집 150채 상당의 수입을 보장하는, 기와집 2천 채 상당의 가치가 있는 논을 상속받으면서 백만장자가 되었다. 가히 하늘이 내린 재산이었다.

스물다섯 살의 청년 전형필은 황해도, 경기도, 충청도에 있는 드넓은 논을 둘러보며, 이 큰 재산을 어떻게 관리해야 할지 생각했다. 조상 대대로 이루어 놓은 이 많은 재산을 어떻게 지키면서 활용하는 것이 가장 좋을지, 고민이 깊었다. 게다가 일제강점의 세상이 얼마나 오래갈지 알 수 없지만, 재산이 많을수록 총독부의 간섭에서 자유로울 수 없는 것은 불문가지®였다.

전형필은 선조들이 남긴 귀중한 서화˚ 전적˚을 왜놈들로부터 지켜 달라는 스승 고희동의 당부가 떠올랐다. 서화를 모으는 일은 재물도 있어야 하고, 안목도 있어야 하고, 무엇보다 오랜 인내와 지극한 정성이 있어야 한다던 오세창의 훈계도 떠올랐다. 민족과 함께할 수 있는 일을 찾으라던 외종형 월탄의 조언도 떠올랐다.

'서화와 골동에 문외한인 내가 그런 일을 할 수 있을까? 그것이 진정 돈을 헛되게 쓰지 않는 유일한 길인가? 그렇지는 않다. 아버님은 인재를 양성하는 교육 사업에 뜻이 있으셨지 않은가. 그래서 운영난에 처한 가회동의 반도여학교를 인수하려고 하셨지. 매달 재정 지원을 하면서 학교 인수를 준비하다가 갑자기 돌아가셔서 그 뜻을 이루지 못하셨지만, 훗날 교육 사업을 통해 나라의 힘을 길러야 한다고 유언하셨는데……'

전형필은 끊임없이 묻고 대답하기를 반복했다.

'그러나 반도여학교는 이미 문을 닫지 않았는가. 게다가 교육 사업을 하기에는 지금 내 연륜˚이 짧으니, 훗날 도모˚하기로 하고…….

춘곡 선생님과 위창 어르신이 서화 전적을 지키라고 말씀하신 것은, 그 길이 우리 민족의 앞날에 보탬이 된다는 확신이 있으셨기 때문 아닐까? 그렇다면……'

그렇게 보름쯤 지났을까, 전형필은 오세창을 찾아갔다.

◎ 불문가지 : 묻지 아니하여도 알 수 있음.
◎ 서화 : 글씨와 그림.
◎ 전적 : 책.
◎ 연륜 : 여러 해 동안 쌓은 경험에 의하여 이루어진 숙련의 정도.
◎ 도모 : 어떤 일을 이루기 위하여 대책과 방법을 세움.

"지난해에 부친상을 당했다는 소식, 춘곡을 통해 들었네. 약관˚의 나이에 그런 큰일을 당했으니 얼마나 애통한가."

오세창이 안타까운 표정으로 전형필을 위로했다.

"너무나 급작스레 당한 일이라 황망하고˚ 비통하기 짝이 없었지만, 이제는 많이 안정되었습니다."

전형필의 목소리는 담담했다.

"그렇다고 슬픔이 어디 쉬이 가시겠는가. 나도 열여섯 어린 나이에 선친을 여의어 그 비통한 마음을 이해하네."

"고맙습니다, 어르신."

오세창은 전형필을 지그시 바라보다 물었다.

"이제 대학도 졸업했으니 변호사 시험을 볼 생각인가?"

"아닙니다, 어르신. 변호사는 선친의 기대를 저버릴 수 없어 생각 했던 것이고, 이제는 집안의 일을 해야 할 상황입니다."

"그렇겠구먼. 자네 집이 제법 큰 미곡상˚을 하고 있다니 신경 쓸 일이 많겠지. 규모가 어느 정도인지는 모르지만, 옛말에 천석꾼에게 는 천 가지 걱정이 있고, 만석꾼에게는 만 가지 걱정이 있다고 했으 니. 자네가 지혜롭게 처신해야 할 걸세."

오세창의 표정이 복잡했다. 세파에 시달려 본 경험이 없는 저 맑은 청년이 어떻게 그 큰 재산을 꾸려 갈 것인가.

"그래서 오늘은 어르신께 제 장래에 대해 상의드리려고 찾아뵈었

˚ 약관 : 스무 살.
˚ 황망하고 : 마음이 몹시 급하여 당황하고 허둥지둥하고.
˚ 미곡상 : 쌀을 비롯한 갖가지 곡식을 사고파는 가게.

습니다. 재작년 여름에 말씀드렸던 것처럼, 이제부터 우리나라의 옛
책과 서화가 이리저리 흩어지지 않도록 모아 보고 싶습니다. 춘곡 선
생님과 어르신께서 길을 인도해 주신다면, 조선 땅에 꼭 남아야 할
서화 전적과 골동품을 지키는 데 적은 힘이나마 보태겠습니다."

오세창이 고개를 끄덕이며 말했다.

"쉽지 않은 큰 결심을 했구먼. 그런데 서화 전적을 지키려는 이유
가 무엇인가?"

전형필은 잠시 혼란스러웠다. 지극히 당연한 걸 묻는 의도가 뭘
까?

"오래전 제 외숙께서, 세상의 유혹에 꿋꿋하려면 옛 선비와 같은
격조와 정신을 갖춰야 한다는 가르침을 주셨습니다. 춘곡 선생님께
서는 선조들이 남긴 귀중한 서화 전적을 왜놈들에게서 지키는 선비
가 되라고 말씀하셨고요. 제 외종형님도 민족의 앞날에 보탬이 되는
일을 찾으라고 하셨지요. 그러나 그때는 어르신께서 말씀하셨듯이
경제권이 없었습니다. 그런데 이번에 아버님이 남기신 논밭을 둘러
보면서 결심했습니다. 왜놈들이 우리 서화 전적을 계속 일본으로 가
지고 가는데, 그걸 이 땅에 남기고 싶습니다."

"내가 자꾸 묻는 건, 뜨거운 가슴과 재력이 있으니 한번 본격적으
로 모아 보겠다는 자네의 생각이 틀려서가 아니네. 그런 결심을 하기
가 쉽지 않다는 것 잘 아네. 그러나 나는 자네가 우리 서화 전적과 골
동의 가치를 어떻게 생각하고 지키겠다는 건지 알고 싶네."

전형필은 고개를 숙였다. 솔직히 이제까지 서화 전적이 왜 중요한
지 구체적으로 생각해 본 적이 없었다. 그러나 한 가지는 확실했다.

"서화 전적과 골동은 조선의 자존심이기 때문입니다."

오세창은 잠시 전형필을 뚫어지게 바라보더니 마침내 호탕한 웃음을 터뜨렸다.

"조선 땅에 서화 전적과 골동품을 모으는 사람은 많다네. 자네처럼 이렇게 찾아와서 가르침을 청하는 수집가도 제법 있지. 그러나 뜻을 갖고 모으는 사람은 거의 보지 못했네. 대부분 재산이 많거나 돈이 좀 생기자, 고상한 취미로 내세우기 위해 모으는 사람들이라고 해도 과언이 아니지. 그들은 수집벽이 식거나, 체면을 충분히 세웠다 싶으면 더 이상 모으지 않는다네. 그러나 자네는 조선의 자존심이기에 지키겠다고 하니, 그 뜻이 가상하군. 내가 듣고 싶은 대답이 바로 그것이었네, 하하하."

전형필은 묵묵히 오세창의 다음 말을 기다렸다.

"옛 책과 서화를 수집하는 일은 말처럼 쉽지 않지만, 내 자네를 한번 믿어 봄세."

신보가 천학 매병의 사진을 가지고 전형필을 만난 건, 성북동의 북단장 공사를 끝내고 박물관 공사가 한창이던 1935년 봄이었다.

"간송, 보물 중의 보물이 나타났습니다."

신보는 사진을 전형필에게 건넸다. 흑백사진이지만, 매병*의 완만한 곡선과 구름 사이로 날아가는 수십 마리 학의 모습은 또렷했다.

"그렇게 아름다운 옥색은 처음 봤습니다. 마에다 상은 수천 마리의

---

* 매병 : 아가리가 좁고 어깨는 넓으며 밑이 홀쭉하게 생긴 병.

학이 구름을 헤치고 하늘로 날아가는 것 같다면서 천학 매병이라고 이름 붙였더군요. 제가 본 고려청자 가운데 가장 훌륭합니다."

"총독부에서 만 원을 주겠다고 한 청자가 바로 이겁니까?"

전형필도 소문을 들었던 것이다.

"그렇습니다. 마에다 상이 비록 일본인이라고 해도 총독부의 제안을 거절하기가 쉽지 않았을 텐데, 평생 처음이자 마지막으로 잡은 명품으로 생각하고 계속 사진을 뿌리는 겁니다."

"그렇다면 곧 일본 골동품계에도 이 사진이 퍼지겠군요."

"마에다 상의 장인인 아마이케 상도 사진을 여러 장 가져갔다고 하니, 생각이 있으시다면 서둘러야 합니다."

"호가가 얼맙니까?"

"마에다 상은 2만 원을 부르고 있지만, 이제까지 없던 가격이니 어느 정도 흥정이 가능할 것도 같습니다."

전형필은 다시 한 번 사진을 보았다. 사진만으로도 명품임에 틀림없었다.

"알겠습니다. 신보 선생. 내일이라도 볼 수 있게 주선을 해 주시오."

전형필의 목소리는 조용했지만 단호했다.

구름 사이로 학이 날아올랐다. 한 마리가 아니라 열 마리, 스무 마리, 백 마리…… 구름을 뚫고 옥빛 하늘을 향해 힘차게 날갯짓을 한다. 불교의 나라 고려가 꿈꾸던 하늘은 이렇게도 청초한 옥색이었단 말인가? 이 색이 그토록 그리워하던 영원의 색이고 무아(無我)˚의 색

˚ 무아 : 자기의 존재를 잊음.

이란 말인가. 세속의 번뇌와 망상이 모두 사라진 서방정토(西方淨土)
란 이렇게도 평화로운 곳인가.

전형필은 구름과 학으로 가득한 청자를 잡고 한 바퀴 빙그르 돌려
보았다. 그러고는 고개를 끄덕이며 신보를 바라보았다. 흥정을 시작
해 보라는 표시였다.

"마에다 상, 가격을 말씀해 보시지요."

신보가 자세를 바로잡으며 흥정할 태세를 갖추었다.

"신보 상, 이미 말씀드렸듯이 2만 원이오."

"이제까지 2만 원에 거래된 청자 매병은 없습니다. 그건 마에다 상
도 잘 아시지 않습니까. 총독부에서 제시했던 만 원에 5천 원을 더
드리겠습니다. 이 정도 가격이면 지금까지 거래된 청자 매병 중에서
최고가입니다."

"신보 상, 이만한 명품이 또 나올 거라고 생각하시오? 이 매병은
평생에 한 번도 만나기 힘든 명품 중의 명품이오."

마에다는 빙그레 웃으며 신보를 바라보았다. 어쩌면 그 웃음은 조
선인에게 이만한 값을 치를 배짱이 있겠느냐는 비웃음인지도 몰랐다.

"에헴!"

전형필이 헛기침을 했다. 마에다도 신보도 전형필 쪽으로 시선을
돌렸다. 전형필이 살짝 미소를 띠며 말했다.

"마에다 선생, 이렇게 귀한 청자를 수장할 기회를 주셔서 감사합니
다. 내가 인수하겠소."

전형필은 서화 골동이 눈앞에 나타났을 때, 자신의 취향보다는 그
것이 이 땅에 꼭 남아야 할지 아니면 포기해도 좋을지를 먼저 생각했

다. 그래서 숙고(熟考)[◎]는 하지만 장고(長考)[◎]는 하지 않았고, 때문에 보존할 가치가 있는 문화유산이 나타났을 때 놓친 적이 거의 없다.

천학 매병도 마찬가지였다.

전형필은 눈이 휘둥그레진 마에다와 신보에게 살짝 고개를 숙여 보이고는 안채로 들어갔다.

잠시 후, 전형필이 커다란 가죽 가방을 마에다 앞에 내려놓았다.

"마에다 선생, 2만 원이오."

마에다와 신보는 다시 한 번 놀란 표정으로 전형필을 바라보았다.

이제 막 서른을 넘겼을까 싶은 청년이 2만 원에서 한 푼도 깎지 않고 곧바로 현금 가방을 들고 나왔다는 사실이 도무지 믿기지 않았다.

전형필로서도 이렇게 큰돈을 하룻저녁에 준비하기란 쉽지 않았다. 박물관을 짓는 데 들어가는 공사비와 자재 구입비가 상당했고, 얼마 전 일괄로 서화를 구입하는 데 큰돈이 들어갔기 때문이다. 그러나 전형필은 전날 천학 매병의 사진을 봤을 때 이미 다시 만나기 어려운 명품 청자라고 판단하고 마음을 굳혔다. 그래서 미리 박물관 공사 대금까지 모아 현금 가방을 준비해 두었던 것이다. 물론 마에다와 신보의 흥정을 좀 더 지켜볼 수도 있었다. 하지만 그랬다가 마에다가 더 이상 흥정을 하지 않겠다며 천학 매병을 다시 오동나무 상자에 담기라도 한다면 그때는 자존심을 버리고 마에다에게 사정을 해야 했다. 잘못했다가는 천학 매병을 포기해야만 할 수도 있었다.

◎ 숙고 : 곰곰 잘 생각함.
◎ 장고 : 오래 생각함.

"신보 선생도 수고 많았소. 내가 저녁 자리를 준비하고 연락하리다."

당시 이렇게 거래가 성사되면 중간에 다리를 놓은 거간은 양쪽으로부터 2퍼센트 정도의 구전을 받는 것이 일반적이었다. 그러나 전형필은 마에다 앞에서 신보에게 구전을 건네는 것은 모양새가 좋지 않다고 생각해 이렇게 말한 것이다.

신보는 천학 매병을 오동나무 상자에 넣는 전형필을 보면서 전율을 느꼈다. 참으로 무서운 승부사다. 이렇게 큰 거래를 이토록 전광석화˚처럼 끝내는 경우는 듣도 보도 못했다. 천학 매병이 정말 그 정도의 가치가 있는 것일까? 혹 전형필의 허세는 아닌가?

전형필은 눈썹 하나 까딱하지 않고 보자기에 오동나무 상자를 차분히 갈무리˚했다. 그의 표정은 어찌 보면 희열˚에 찬 것 같기도 했다.

˚ 전광석화 : 번갯불이나 부싯돌의 불이 번쩍거리는 것과 같이 매우 짧은 시간이나 매우 재빠른 움직임 따위를 비유적으로 이르는 말.
˚ 갈무리 : 물건 따위를 잘 정리하거나 간수함.
˚ 희열 : 기쁨과 즐거움.

✒ 이충렬 1954~

서울에서 태어나 1994년 《실천문학》을 통해 작가의 길에 들어선 후 신문과 잡지, 방송 등 다양한 매체를 오가며 소설, 르포, 칼럼을 활발히 써 왔습니다. 현재 미국에 거주하면서 집필 활동을 하고 있습니다. 지은 책으로 《그림으로 읽는 한국 근대의 풍경》《간송 전형필》《그림 애호가로 가는 길》 등이 있습니다.

● 내용 파악하기

이 글의 주요 내용을 서술 순서대로 요약해 봅시다.

전형필은 상속으로 백만장자가 되었다. → 전형필은 많은 재산을 문화재 지키기에 쓰기로 결심했다. → 오세창을 찾아가 문화재를 보는 안목을 가르쳐 달라고 했다. → 청자 매병이 2만 원에 나왔다는 소식들 들었다. → 전형필은 과감하게 이를 구입했다.

전형필이 서화와 전적을 모은 이유는 무엇이었을까요?

일본 사람들에게 넘어가는 우리의 문화재를 지키려고

전형필이 한 푼도 흥정하지 않고 바로 청자 매병을 구입한 이유는 무엇이었나요?

이 땅에 남아 있어야 할 가치가 있는 훌륭한 문화재라 생각하여

이 글의 앞부분을 참고하면 매병을 구입한 '2만 원'은 현재 시세로 얼마나 될까요?

60억 원

● 핵심 정리

갈래 : 전기문, 수필

성격 : 교훈적, 사실적

제재 : 간송 전형필의 생애와 활동

주제 : 문화재 지킴이 간송 전형필의 나라 사랑

특징 : ① 서술자의 설명과 대화를 이야기로 서술함.

② 일화를 제시하여 인물의 행적과 성격을 드러냄.

● 작품 이해

이 글은 간송 전형필 선생의 전기문입니다. 일제강점기에 간송 전형필 선생은 또 다른 방법으로 나라를 구하고자 한 분입니다. 이 글에서도 우리 문화재를 찾고자 했던 간송의 노력이 잘 나타나 있습니다. 이런 간송의 활동이 아니었으면 우리는 귀중한 우리의 문화재를 영원히 잃고 말았을 것입니다.

간송미술관

1938년 간송 전형필 선생이 설립한 보화각(華閣)이 전신으로, 서울 성북구 성
북동에 있다. 1966년 간송미술관과 한국민족미술연구소 체제로 변경되었다.
1971년 봄 전시회를 시작으로 지금까지 봄과 가을, 일 년에 두 번 무료 일반 공
개를 하고 있다. 《훈민정음》(70호), 《동국정운》권1, 6(71호), 금동계미명삼존불(72
호), 금동삼존불감(73호), 청자 오리 모양 연적(74호), 청자 기린형 뚜껑 향로(65
호), 청자 상감연지원앙문 정병(66호), 동래선생교정북사상절(149호) 등 12점의 국
보와 10점의 보물 등 고서화를 많이 소장하고 있는 박물관이다.

생각해 보기

● 여러분이 전형필의 입장이었다면 그 많은 돈을 어디에 썼을까요?

● 다른 나라에 있는 우리 문화재를 찾아올 수 있는 방법을 알아봅시다.

《백범일지》에서

김구

앞부분의 줄거리

치하포 주막에서 식사를 하다가 조선인처럼 변장한 일본인을 발견한 김구는 그가 명성황후를 살해한 일본인 중 한 명임을 직감하고는 그 자리에서 살해한다. 살해 직후 자신이 범인임을 당당히 밝힌 김구는 감옥에 들어가게 된다.

감옥 안이 극히 불결한 데다가 찌는 듯이 더운 여름철이라 나는 장티푸스에 걸려 극심한 고통을 겪게 되었다. 짧은 생각에 자살을 하려고 동료 죄수들이 잠든 틈을 타서 이마 위에 손톱으로 충(忠) 자를 새기고 허리띠로 목을 졸라 드디어 숨이 끊어졌다. 숨이 끊어진 잠깐 동안 나는 고향으로 가서 평소 친하게 지내던 동생과 놀았다. 옛날 시에 '고향이 눈앞에 늘 아른거리니 굳이 부르지 않아도 혼이 먼저 가 있도다.'라고 하였는데 실로 헛말이 아니었다.

문득 정신을 차려 보니 동료 죄수들이 고함을 치며 죽는다고 소동을 피우고 있었다. 내가 죽을까 봐 놀라서 그리한 것은 아니고, 내가 정신을 잃으면서 몹시 격렬하게 요동을 쳤기 때문에 일어난 소동이었다. 그 후로는 여러 사람의 주의로 자살할 기회가 없었다. 또 나 스스로도 그 뒤로는 저절로 죽는 것은 어쩔 수 없는 일이지만 자살하는 것은 옳지 않다고 생각하게 되었다. 그러는 사이에 열은 내렸으나 보름 동안 음식은 입에 대어 보지 못하였다.

그때 마침 신문°을 한다는 기별이 왔다. 나는 생각했다.

'내가 해주에서 다리뼈가 다 드러나는 모진 형°을 당하고 죽는 데까지 이르렀으면서도 사실을 부인했던 것은 내무부에 가서 대관°들을 보고 내 뜻을 이야기하기 위함이었다. 그러나 여기서 불행히 병으로 죽게 되었으니, 이곳에서라도 꼭 왜인°을 죽인 취지를 분명히 말하고 죽으리라.'

이처럼 마음을 굳게 먹고, 간수의 등에 업혀 경무청°으로 들어갔다. 업혀 들어가면서 살펴보니 도적을 신문하기 위한 기구들을 삼엄하게 갖춰 놓고 있었다. 간수가 나를 업어다가 문밖에 앉혀 놓자 당시 경무관° 김윤정이 내 모양을 보고 물었다.

"어찌하여 저 죄수의 모습이 저렇게 되었느냐?"

열병으로 그리되었다고 간수가 보고하자, 김윤정이 내게 물었다.

◉ 신문 : 법원이나 기타 국가 기관이 어떤 사건에 관하여 증인, 당사자, 피고인 등에게 말로 물어 조사하는 일.
◉ 형 : 형벌.
◉ 대관 : 높은 벼슬아치.
◉ 왜인 : 일본 사람.
◉ 경무청 : 조선 갑오개혁 이후에 한성부 안의 경찰 업무와 감옥의 일을 맡아보던 관청.
◉ 경무관 : 경무청의 두 번째 벼슬아치.

"네가 정신이 있어 묻는 말에 대답할 수 있느냐?"

"정신은 있으나 목이 말라서 말이 나오지 않으니 물을 한 잔 주면 마시고 말을 하겠소."

그러자 곧 심부름꾼이 물을 가져다가 마시도록 해 주었다. 김윤정은 법정 위에 앉아 순서대로 이름과 주소 나이를 묻고 사건에 대한 질문에 들어갔다.

"네가 안악 치하포에서 모월 모일에 일본인을 살해한 일이 있느냐?"

"내가 그날 그곳에서 국모°의 원수를 갚기 위해 왜인 한 명을 때려 죽인 사실이 있소."

나의 대답을 들은 관리들은 일제히 얼굴을 들고서 묵묵히 서로를 쳐다보았고, 법정 안은 갑작스레 조용해지기 시작했다. 내 옆 의자에는 와타나베라고 하는 일본인 순사가 걸터앉아서 나의 신문 과정을 방청°인지 감시인지 하고 있다가, 신문이 시작되자 법정 안이 조용해지는 것을 보고 의아해하며 통역에게 그 이유를 묻는 것 같았다. 나는 그것을 보고서,

"이놈!"

하고 큰소리로 사력°을 다해 꾸짖었다.

"나라들끼리 통상 조약을 체결한 후 그 나라 임금을 시해하라는 법이 어디 있더냐? 이놈아, 너희는 어찌하여 우리 국모를 시해하였느

◎ 국모 : 임금의 아내나 임금의 어머니를 이르던 말. 여기서는 명성황후를 말함.
◎ 방청 : 정식으로 직접적인 관계가 없는 사람이 회의나 토론, 재판, 방송 따위에 참석하여 들음.
◎ 사력 : 목숨을 아끼지 않고 쓰는 힘.

《백범일지》에서 | 김구

냐? 내가 죽으면 귀신이 되어서 살면 몸으로, 네 임금을 죽이고 일본인을 씨도 없이 다 죽여 국가의 치욕(恥辱)을 씻으리라!"

통렬히 꾸짖는 서슬에 겁이 났던지 와타나베는 대청 뒤쪽으로 도망하여 숨고 말았다. 법정 안의 공기가 긴장되기 시작하였다. 누군가 김윤정에게 와서 말했다.

"사건이 중대하니 감리˚ 영감께 말씀드려 직접 신문하시도록 해야겠습니다."

잠시 후 감리사 이재정이 들어와 윗자리에 앉았다. 법정 안에서 참관하던 관리와 근무자들이 위로부터 아무 분부가 없었는데도 찻물을 가져다 마시게 해 주었다.

나는 법정 맨 윗자리에 앉은 이재정에게 질문하였다.

"나는 일개 시골의 천민이지만 신하 된 백성의 의리로 국가가 수치를 당하고, 푸른 하늘 밝은 해 아래 내 그림자가 부끄러워서 왜인 한 명을 죽였소. 그러나 나는 아직 우리 동포가 왜인들의 왕을 죽여 복수하였단 말을 듣지 못하였소. 어찌 한갓 부귀영화와 국록˚을 도적질하는 더러운 마음으로 임금을 섬기시오?"

이재정, 김윤정을 비롯한 수십 명의 참석 관리들이 내 말을 듣는 광경을 보니, 제각기 얼굴이 달아올라 홍당무빛을 띠고 있었다. 이재정이 마치 하소연하듯 내게 말했다.

"창수˚가 지금 하는 말을 들으니 그 충의와 용기를 흠모하는 반면

˚ 감리 : 대한 제국 때에, 통상 사무를 맡아보던 감리서의 으뜸 벼슬.
˚ 국록 : 나라에서 주는 봉급.
˚ 창수 : 김구의 본명.

내 당황스럽고 부끄러운 마음도 비할 데 없소이다. 그러나 상부의 명령(命令)대로 신문하여 위에 보고하려는 것인즉 사실이나 상세히 말씀하여 주시오."

김윤정은 내 병증이 아직 위험함을 보고 감리와 무슨 말을 수군수군하고서는 간수에게 명하여 나를 도로 하옥시키도록 하였다.

어머님께서는 나를 신문한다는 소문을 들으시고 경무청 문밖에 서 계셨다. 그곳에서 간수의 등에 업혀 들어가는 나를 보시고 병이 저 지경이 되었으니 무슨 말에 잘못 대답하여 '당장에 죽지나 아니할까.' 근심이 가득하셨다고 한다.

신문 시작부터 관리 전부가 떠들어 대기 시작하니 벌써 감리영 부근 인사들은 희귀한 사건이라고 구경하러 몰려들며 야단이었다. 법정 안은 발 디딜 곳이 없었고 문밖까지 사람들이 둘러서서 순검®들에게 물어 댔다.

"참말 별난 사람이다. 아직 아이인데 도대체 무슨 사건이냐?"

간수와 순검들이 보고 들은 대로 사람들에게 이야기를 해 주었다.

"해주 김창수라는 소년인데 중전 마마의 복수를 위해 왜인을 때려 죽였다나? 아까 감리사를 책망하는데 그도 아무 대답을 못하던걸."

이런 이야기가 파다하게 퍼져 나갔다. 내가 간수의 등에 업혀 나가면서 어머님의 얼굴을 살펴보니 약간 희색을 띠고 계셨다. 여러 사람이 구경한 이야기를 들으신 까닭인 듯한데 나를 업고 가는 간수도 어머님을 향하여 말하였다,

---

® 순검 : 조선 후기에, 경무청에 속해 있던 판임관 벼슬의 하나. 지금의 순경과 같음.

"당신, 안심하시오. 어쩌면 이렇게 호랑이 같은 아들을 두셨소?"

나는 감옥 안에 들어가 옥중에서도 한 번 큰 소동을 일으켰다. 다름이 아니라 그들이 나를 다시 도적 죄수를 가두는 감옥에 넣은 것에 대해 크게 분개했기 때문이다. 나는 벽력° 같이 소리를 지르며 관리를 보고 호통쳤다.

"전에는 내가 아무 의사를 드러내지 않았으므로 나에 대한 대우를 강도로 하나 무엇으로 하나 잠잠히 입 다물고 있었다. 하나 오늘은 정당하게 내 뜻을 발표하였음에도 아직도 나를 이렇게 홀대° 하느냐? 땅에 금만 그어 놓고 그것을 감옥이라 하여도 나는 도망가지 않을 것이다. 내가 당초에 도망하여 살고자 하는 생각이 있었다면 왜인을 죽였던 그 자리에 내 주소와 성명을 적어서 알리고 또 내 집에 와서 석 달여나 잡으러 오기를 기다리고 있었겠느냐? 너희 관리의 무리가 왜인을 기쁘게 하기 위해 내게 이런 나쁜 대우를 하느냐?"

김윤정이 즉시 감옥 안에 들어와 이 광경을 보고 애꿎은 간수를 책하였다.

"그 사람은 다른 죄수들과 다른데 왜 도둑 죄수들과 섞여 있게 하느냐? 더구나 그는 중병에 들어 있지 않느냐? 어서 좋은 방으로 옮겨 몸을 풀어 주고 너희들이 잘 보호하여 드려라."

그때부터 나는 감옥 안의 왕이 되었다. 어머님이 옥문 밖에서 면회를 오시는데, 비록 초조한 얼굴이었으나 희색이 돌았다. 어머님은 말

◉ 벽력 : 벼락.
◉ 홀대 : 소홀히 대접함.

씁하셨다.

"아까 네가 신문을 받고 나온 뒤에 경무관이 돈 150냥을 보내고 네 보약을 먹이라고 하더라. 오늘부터는 주인 내외는 물론이고 사랑손님들도 나를 매우 존경하며 대하고 또 옥중에 있는 아드님이 무슨 음식이든지 자시고 싶어 하거든 말만 하면 다 해 주겠다고 한다."

다음 날부터 옥문 앞에 내 얼굴을 보려고 면회를 청하는 사람들이 하나둘 생기기 시작했다. 각 관청에 속해 있는 수백 명의 직원들이 각각 자기 친한 사람들에게 제물포 개항된 지 9년, 즉 감리영 설립된 후 처음 보는 희귀한 사건이라고 자랑 겸 선전을 했던 까닭이었다. 항구 안에 있는 권력자들은 물론이고 노동자들까지 제각기 아는 관리를 찾아가서 언제 김창수를 다시 신문하는지 미리 알려 달라는 청탁을 많이 한다는 말을 들었다.

그러던 차에 제2차 신문일을 맞게 되었다. 그날도 역시 간수의 등에 업혀 옥문 밖을 나섰다. 사방을 살펴보니 길에는 사람이 가득 찼고 경무청 안에는 각 관청의 관리와 항구의 유력자 들이 다 모인 모양이었다. 담장 꼭대기와 지붕 위까지 경무청 뜰이 보이는 곳은 어디나 사람들이 다 올라가 있었다.

법정 안에 들어가 앉으니 김윤정이 슬쩍 내 곁으로 지나가며,

"오늘도 왜인이 왔으니 기운껏 호령을 하시오."

한다. 그때는 김윤정에게 약간의 양심이 있었던 듯하다. 그러나 오늘까지 소위 경성부의 관리 노릇을 하고 있는 것을 보면 그때 내가

◉ 유력자 : 재산이나 세력이 있는 사람.

신문받던 자리를 연극장으로 삼고 나를 배우의 하나로 많은 사람들 앞에 구경시킨 것이었다고 해석할 수도 있다. 그러나 심지(心志)가 곧지 못한 사람의 행위로 그 역시 그때는 의협심이 좀 생겼다가 날이 오라지는 대로 마음도 따라 변한 것이라고도 볼 수 있을 것 같다.

다시 신문을 시작한 후 "나는 전에 다 말하였으니 다시 할 말이 없다."라고 말을 끝냈다. 그러고는 뒷방에 앉아 나를 넘겨다보고 있던 와타나베를 향해 꾸짖다가 다시 감옥으로 돌아왔다.

그 후로는 면회하러 오는 사람의 수가 더욱 많아졌다. 대개 이런 말들을 하였다. "나는 인천항에 거주하는 아무개올시다. 당신의 의기(義氣)를 사모하여 신문장에서 얼굴을 뵈었소. 설마 오래 고생하려고요. 안심하고 지내십시오. 출옥 후에 한자리에서 반가이 뵙시다."

면회 올 때는 음식을 한 상씩 정성스레 준비하여 들여보내 주었다. 나는 그 사람들의 정에 감동하여 보는 데서 몇 점씩 먹고는 죄수들에게 차례로 나누어 주었다.

제3차 신문은 감리영에서 했는데, 그날도 근처 주민들이 다 모인 것 같았다. 그날은 감리사 이재정이 친히 신문을 하였는데 왜인은 보이지 않았다. 감리사가 매우 친절히 말을 묻고 나중에 신문서 꾸민 것을 내게 보여 읽게 하고 고칠 것은 고치게 하고 서명하였다. 이로써 신문은 끝이 났다.

며칠 후에는 왜인들이 내 사진을 박는다고 해서 경무청으로 또 업

⦿ 심지 : 마음에 품은 의지.
⦿ 의기 : 정의감에서 우러나오는 기개.
⦿ 출옥 : 감옥에서 나옴.

혀 들어갔다. 그날도 법정 안팎에 허다한 구경꾼이 인산인해(人山人海) 를 이루었다. 김윤정이 슬쩍 내 귀에 들리게 말하였다.

"오늘 저 사람들이 창수의 사진을 박으러 왔으니, 주먹을 쥐고 눈을 부릅뜨고 사진을 찍으시오."

그런데 사진을 찍느니 못 찍느냐가 교섭의 문제가 되어 한참 동안 의논이 분분하였다. 결국 관청 건물 내에서는 허락지 못할 터이니 길거리에서나 찍으라 하고 나를 업어서 길거리에 앉혔다. 왜인이 다시 청하기를 김창수에게 수갑을 채우든지 포승 으로 얽든지 하여 죄인처럼 보이게 해 달라고 하였다. 김윤정은 거절하였다.

"이 사람은 임금님께서 허가하신 죄인이라, 고종 폐하의 분부가 없는 이상 그 몸에 형구 를 댈 수 없소."

왜인은 다시 질문하였다.

"정부에서 형법을 정하여 사용하면 그것이 곧 대군주의 명령이 아니오?"

김윤정은 갑오경장 후에 형구는 전부 폐하였다고 답했다. 왜인은 다시 말했다.

"귀국의 감옥 죄수들이 쇠사슬 찬 것과 칼 쓴 것을 내가 보았소."

김윤정은 노하여 그 왜인을 꾸짖으며 야단하였다.

"죄수의 사진에 대해 조약에 정한 의무는 없소. 단지 상호 간에 참고 자료로 삼으려는 것에 불과한 작은 일로 이같이 내정간섭 을 하

◉ 인산인해 : 사람이 산을 이루고 바다를 이루었다는 뜻으로, 사람이 수없이 많이 모인 상태를 이르는 말.
◉ 포승 : 죄인은 묶는 끈.
◉ 형구 : 형벌을 가하거나 고문을 하는 데에 쓰는 여러 가지 기구.
◉ 내정간섭 : 다른 나라의 정치에 간섭하거나 또는 강압적으로 그 주권을 속박·침해하는 일.

는 것은 받아들일 수 없소."

구경꾼들은 경무관이 명관이라고 칭찬하였다.

급기야 길거리에서 사진을 찍게 되었다. 왜인이 다시 구걸하듯 청하니, 내가 앉은 옆자리에 포승을 놓아두고 사진을 찍었다. 나는 며칠 전보다는 기운이 좀 돌아와 있었으므로 경무청이 들렸다 놓일 정도로 큰소리를 질러 왜인을 꾸짖고, 일반 관중들을 향하여 고함고함 질러 연설을 하였다.

"이제 왜인이 국모를 살해하였으니 온 나라 백성에게 크나큰 치욕이오. 뿐 아니라 왜인의 독해(毒害)[*]는 궐내(闕內)[*]에만 그치지 않을 것이오. 당신들의 아들들과 딸들이 결국에는 왜인의 손에 다 죽을 터이니 나를 본받으시오. 왜놈을 만나는 대로 다 때려죽이시오. 왜놈을 죽여야 우리가 사오."

하고 나는 고함을 하였다.

와타나베 놈이 내 곁에 와서,

"네가 그렇게 충의가 있으면 왜 벼슬을 못하였나?"

하고 직접 말을 붙인다.

"나는 벼슬을 못할 상놈이니까 조그마한 왜놈이나 죽였다마는, 벼슬을 하는 양반들은 너희 왕의 모가지를 베어서 원수를 갚을 것이다."

하고 와타나베에게 대답하였다.

◉ 독해 : 심한 피해.
◉ 궐내 : 궁궐 내.

뒷부분의 줄거리

김창수는 다른 죄수들에게 글을 가르쳐 주기도 하고, 대신 소장*을 작성해 주기도 하며 감옥 생활을 한다. 그러다가 신문을 통해 자신이 사형당할 것이라는 사실을 듣게 되지만, 고종 황제의 특별 명령으로 사형이 정지되고, 인천 감옥에서 탈옥한다.

◉ 소장 : 소송을 제기하기 위하여 법원에 제출하는 서류.

김구 1876~1949

독립운동가이며 정치가. 황해도 해주에서 태어나 본명은 창수(昌洙)였으나 구(九)로 개명했습니다. 1893년 동학에 입교하여 해주에서 동학농민운동을 지휘하다가 일본군에게 쫓겨 1895년 만주로 피신한 후에 김이언의 의병단에 가입합니다. 이듬해 귀국하여 일본군 중위 스치다를 살해하고 체포되어 사형이 확정되었으나 고종의 특사로 감형되었고, 복역 중 1898년 탈옥합니다. 1911년에는 '안악사건'으로 체포되어 15년 형을 선고받았다가, 1915년 출옥하여 농촌 계몽운동에 투신합니다. 3·1운동 후 상하이로 망명하여 대한민국임시정부 조직에 참여했으며, 경무국장, 내무총장, 국무령을 역임하면서, 이시영, 이동녕 등과 함께 조국 광복을 위한 많은 활동을 했습니다. 저서로는 《백범일지》가 있습니다.

작 · 품 · 설 · 명

● 내용 파악하기

지은이가 감옥에 갇힌 후 겪은 일을 아래와 같이 정리해 봅시다.

	겪은 일
투옥 직후에	이마에 충(忠)자를 새기고 죽으려고 했으나 실패함.
1차 신문	국모를 시해했다고 일본인 와타나베를 꾸짖음. 부귀영화와 국록을 축내는 조선인 관리 이재정, 김윤정 등을 꾸짖음.
2차 신문	나는 전에 다 말했으나 다시 할 말이 없다고 말을 갈멧음. 뒷방에 있던 와타나베를 꾸짖음.
3차 신문	신문을 마치고 사진을 찍음. 왜인들을 꾸짖고 일반 관중들에게 연설을 함.

다음 사람들이 지은이를 어떻게 대했는지 정리해 봅시다.

	지은이에게 한 일
이재정	부끄러우나 상부의 명을 따라야 한다고 하소연함.
김윤정	좋은 방으로 옮겨 주고, 보약을 먹으라고 돈 150냥을 줌.
면회 오는 사람들	음식을 싸 오며 격려함.

● 핵심 정리

갈래 : 전기적 수필(자서전)

성격 : 회고적

제재 : 백범의 재판 과정과 감옥에서의 삶

주제 : 백범 김구의 의기와 애국정신

특징 : ① 소설적인 구성으로 흥미를 불러일으킴.

    ② 다양한 인물을 통해 당시 시대를 살던 사람들의 삶의 방식을 보여 줌.

● 작품 이해

《백범일지》는 김구가 직접 쓴 자서전으로, 상, 하 2권으로 구성되어 있습니다. 상
편은 지은이가 53세 되던 해인 1929년에 상해임시정부에서의 독립운동을 회고

하며 쓴 편지 형식의 글입니다. 국한문 혼용체로 김인, 김신 두 아들에게 쓴 편지 형식의 글로 〈우리 집과 내 어릴 적〉 〈기구한 젊은 때〉 〈방랑의 길〉 〈민족에 내놓은 몸〉 등의 순서로 기록되어 있습니다. 하편은 김구가 주도한 1932년 한인 애국단의 두 차례에 걸친 항일거사로 인해 상해를 떠나 중경으로 옮겨 가며 쓴 것으로, 〈3·1운동의 상해〉 〈기적 장강 만리풍〉 등의 제목 아래 민족해방을 맞게 되기까지 투쟁 역정을 기록하고 있습니다. 1945년 말에 임시정부 환국이나 삼남 순회 대목을 더 첨부하여 기록하기도 했습니다. 상, 하편 뒤에는 〈나의 소원〉이 더 붙어 있는데, 여기에서는 완전 독립의 통일국가 건설을 지향하는 김구의 민족이념 정신이 잘 나타나 있습니다.

생각해 보기

- 여러분이 재판을 방청하고 있었다면, 지은이에게 어떤 격려의 말을 해 줄 수 있었을까요?

- 여러분이 할 수 있는 애국에는 어떤 것이 있을까요?

지은이	작품명	교과서
임영신	골목에서 꽃핀 창조적 수공예품	비상(김)6
작자 미상	규중의 일곱 벗	비상(이)2, 두산동아(이)5
장석주	호박젓국	두산동아(이)4
장영희	괜찮아	두산동아(이)1, 창비1, 미래엔(1), 신사고(민)4, 비상(이)6
전승훈 차윤정	신갈나무 투쟁기	두산동아(이)4
정민	울림이 있는 말	비상(김)6
정성화	크레파스가 있었다	신사고(우)4
정약용	두 아들에게 보내는 편지	두산동아(전)5, 대교6
정일근	처음의 아름다움	교학사3
정진권	막내의 야구방망이	두산동아(전)1
정채봉	별명을 찾아서	천재(박)1, 천재(김)1, 대교2
채제공	만덕전	천재(노)5
최재천	고래들의 따뜻한 동료애	비상(이)4
피천득	은전 한 닢	두산동아(이)4

• 교학사 : (주)교학사(남미영) | 금성 : (주)금성출판사(박경신) | 대교 : (주)대교(장수익) | 두산동아(이) : 두산동아(주)(이삼형) | 두산동아(전) : 두산동아(주)(전경원) | 미래엔 : (주)미래엔(윤여탁) | 비상(김) : (주)비상교육(김태철) | 비상(이) : (주)비상교과서(이관규) | 비상(한) : (주)비상교육(한철우) | 신사고(민) : 주식회사 좋은책신사고(민현식) | 신사고(우) : 주식회사 좋은책신사고(우한용) | 지학사 : (주)지학사(방민호) | 창비 : (주)창비(이도영) | 천재(김) : (주)천재교과서(김종철) | 천재(노) : (주) 천재교육(노미숙) | 천재(박) : (주)천재교육(박영목)

• 숫자 1은 1학년 1학기, 2는 1학년 2학기, 3은 2학년 1학기, 4는 2학년 2학기, 5는 3학년 1학기, 6은 3학년 2학기를 뜻함.

강희맹 〈산 오르기 경쟁〉, 《아름다운 우리 고전수필》, 을유문화사, 2003

공선옥 〈밥으로 가는 먼 길〉, 《잊을 수 없는 밥 한 그릇》, 한길사, 2004

김구 〈《백범일지》에서〉, 《백범일지》, 문예춘추사, 2002

김태관 〈10초 인생〉, 《경향신문》 2011년 8월 29일

나도향 〈그믐달〉, 《모던수필》, 향연, 2003

남난희 〈노란 꽃 타고 느리게 오는 봄〉, 《낮은 산이 낫다》, 학고재, 2004

뤼훼이쩐 〈나는 대한이 엄마〉, 《2009 전북교육청 다문화가정생활 체험수기》, 2009

박경화 〈아프리카 고릴라는 핸드폰을 미워해〉, 《고릴라는 핸드폰을 미워해》, 북센스, 2006

박동규 〈우표 한 장〉, 《내 생애 가장 따뜻한 날들》, 대산출판사, 2003

박세당 〈나무하는 노인〉, 《부족해도 넉넉하다》, 김영사, 2009

박연호 〈누가 별들을 훔쳐 갔나〉, http://columnist.org 2000년 3월 29일

박영석 〈세상에서 가장 따뜻한 장갑〉, 《산악인 박영석 대장의 끝없는 도전》, 김영사, 2003

박제가 〈수레의 이치〉, 《북학의》, 서해문집, 2008

박지원 〈하룻밤에 강을 아홉 번 건너다〉, 신영산 풀어씀

법정 〈먹어서 죽는다〉, 《새들이 떠나간 숲들은 적막하다》, 샘터사, 2002

신개 〈사관의 기록을 보겠다는 명령을 거두어 주십시오〉, 《삼가 전하께 아뢰옵나니》, 청조사, 2005

신영복 〈당신이 나무를 더 사랑하는 까닭〉, 《나무야, 나무야》, 돌베개, 1997

오한숙희 〈아무도 미워하지 않은 지렁이〉, 《아줌마 밥 먹구 가》, 여성신문사, 2002

원이 어머니 〈400년 전의 편지〉, 임세권(안동대 교수) 역, http://anu.andong.ac.kr

유달영 〈누에와 천재〉, 《선생님과 함께 읽는 우리 수필》, 실천문학사, 2000

윤구병 〈제비의 속도와 날벌레의 속도〉, 《자연의 밥상에 둘러앉았다》, 휴머니스트, 2010

윤무부 〈후투티 새를 보고 반한 소년〉, 《내 인생의 결정적 순간》, 이미지박스, 2007

윤문원 〈할아버지의 전자우편〉, 《아버지는 늘 두 번째였죠》, 왕의 서재, 2011

윤오영 〈방망이 깎던 노인〉, 《방망이 깎던 노인》, 범우사, 1996

이규태 〈헛기침으로 백 마디 말을 하다〉, 《조선일보》 1975년 9월 27일

이금희 〈촌스러운 아나운서〉, 《샘터》, 샘터사, 1990

이문구 〈열보다 큰 아홉〉, 《끝장이 없는 책》, 랜덤하우스코리아, 2005

이순원 〈어머니는 왜 숲 속의 이슬을 털었을까〉, 《내 영혼이 한 뼘 더 자라던 날》, 엠블라, 2007

이청준 〈아름다운 흉터〉, 《아름다운 흉터》, 열림원, 2004

이충렬 〈간송 전형필〉, 《간송 전형필》, 김영사, 2010

이현주 〈자기만의 몫을 찾아서〉, 《작은 것이 아름답다》, 녹색연합

임영신 〈골목에서 꽃핀 창조적 수공예품〉, 《평화는 나의 여행》, 소나무, 2006

작자 미상 〈규중의 일곱 벗〉, 신영산 풀어씀

장석주 〈호박젓국〉, 《새벽예찬》, 예담, 2007

장영희 〈괜찮아〉, 《동아일보》 2009년 9월 27일

전승훈 · 차윤정 〈신갈나무 투쟁기〉, 《신갈나무 투쟁기》, 지성사, 2009

정민 〈울림이 있는 말〉, 《책 읽는 소리》, 마음산책, 2002

정성화 〈크레파스가 있었다〉, 《에세이문학작가회 18집—국수로 지은 집》, 에세이문학출판부, 2010

정약용 〈두 아들에게 보내는 편지〉, 《다산의 마음》, 돌베개, 2008

정일근 〈처음의 아름다움〉, 정일근 홈페이지 '울산시민학교'

정진권 〈막내의 야구방망이〉,《정진권 수필선—짜장면》, 교음사, 2000

정채봉 〈별명을 찾아서〉,《스무 살 어머니》, 샘터, 2001

채제공 〈만덕전〉,《봄날의 별을 오이처럼 따다가》, 우리학교, 2011

최재천 〈고래들의 따뜻한 동료애〉,《생명이 있는 것은 다 아름답다》, 효형출판,
    2001

피천득 〈은전 한 닢〉,《금아시문선》, 경문사, 1959

중학 국어교과서 수필 읽기

1판 1쇄 발행 2013년 6월 10일
1판 2쇄 발행 2014년 7월 10일

엮은이 | 김병철 · 김성동 · 박재혁 · 신영산
펴낸이 | 한승수
펴낸곳 | 문예춘추사
편집 | 김성화 김성진
디자인 | 김희진
마케팅 | 김승룡

등록번호 | 제300-1994-16
등록일자 | 1994년 1월 24일
주소 | 서울특별시 마포구 연남동 565-15 지남빌딩 309호
전화 | 02)338-0084
팩스 | 02)338-0087
이메일 | hvline@naver.com

ISBN 978-89-7604-123-4   54810
     978-89-7604-121-0   (세트)